묵호댁

국립중앙도서관 출판예정도서목록(CIP)

묵호댁 : 전정희 창작집 / 지은이 : 전정희. -- 서울 : 한누리미디어,
2019
    p. ;   cm

ISBN 978-89-7969-792-6 03810 : ₩15000

한국 현대 소설 [韓國現代小說]

813.7-KDC6
895.735-DDC23   CIP2019002082

전정희 창작집

묵호댁

비록 가진 것은 없지만 마음만은 그 어느 열기구보다도 따뜻하고 제2의 고향인 평창 금당마을을 어떻게든 지키려고 노력하는 묵호댁! 그녀의 마음 씀씀이가 읽는 이의 가슴을 뭉클하게 한다

한누리미디어

눈 앞에 있는 사람들의 소중함을 알아야

언젠가 광화문사거리를 지나다가 교보문고 외벽을 타고 흘러내리던 대형 현수막에서 '사람은 책을 만들고, 책은 사람을 만든다'는 표어를 보고 가슴 뭉클한 감동을 받은 바 있습니다. 그리고 그 감동의 여운은 아직도 제 가슴 속에서 요동치고 있는데 어쩌면 책이 저 자신을 지탱해 주는 마력으로 존재해 왔다고 말하고 싶습니다.

사실 강원도 동해시의 조그마한 시골마을에서 7남매의 막내로 태어난 저로서는 어려서부터 책읽기를 좋아하고 글쓰기도 좋아했지만 지금 생각해 보면 읽을거리가 그다지 풍성하지 않은 환경에서 그저 책을 볼 수 있다는 그 자체만으로도 너무나 좋아서 읽을 수 있는 것은 모두 소리 내어 읽었던 기억이 새롭습니다. 특히 아버님께서는 우리 7남매 모두에게 매일 저녁 일기를 쓰게 하신 다음 책 읽는 소리가 대문 밖까지 들리도록 참으로 엄하게 독서를 독려하셨습니다.

그러다가 초등학교 5학년 때 아버님께서 돌아가신 후 꽤나 오랜 동안 사춘기앓이로 방황하다가 고교 2학년 때 「농민신문」에서 공모한 '가족 이야기'에 아버님이 그립고 간절히 보고 싶은 마음을 담아 쓴 수필 〈농부의 얼굴〉을 응모하여 당선되는 영광을 안았습니다. 당시 어머님께서는 신문 전면을 들고는 나달나달해지도록 갖고 다니며 마을 사람들에게 자랑하곤 즐거워 하셨는데 어머니의 그 환한 미소와 함께 옷소매로 눈물을 훔치시던 모습, 그리고 '우리 정희 꼭 훌륭한 작가 선생님이 되어야 한다' 며 격려하시던 그 목소리가 지금 이 순간에도 또렷이 들려옵니다.

비록 어머님 살아생전에는 작가로서의 모습을 보여드리진 못했지만 '누구든 절실하게 소망하고 꿈꾸면 그 꿈은 반드시 이루어진다' 는 말을 되새기면서 이 책을 읽는 독자분들께 권해 드립니다. 갖고자 하는 것 모두 다 갖는 삶이란 없습니다. 또 가고 싶은 곳 다 찾아갈 수도 없는 것, 그렇기 때문에 눈 앞에 있는 사람들의 소중함을 알아야 합니다. 인간은 절대로 혼자서 살아갈 수가 없습니다. 무엇을 해야 할지 모르겠고 답답하다 싶은 날에는 무슨 책이든지 읽을 걸 권하고 싶습니다. 산의 정상에 오르는 느낌은 책의 마지막 페이지에 있습니다. 절대로 중도에서 읽기를 포기하지 마십시오.

'묵호댁' 을 완성할 때까지 사랑으로 용기를 다져준 가족과 지인분들, 그 아름다운 응원 덕분에 탈고할 수 있었기에 깊이 감사드립니다. 그리고 도서출판 한누리미디어 대표님과 편집부 선생님들, 기획에서 출판까지 한 순간도 소홀함 없이 심혈을 쏟아 주신 열정에 진심으로 감사드립니다.

2019 신춘지절에

전정희 올림

인생과 사랑과 행복을
빈 껍질로 만들지 않기 위해

　어느 대학 교수님이 조사하신 결과에 따르면 우리나라 국민 독서량은 한 달에 겨우 1권 정도에 불과합니다. 외국의 경우와 비교하면 부끄러울 정도의 독서량입니다.

　인간이 만물의 영장인 이유는 지구상에서 만물을 사랑할 수 있는 정신과 영혼을 간직한 생명체이기 때문입니다.

　모든 생명체를 통틀어 인간만이 문자를 가지고 있고 인간만이 책을 읽을 줄 압니다. 문자는 만물을 사랑하는 정신과 영혼을 널리 전파하는 도구이며 책을 읽지 않는다는 사실은 극단적으로 말해서 짐승과 같아진다는 사실과 다르지 않습니다.

　특히 독자들을 서점으로부터 멀어지게 만드는 휴대폰이며 각종 매체들의 발달로 해마다 독서량이 급격히 감소되고 있는 실정입니다. 하지만 이 시점에서 진정 인간이 어떻게 살아야 인간답고 행복한 삶을 영위할 수 있을까를 깨닫게 만드는 작가, 전정희의 창작집을 소개합니다.

　가급적이면 많은 분들이 이 책을 통해 독서의 즐거움과 행복감을 느낄

2019. 1

수 있기를 소망합니다.

　인간은 물질적 요소와 정신적 요소와 영적 요소들로 이루어진 정精, 기氣, 신神 삼합체三合體입니다.

　날마다 주지육림, 진수성찬을 즐기는 사람이라도 육신만 비대해질 뿐 정신과 영혼의 허기를 달랠 수는 없습니다.

　음식이 육신을 건강하게 만드는 양식이라면 책은 정신과 영혼을 건강하게 만드는 양식입니다.

　책을 읽지 않고서는 인생도 행복도 사랑도 빈 껍질에 불과합니다.

　전정희 작가의 창작집《묵호댁》을 강추합니다.

　도서출판 한누리미디어에서 출간했습니다.

소설가 이 외 수

Contents

묵호댁

호대은 고추밭에 가기 위해 집을 나섰다.

8월 중순으로 접어들은 날씨는 어느새 막바지 기승을 부리는 더위를 밀어내고 있었다. 아직 긴팔을 꺼내 입지는 않았으나 아침저녁으로 피부에 와 닿는 공기가 벌써부터 서늘하게 느껴졌다.

해발 700미터가 넘는 고랭지 지역인 평창, 묵호댁이 사는 금당마을은 봄, 여름, 가을에 비해 유독 겨울이 길었다. 겨울에는 눈이 어찌나 많이 내리는지 한 번 눈이 내리면 사나흘씩 집에 갇혀 지내기 일쑤였다.

눈 속에 파묻힌 동네는 끝없이 펼쳐진 묵호의 바다를 떠올리게 했다. 어디에 눈을 두어도 흰색으로 뒤덮인 평창과 묵호의 바다는 단지 색깔만 다를 뿐 끝을 가늠할 수 없기는 마찬가지였다. 묵호댁이 태어나고 자란 동네는 동해시의 논골담길로 바닷가가 훤히 내려다보이는 산비탈에 있는 동네였다.

그러나 묵호와 평창은 생계가 달랐다. 묵호는 바다를 터전으로 살았다. 물고기를 잡아 광주리에 이고 마을을 오가며 팔았고 집집마다 오징어와

명태를 널어 말렸다. 반면에 평창은 밭을 터전으로 삼았다.

묵호에서 산 것이 20년, 평창에서 산 것은 1954년 갓 스물에 시집온 뒤 65년이 되어 간다. 묵호에서 살았던 기억들은 이제 가물가물하다. 그러나 자라면서 늘 보고 자랐던 바다, 아무리 바라보아도 질리지 않던 그 바다, 뭔가 가슴 속에 맺힌 응어리가 모두 풀리는 것 같은 후련함을 주는 바다는 가끔씩 그리웠다.

지금은 묵호댁이 살던 마을이 벽화마을로 바뀌면서 집집마다 그림들이 잔뜩 그려져 있다. 재개발이 되면서 다닥다닥 붙어 있던 집들도 많이 사라지고 없어지기도 했지만 아주 가끔씩 동네를 찾을 때마다 묵호댁은 마치 몸에 맞지 않는 옷을 걸쳐 입은 듯 동네가 낯설었다.

그런데 그 보잘것 없는 동네를 사람들이 관광지라고 많이들 찾아온다고 했다. 텔레비전 드라마에도 이따금씩 동네가 나오곤 했는데 그것은 등대 때문이었다. 마을을 굽이굽이 올라 꼭대기에 다다르면 탁 트인 바다가 한눈에 조망되었고 그곳에 멋진 등대가 있었다. 등대를 오르는 길은 여러 갈래가 있었는데 그 길들이 지금 벽화마을로 둔갑하여 사람들이 찾고 있는 것이었다.

묵호항은 오래 전엔 오이진이라고 불렸다. 그런데 한일합방 이후 연탄을 나르면서 바닷물이 검게 변하자 묵호진이라고 이름을 바꾼 것이다. 그때만 해도 묵호항과 등대는 아이들의 놀이터였다.

묵호댁은 묵호항으로 일하러 갔던 부모님이 해질녘에 돌아와 저녁밥을 지어놓고 부르러 올 때까지 동네 아이들과 등대 근처에서 놀았다. 아이들은 때로 무료해지면 묵호항까지 다녀오기도 했다.

그곳은 늦은 시간까지 가로등불이 환하게 밝혀지는 곳이었다. 묵호항 근처 갯바위에서 해삼을 건져 올리고 밤늦도록 오징어를 말리는 어부들의 손길이 바쁘게 움직였다.

묵호댁은 6.25 한국전쟁이 끝난 이듬해 중신어미의 소개로 평창으로 시집을 오게 되었다. 매일 드넓은 바닷가를 보고 살다가 좁은 산골에서 살자니 답답해서 미칠 것 같았다. 바닷가와 산골은 사는 방식도 사뭇 달랐다. 묵호댁은 쪼그려 앉아서 밭을 매다가도 무시로 뛰어다니던 바다가 그리워 훌쩍훌쩍 울기 일쑤였다.

이듬해에 아들이 태어나지 않았더라면 아마도 이 산골에서 견디지 못했을 것이었다. 연년생으로 딸을 낳고 두 해 뒤에 다시 아들 하나를 더 낳았다. 아이들을 키우며 바쁘게 사는 동안 남편과 정이 들고 또 어찌어찌 살다 보니 어언 65년이라는 세월이 훌쩍 흘러 버린 것이다.

묵호댁이 사는 금당마을은 고랭지배추로 유명한 동네다. 제초제를 사용하지 않고 농약을 사용하지 않아서 배추 포기가 그리 크지는 않았지만 벌레가 뜯어 먹은 자리까지 선명하여 도시 사람들은 오히려 좋아했다. 워낙 지대가 높다 보니 경작한 배추의 꽤 많은 양을 고라니와 토끼, 노루 같은 산짐승들이 와서 먹어치우기도 했다.

평창 배추는 겉은 짙은 녹색이고 속이 아주 노래서 노랭이배추라고도 불렸는데 김치를 담갔을 때 아삭한 감칠맛이 돌고 오랜 동안 저장해도 무르지 않는 특성이 있어 흉작만 아니면 대부분 팔려나갔다. 묵호댁이 주로 해 온 농사는 감자와 고추, 그리고 고랭지배추 재배였다.

그러나 지금은 배추를 심을 땅도 없거니와 힘도 없어서 소량의 감자농사와 고추농사로 만족해야 했다. 올해 묵호댁이 심은 배추는 겨우 자식들에게 줄 김장배추 몇 십 포기뿐이었다.

묵호댁은 잰걸음으로 고추밭을 향해 걸었다. 논은 한 필지도 없고 비탈진 밭만 사방에 널려 있었다. 한참을 걷다가 숨이 가빠진 묵호댁은 잠시 걸음을 멈추었다. 큰 골짜기는 아니지만 읍내까지의 거리가 대략 1킬로미터가 조금 넘는 이곳 산골의 집들이 옹기종기 정답게 모여 있었다.

마치 내기 장기판에서 끝까지 죽지 않고 버틴 장기 알처럼 그렇게 남은 집들이 열두 채였다. 그나마 다섯 채밖에 살지 않았던 재작년에 비하면 가구 수가 배 이상 많아진 것이다. 도시로 떠난 이웃들이 다시 돌아오기도 했고, 워낙 불경기다 보니 귀농을 한다고 이주해 온 젊은 사람들도 있어서 제법 사람 사는 동네로 변해 가고 있었다.

어느새 중천으로 떠오른 햇살은 안개를 산 위쪽으로 모두 몰아냈다. 고추밭으로 들어서자 밤새 이슬에 젖어 싱싱해진 고추들이 유난히 반들거렸다. 묵호댁은 흡족한 얼굴로 힘들여 가꾼 고추를 바라보았다. 마디마디 굵어진 손가락으로 흙속에 씨를 뿌리고 모종하여 자라면 뜨거운 태양 아래 앉아서 김매고 거름 주며 흙냄새 훅훅 숨이 턱에 차도록 숨 돌릴 새 없이 가꾸어낸 고추였다. 그 흙먼지 속에서 번뜩이는 호미 끝으로 불덩어리 같이 가물은 밭을 긁고 긁어 김맨 덕에 수확하는 보람을 느끼는 것이다.

열심히 고추를 따는 사이 꽃무늬 헐렁한 옷은 이슬에 젖어 소낙비에 젖은 꼴이 되어 버렸다. 그래도 평소 같으면 묵호댁은 즐겁고 풍요로운 마음에 저절로 입꼬리가 올라갔을 터였다. 그러나 오늘은 웬일인지 일이 손에 잡히지 않았다.

묵호댁은 잠시 허리를 폈다. 일에 몰두하다 보면 허리 한 번 펴는 것도 쉽지 않았다. 젊었을 때는 이깟 밭 한 뙈기 고추농사 짓는 것쯤이야 하루 이틀이면 후딱 해치웠을 것이나 일흔을 넘기면서부터는 그마저도 버거웠다. 그나마 이렇게 농사를 지을 수 있는 것도 다 남편이 남기고 간 땅 덕분이었다. 그 많던 땅들은 자식들을 공부시키느라 모두 팔아 없앴고 이제 남은 것은 이 고추밭 한 뙈기가 전부였다.

묵호댁은 갑자기 오금이 저려와 몸을 펴 숨을 몰아쉬다가 기어이 밭가에다 토해냈다. 저 깊은 곳에서 피멍이 든 원한과 슬픔이 오물과 함께 쏟아져 나오는 듯했다. 묵호댁은 손으로 입가를 쓱 닦았다. 그리고는 바닥에 털썩 주저앉았다.

불씨가 닿으면 금방이라도 타버릴 것 같은 오뉴월, 장작개비처럼 바짝 마른 묵호댁의 몸이 축 늘어졌다. 얼마나 시간이 흘렀을까? 묵호댁은 기운을 차리고 천천히 일어났다. 이러다가 무슨 큰일을 치를지도 몰랐다. 가끔 밭에서 일하던 노인이 일사병으로 쓰러져 운명을 달리했다는 뉴스를 보기도 했다. 그러나 지금은 일사병으로 쓰러질 날씨도 아니었고 안 그래도 경황없는 자식들에게 좋지 않은 일을 보낼 수는 없었다.

이 나이를 먹고 보니 죽는 것도 무서웠다. 세상에 무슨 미련이 남아서는 아니었다. 다만 죽더라도 자식들 편안할 때, 자식들 고생시키지 않게, 날씨는 춥지도 덥지도 않은 그런 날에 죽었으면 싶었다.

묵호댁은 일어나서 옷을 털었다. 다 딴 고추는 세 자루나 되었다. 묵호댁은 그 중 한 자루를 머리에 이고 비탈진 산길을 서둘러 내려갔다.

언제 와 있었는지 경미엄마가 자신의 고추밭을 열심히 파고 있었다. 서른 후반의 경미엄마는 남편이 실직하자 일 년 전에 금당마을로 귀농해 온 젊은 부부였다. 묵호댁 근처의 땅에 경미엄마의 고추밭이 나란히 있었다. 감자는 이미 수확이 끝났고 고추밭에서 고추를 따는 것 외에 호미로 땅을 팔 이유가 무엇일까 싶었지만 경미엄마는 묵호댁이 옆을 지나치는 것도 모른 채 무언가를 땅속에 넣고 다시 열심히 묻었다. 묵호댁은 뭘 그렇게 열심히 파서 묻느냐고 물으려다가 말할 기운도 없어 가만히 서 있었다.

그런데 수상한 것은 경미엄마의 행동이었다. 고추 가지를 꺾어 묻어놓은 곳의 땅을 덮은 뒤 밟고 있던 경미엄마는 묵호댁을 보자 화들짝 놀라는 것이었다.

"아이고 놀래라, 할머니 언제 오셨어요? 간 떨어질 뻔했네요."

아직 농사에 익숙하지 않은 경미엄마는 실수가 많았다. 그래서 묵호댁이 이것저것 살갑게 가르쳐주고 챙겨주었다. 남편을 따라 귀농을 하기는 했으나 경미엄마는 농사에 관심이 없었다. 그녀는 어떻게 해서든지 이곳을 다시 떠나고 싶어 하는 눈치였다.

"뭐 꿀단지라도 숨기는 거여? 맛있는 거면 나눠 먹구."

"별거 아니에요."

"괜히 나 때문에 놀란 것 같아 내가 다 미안하네."

순간 묵호댁이 고추를 따러 밭에 온 것을 못 볼 정도로 고추밭에 오래 누워있었나 하는 생각이 들었다. 경미엄마가 묵호댁을 보고 가슴을 쓸어내리도록 놀란 것이 미안해서 묵호댁은 미안하다고 다시 말한 뒤 걸음을 옮겼다.

집으로 돌아온 묵호댁은 머리에 쓴 수건을 벗어 얼굴에 맺힌 땀을 닦은 후 평상에 드러누웠다. 읍내 장날이라 몇 집은 일찍 장에 나가고 나머지 집들은 밭에 나가 일을 하는지 동네는 개 짖는 소리 하나 없이 조용했다. 누워서 하늘을 바라보다가 묵호댁은 긴 한숨을 토해냈다. 원주에 살고 있는 아들의 얼굴이 떠올랐기 때문이었다.

아침부터 유독 기운이 없고 체기가 있는 것 같은 속하며 으슬으슬 한기까지 느껴졌고 뭔가 해야 할 일을 잊은 듯한 뒤숭숭함이 모두 아들 탓임을 묵호댁은 모르지 않았다. 애써 생각하지 않으려고 했으나 실은 머릿속을 내내 어지럽히고 있던 아들에 대한 걱정은 다시금 현실이 되어 묵호댁의 가슴을 짓눌렀다.

얼마 전 며느리가 다급한 목소리로 전화를 걸어왔다. 아들이 사기를 당했는데 당장 삼천만 원을 물어주지 않으면 경찰에 구속이 될 것이라고 했다. 여기저기서 돈을 끌어 모아 이천오백만 원은 겨우 구했는데 나머지 오백만 원이 더 필요하다고 했다.

"어머니, 정말 죄송하지만 어떻게 오백만 원만 구해 주시면 안 될까요?"

며느리의 전화를 받고 묵호댁은 뭔가 가슴에서 쿵하고 무너지는 소리가 들렸다. 이 일을 어떻게 한단 말인가? 돈이 있으면 당장 해 주면 그만이겠지만 묵호댁에게 그렇게 큰돈은 없었다. 돈을 마련하지 못한 채 마음속 절망감만 속절없이 키워가며 시간이 흘렀다.

묵호댁은 갑자기 번개같이 떠오른 생각에 평상에서 벌떡 일어났다. 눈알이 반짝반짝 빛났다. 마당에 널어놓은 고추가 덩달아 반짝반짝했다. 햇살에 산 능선과 골짜기의 모든 나뭇잎도 반짝반짝 생명의 불빛을 켜놓았다. 거기에 때늦은 박꽃과 호박꽃도 햇살을 머금고 반짝였다.

해는 산마루를 지나 골짜기를 향해 달음박질하고 매미는 요란스럽게 맴맴거렸다. 멀리 보이는 산은 반짝이는 나뭇잎들과 맑은 산 개울물이 흐르는 소리로 가득했다.

묵호댁은 잠시 망설이다가 방으로 들어갔다. 어떻게든 아들이 구속되는 것은 막아야 했다. 장롱 속 깊이 넣어두었던 금붙이를 꺼냈다. 시집올 때 어머니가 당신의 친정어머니에게서 물려받은 금비녀를 묵호댁 손에 쥐어주면서 꼭 필요할 때 팔아서 쓰라고 준 것이었다. 그리고 남편이 살아생전 유일하게 해 준 금반지, 자식들이 결혼하면서 마련해 준 금목걸이도 있었다. 어차피 장롱 안에서 평생을 썩고 있었고 한 번도 몸에 지녀본 적이 없었던 것들이었지만 꺼내놓고 보니 마음이 헛헛했다.

살면서 이 금붙이들을 팔아야 할 수많은 사건들이 있었지만 자신이 죽고 난 뒤 장례비용에 보탤 요량으로 악착같이 간직해 온 패물들이었다. 그러나 이깟 금붙이가 자식의 안위보다 중할 수는 없었다.

묵호댁은 빠른 걸음으로 장터를 향해 걸었다. 다리가 자꾸 꼬이고 휘청거려 몇 번이나 넘어질 뻔했지만 묵호댁은 금은방을 찾아 성큼 들어섰다. 떨리는 손으로 금비녀와 목걸이, 팔찌, 반지 등을 진열대 위에 죽 꺼내놓았다. 자신의 물건인데도 마치 남의 물건을 처분하는 것처럼 손도 마음도 떨렸다. 요즘은 금값 시세가 많이 떨어졌다는 금은방 주인의 목소리가 아주 멀리서 들려오는 듯했다. 아무려나 흥정을 끝내고 주는 대로 받아서 세어 보지도 않고 돈을 챙겨 도망치듯 금은방을 나왔다.

그런데 하필이면 금은방을 나오면서 옆집에 사는 박 씨와 딱 마주친 것이다. 묵호댁은 마치 나쁜 일을 하다 들킨 것 같은 심정으로 대번에 얼굴이 벌개졌다. 그냥 모른 척 지나가면 좋겠는데 눈치 없는 박 씨는 묵호댁을 잡아 세웠다.

"묵호댁이 여긴 무슨 일로 왔소?"

묵호댁은 박 씨의 눈을 정면으로 보지 못한 채 손사래를 치며 바쁘게 터미널로 걸어갔다. 며느리에게 미리 전화를 걸어 터미널에서 만나기로 약속했기에 대합실에 들어가 힐끔힐끔 며느리를 찾았다. 며느리는 아직 도착하지 않았는지 보이지 않았고 아까 산에서 만난 경미엄마가 어느새 터미널에 와서 앉아 있는 것이 눈에 띄었다.

"할머니 오늘은 동에 번쩍, 서에 번쩍하시네요. 터미널에는 웬일이세요?"

"우리 며느리 좀 기다리느라고. 경미엄마는 웬일이야? 누구 마중 나왔어?"

"전 서울로 가는 버스를 구경하려고 왔어요."

"버스는 구경해서 뭐하게? 못 타본 것도 아닐 텐데……."

"저는 서울로 올라가고 싶어 미치겠어요. 여기가 너무 답답해요."

묵호댁은 찬찬히 경미엄마를 눈여겨보았다. 진하게 한 화장하며 옷맵시가 촌에서 살 여자가 아니라는 것을 온몸으로 말해 주고 있었다. 얼핏 보기에 장터 금당커피숍에 새로 온 아가씨라고 해도 믿을 정도였다.

"도시에서 살다 오면 처음에는 다 그래. 나리네도 그랬고, 민철이네도 처음 이사 와서 그랬어. 시간이 지나면 괜찮아질 거야."

"아니에요. 아무리 시간이 흘러도 전 여기서 못 살 것 같아요. 그래서 저는 짬나는 대로 이 터미널에서 동서울행이나 상봉동행 버스를 바라보고 있어요. 저 버스를 타고 서울로 올라가고 싶어요……. 그나마 저 버스를 바라보고 있으면 숨통이 트이는 것 같아요."

경미엄마는 묵호댁을 붙잡고 하소연을 했다. 경미엄마는 평소와 달리 몹시 초조해 보였다. 무언가에 쫓기는 듯 보이기도 했고, 초점 없는 눈동자를 이리저리 굴리는 것도 평소와는 많이 다른 모습이었다. 그러나 묵호댁은 경미엄마의 하소연이 더 이상 귀에 들어오지 않았다.

그때 버스 한 대가 도착했다. 묵호댁은 버스로 다가가서 내리는 사람들을 살폈다. 사람들이 거의 다 내리고 마지막쯤에 며느리가 버스에서 내렸다. 그새 마음을 얼마나 졸였는지 눈은 퀭하고 얼굴도 수척해 보였다. 묵호댁은 며느리에게 돈뭉치를 건네주었다.

"이거 갖고 가서 급한 불부터 꺼."

"어머니, 돈이 어디서 나셨어요?"

"그런 건 신경 쓰지 말고 얼른 가지고 가라, 네가 고생이 많구나."

묵호댁은 며느리를 다시 원주행 버스에 태워 보내고 천천히 집으로 돌아왔다. 하루가 참 길다는 생각이 들었다.

그런데 동네에 들어서자 최 씨네가 도둑을 맞았다고 난리들이었다. 최 씨네가 밭에서 일하고 점심밥을 먹으러 집에 들어와 보니, 안방 장롱이 열려 있고 방안의 서랍이란 서랍이 모두 열려 있었으며 아들의 결혼 패물과 최 씨 부인의 금붙이가 전부 사라졌다는 것이다.

동네사람들은 삼삼오오 모여 최 씨네의 일로 수군거리기 시작했다. 무엇보다 금당마을은 15년 넘게 범죄 없는 마을로 소문이 자자했었는데, 이 도난사건으로 전통이 깨졌다면서 분개하고 있었다. 그렇게 분개하고 있을 때 박 씨가 말했다.

"그런데 아까 장터 금은방 앞에서 묵호댁을 봤는데 거기서 나오더라고, 내가 아는 체를 했는데 못 들은 척하고 그냥 지나가던데……."

그 말을 들은 동네사람들은 묵호댁을 의심하기 시작했다. 다음 날부터 동네사람들은 서로 만났다 하면 묵호댁 이야기로 시작해서 헤어질 때까지 묵호댁 이야기를 하며 의심을 키워나갔다.

까마귀 날자 배 떨어진다더니……. '오이밭에서 신발끈 고쳐매지 말고, 오얏나무 아래서 갓끈을 고쳐매지 말라' 고 했던 옛말이 하나도 그를 것이 없었다. 그러나 묵호댁은 자신만 떳떳하면 된다는 생각에 전혀 동요하지 않고 고추밭에 나가 열심히 남은 고추를 땄다.

동네사람들은 묵호댁이 도둑질을 해 놓고도 어쩌면 저렇게 뻔뻔스럽게 모른 체하고 있다며 몹시 나쁜 사람이라고 몰아가기 시작했다. 시간이 흐르면서 온 동네사람들은 묵호댁을 따돌렸고 대놓고 피하기도 하고 인사조차 하지 않았다.

얼마 후 경미엄마가 묵호댁이 버스 터미널에서 돈 뭉치를 며느리에게 건네는 것을 보았다고 이야기를 보탰다. 그 말은 안개가 번지듯 순식간에 온 동네사람들에게 퍼졌다. 이제 동네사람들은 묵호댁을 아예 도둑으로 단정해 버렸다.

그런데 그중 유일하게 음성댁만이 묵호댁의 편을 들었다. 묵호댁이 절대로 그럴 리가 없다고 동네사람들한테 호소해 보았지만, 아무도 믿어주지 않았다. 순간 머릿속에 번개처럼 스쳐가는 모습이 있었다. 바로 고추밭에서 무언가를 파묻던 경미엄마가 묵호댁을 보고 깜짝 놀라던 그 표정이 생생하게 떠오른 것이다. 만약에 경미엄마가 범인이라면 묵호댁은 사람들의 의심에서 바로 놓여날 수 있었다.

그러나 묵호댁은 머리를 가로 저었다. 자신은 이미 늙어서 잃을 게 없지만 젊디젊은 경미엄마가 짊어져야 할 십자가는 결코 가볍지 않을 것이라는 생각이 들어서였다. 무엇보다 도시에서 살지 못하고 겨우 시골로 귀농했는데 도둑년이라는 낙인까지 찍힌다면 더 이상 도망칠 곳도 없는 경미엄마는 살아갈 의욕마저 잃을 것이다.

"묵호댁, 왜 당하고만 있어. 묵호댁이 한 일이 아니라고 말해야지……."

"지들 맘대로 떠들라고 해. 나만 아니면 됐지 뭐."

"어이구 속 터져. 아니 다들 묵호댁을 도둑년이라고 하는데, 가만히 있으면 되겠어? 어떤 연놈이 그랬는지 진범을 찾아야 할 거 아냐?"

묵호댁과 음성댁은 올해(2018년)로 여든 넷 동갑인 데다 성씨도 둘 다 평산신씨였다. 또 두 사람은 6.25 한국전쟁이 끝난 1954년도 그것도 같은 1월 달에 갓 스물의 나이로 이 동네에 시집을 오게 된 인연이 있었다. 그래서 두 사람은 누가 위랄 것도 없이 친자매처럼 이곳 골짜기를 지키며 65년이나 함께 의지하고 살아온 것이다. 누가 뭐라 해도 두 사람은 친 동기간 이상으로 서로를 믿었다.

며칠 후 묵호댁은 상추 잎을 뜯어서 개울가로 나갔다. 거기에는 젊은 동네 여인들이 삼삼오오 모여 앉아 있었다. 묵호댁이 다가가자 그들은 각자 들고 온 바구니를 들고 서둘러 일어섰다. 마치 말이라도 섞으면 전염병이라도 걸릴 것처럼 몸을 사리는 분위기였다. 돌아서서 가는 와중에도 그네들이 도둑년 운운하는 소리가 묵호댁의 귀에 또렷하게 들려왔다.

갑자기 텅 비어버린 개울가에 혼자 앉은 묵호댁은 마음이 편치 않았다. 상추를 다 씻어 돌아오는 길에 마을 사람을 몇 만났으나 그들은 인사는커녕 눈초차 마주치려 하지 않고 황망히 지나갔다.

길에서도 산에서도 이제 묵호댁을 반기는 사람은 하나도 없었다. 쓸쓸했다. 고작 열두 채뿐인 마을에서 고립되는 것은 외로움을 떠나 무서운 일이었다. 묵호댁은 마치 밀폐된 상자 속에 갇혀 있는 것 같은 기분이어서 숨통이 막히도록 답답했다. 지옥이 따로 없었다. 그냥 지금이라도 결백을 주장하고 경미엄마를 대신 총받이로 내세우고 싶은 생각이 들었다.

그러나 그럴 수는 없었다. 참는 김에 조금만 더 참아보자고 묵호댁은 고개를 끄덕였다. 시간이 모든 것을 해결해 줄 것이었다. 살아 보니 아무리 큰일이 생겨도 시간이 지나면 다 잊혀지기 마련이었다.

묵호댁은 혼자서 쓸쓸하게 밥을 먹고 방으로 들어가 누웠다. 그런데 갑자기 밖이 소란스러웠다. 몸을 반쯤 일으켜 문을 열어보니 최 씨 부인이 성난 얼굴로 소리를 질렀다. 마당에는 이웃 여인들이 모두 몰려와 있었다.

"이 도둑년! 금비녀랑 목걸이랑 금거북을 훔쳐갔으면 급해서 가지고 갔다고 날 찾아와서 빌어도 시원치 않은데, 뭐가 잘났다고 아직도 꿈쩍도 안 하고 있어?"

묵호댁은 순간 당황스러웠지만 가슴을 진정시켜 말했다.

"뭔가 오해가 있는 모양인데, 난 그 집에 간 일도 없거니와 훔친 것도 없네."

"저 도둑년이 그래도 잘했다고……, 저런 년은 당장 이 동네에서 쫓아 내야 해요."

갑자기 최 씨 부인이 방 쪽으로 다가오더니 방 안에 있는 묵호댁을 마당으로 끌어냈다. 그러자 같이 모여든 여인들이 합세해 묵호댁을 쓰러뜨렸다. 묵호댁은 비명조차 제대로 지르지 못하고 그대로 뭇매를 맞고 있었다. 살면서 이런 기가 막힌 일을 당한 것도 처음이거니와 무엇보다 제 몸도 제대로 이기지 못하는 나이 탓에 저항할 기운조차 없었다.

"당장 이 동네를 떠나! 이 도둑년!"

한참 난리를 치른 뒤 그녀들은 돌아갔다. 묵호댁은 일어나지도 못하고 꼼짝없이 누워서 하늘을 바라보았다. 음성댁은 볼 일이 있어서 며칠째 집을 비우고 있었지만 묵호댁은 어깨를 들썩이며 나지막이 음성댁을 불렀다. 지금 이 순간 음성댁이라도 옆에 있었으면 참 좋겠다고 생각했다. 눈물이 글썽한 눈으로 멍하니 바라보는 하늘은 어느새 자신의 고추밭떼기만큼 작아져 있었다. 묵호댁은 하늘에 몽글몽글 떠 있는 구름을 타고 어디론가 가고 있었다. 뭇매를 맞은 몸도 아팠지만 무엇보다 이 동네를 떠나라는 말이 서럽고 서러웠다.

1980년대 초부터 하나둘 이 동네를 버리고 떠났어도 묵호댁과 음성댁은 묵묵히 남아 이 동네를 지켜왔었다. 행여나 떠났던 사람이 다시 찾아올까 싶어 해마다 봄이면 길가에 채송화와 코스모스를 심어 꽃길을 만들었다. 여름 장마와 태풍이 우악스럽게 길을 파가면 돌과 흙을 채워 길을 닦아 고쳤고, 틈나는 대로 길가의 잡풀을 뽑고 베어냈다. 누가 보더라도 동네가 활기차고 아름답게 보였으면 하는 마음에서였다.

벌초를 하기 위해 일 년에 한두 번 고향을 찾는 사람들은 해바라기와 코스모스가 흐드러지게 피어있는 고향이 눈에 밟혀 언젠가는 돌아오겠다고 약속을 하기도 했다. 겨울에 눈은 왜 그리 많이 내리는지, 밤새 내린 눈을 치우고 돌아오면 한나절이 지나가기 일쑤고 온 삭신이 쑤시지 않는 곳이 없었다. 그렇게 빗자루로 쓸고 가꾸며 온몸으로 지켜낸 고향이었다.

성한 곳 하나 없이 갈라지고 찢긴 생살 틈마다 흙이 있었다. 그 흙을 지키기 위해 묵호댁은 온갖 고생도 마다하지 않았다. 그렇게 눈물겨운 흙빛 몸으로 동네를 지켰는데, 고향을 뜨라는 소리가 어디 가당키나 한 소린가? 묵호댁은 가슴이 아렸다.

얼마나 울었는지, 얼마나 땅바닥에 누워서 일어나지 못했는지 묵호댁은 기억하지 못했다. 혼절해 누워있는 묵호댁을 놀란 음성댁이 택시를 불러 병원으로 옮기고 만 하루만에 묵호댁은 정신을 차렸다.

그러나 묵호댁은 병원비 걱정은 하지 말고 더 누워 있으라는 음성댁의 만류를 뿌리치고 집으로 돌아왔다. 안 그래도 몸이 으슬거리는데 비가 내리기 시작했다. 음성댁이 죽을 쑤어 오고 아궁이에 불을 지폈다.

"어쩌자고 당하고만 있어. 최 씨가 묵호댁이 범인이라고 경찰에 신고까지 했다던데……."

"도둑년이라고 하든 말든 상관없어. 나야 이제 다 살았는데 그까짓 도둑년 소리 좀 들으면 어때서……."

묵호댁은 방문을 열고 내리는 비를 하염없이 바라보았다. 어릴 적 아이들은 뱀을 죽이면 반드시 나무에 걸어두었다. 흙내를 맡으면 뱀이 다시 살아나서 밤중에 이불 속으로 찾아와 복수한다는 걸 믿었기 때문이었다. 이렇게 비가 오는 날이면 흙내가 더 진동해 묵호댁의 코를 파고들었다. 묵호댁은 갑자기 이 세상 사람이 아닌 남편이 생각나 가슴이 저려왔다. 내일은 남편 산소에 가야겠다고 생각하며 묵호댁은 고단한 몸을 뉘었다.

날이 밝자 묵호댁은 소주 한 병과 오징어포를 들고 남편의 묘를 찾았다. 남편의 무덤은 둥그렇고 평화스럽게 보였다. 묵호댁은 남편에게 술 한 잔을 권해 주고 나머지는 자신이 다 마셔 버렸다. 술이 얼콰하게 올라오자 절로 신세한탄이 나왔다. 홀로 서야 할 자식들은 끊임없이 일을 저질러 모아둔 돈을 홀랑 가져갔다. 그래도 재산 없이 사는 고달픔은 참을 수 있었는데 이제는 도둑년이라는 누명까지 뒤집어썼다. 모든 현실이 슬프고 억울했다.

그래도 남편의 그늘에서 살 때가 참 행복했던 시절이라는 생각이 들었다. 묵호댁은 고단한 몸을 무덤에 기대었다. 멀리 산 아래로 옹기종기 모여 있는 마을이 묵호댁 눈에 고스란히 들어왔다. 묵호댁은 눈을 감았다. 아련했던 그 옛날, 행복했던 한 때가 묵호댁 눈앞에서 펼쳐지고 있었다.

마당에 펴놓은 평상 위에 밥상이 놓여 있었다. 남편과 세 아이가 둘러앉아 맛있는 밥을 먹고 딸과 아들은 학교 운동회에서 뽐낼 춤과 노래를 목청껏 불렀다. 남편과 묵호댁은 아이들의 노랫소리에 맞춰 박수를 치고 온 가족의 웃음소리가 담장 밖으로 퍼져나갔다. 가난했지만 참 단란한 가정이었는데 남편은 왜 그리 일찍 세상을 떠났을까?

남편이 죽고 한창 크는 세 아이를 뒷바라지하는 일도 쉽지 않았다. 묵호댁은 돈이 되는 일이라면 내 집, 남의 집 농사를 가리지 않았다. 한창 엄마의 손길이 필요한 아이들은 아이들대로 늘 묵호댁이 일하는 곳으로 찾아와 잠자리 맴돌 듯 맴돌았고 일이 끝난 후 아이들의 손을 잡고 집으로 돌아올 때면 몸은 빨랫줄에 널어놓은 젖은 빨래처럼 축 늘어졌다. 그래도 그것으로 하루가 끝나지 않았다.

집으로 돌아오면 아이들의 먹거리 준비와 빨래, 집안 청소로 다시 고단한 일상이 묵호댁을 기다리고 있었다. 그렇게 일에 치여 살다 보니 아파 눕는 일조차도 묵호댁에게는 사치였다.

그런데 그렇게 힘들게 살아온 대가가 과연 무엇인가? 세 아이들이 모두 제짝을 찾아 집을 떠난 후 결국 묵호댁에게 남은 것은 여기저기 쑤시고 아픈 몸뚱이와 지독한 외로움뿐이었다. 묵호댁은 남은 생에 미련이 없었다. 어서 남편의 뒤를 따라가고 싶은 마음뿐이었다. 자신에게 맡겨진 세 아이 모두 짝지워 내보냈으니 자신의 의무는 다했다는 생각이 들었다.

묵호댁은 당장이라도 남편이 간 길을 따라 나서고 싶었다. 사람이 산다는 것은 참으로 허무한 일이었다. 그 허무한 인생을 살면서 무에 그리 아등바등하는지 어떻게 보면 사람처럼 어리석은 존재도 없을 터였다. 묵호댁은 한참을 더 무덤가에 있다가 집으로 돌아왔다.

다시 며칠이 지났다. 묵호댁은 다른 날과 다름없이 고추밭에 나가 고추를 땄다. 이제 한 번만 더 오면 더 이상 딸 고추도 없었다. 묵호댁은 고추밭에 주저앉았다. 다행히 아들은 묵호댁이 마련해 준 돈으로 유치장에 가는 것만은 면할 수 있었다. 흙은 배반을 하지 않는데, 어찌하여 아들은 자꾸 뜬구름을 잡으며 한탕 할 생각만 하는지 안타까웠다.

그러나 죽어도 농사일이 싫다는 아들을 주저앉힐 수는 없었다. 다만 묵호댁은 지금이라도 아들이 땀 흘려 일하고 그 대가를 소중히 여기고 살아간다면 참 좋겠다고 생각했다.

집으로 돌아오는 길에 낯선 승용차가 들어오는 것이 보였다. 그리고 보니 바로 내일이 귀금속을 잃은 최 씨네 넷째 아들의 결혼식이었다. 잔치 준비를 하느라 며느리 셋이 서울에서 내려와 결혼준비를 하느라 분주했다. 그중 셋째며느리는 배가 남산만 했다. 사람들은 이러다가 잔칫날에 애 낳는 거 아니냐고 한 마디씩 거들었다.

동네사람들은 모두 최 씨네로 몰려가서 온 동네가 잔치분위기였다. 평소 같으면 묵호댁도 저 무리에 끼어 하루를 재미있게 보낼 수 있었을 것이다. 동네에 애경사가 있으면 몸을 사리지 않던 묵호댁이었지만 지금은 옆에서 바라만 볼 뿐 갈 수도 없었다. 묵호댁은 속상하고 답답했지만 집으로 발걸음을 돌렸다.

최 씨네 잔칫날, 만삭이 된 셋째며느리만 남겨두고 동네사람들은 경운기와 짐차, 승용차에 나누어 타고 읍내에 있는 농협예식장으로 향했다. 묵호댁은 예식장에서 반기는 이는 없겠지만 가서 부조라도 해야겠다는 생각에 장롱에서 한복을 꺼냈다. 그때 음성댁이 한복을 차려입고 들어왔다.

"묵호댁도 결혼식장에 가려고 그래?"

"한 동네 사는데, 어떻게 안 가봐."

"도둑년이라고 따돌림을 놓는데, 뭐하러 가려고 그래? 맞은 게 억울하지도 않아? 나 같으면 폭행죄로 고소를 하겠구먼……."

"아무리 나를 도둑년이라고 해도, 내 할 도리는 해야지."

"그 집구석이 뭐라고 했는지 알아? 글쎄 묵호댁을 못 믿겠다며 만삭이 된 셋째며느리를 집 보라고 하고 갔대. 그런데도 갈 거야?"

"그건 그거구, 잔친데 가봐야지."

동네는 고요했다. 모두 떠나고 최 씨네 셋째며느리만 남고 동네를 비운 것이다. 묵호댁은 음성댁과 나란히 걸어서 농협예식장에 도착했다. 예식장 입구에서 손님을 받던 최 씨 부부는 묵호댁을 발견하고 등을 돌리더니 식장 안으로 들어가 버렸다.

동네사람들 역시 묵호댁을 본체만체했다. 새로 이사 온 젊은 사람들도 마찬가지였다. 묵호댁은 개의치 않고 축의금 봉투를 내고 식장 안으로 들어가 자리에 앉았다. 그러자 앞과 뒤, 옆에 앉아있던 동네사람들이 우르르 일어나 다른 자리로 옮겨 앉는 것이었다.

그리고 예식이 막 시작할 무렵, 젊은 청년이 다가오더니 느닷없이 묵호댁 앞으로 봉투를 내던졌다. 그 봉투는 묵호댁이 들어올 때 축의금으로 냈던 부조금이었다. 묵호댁은 얼굴이 화끈 달아올라 밖으로 나오고 말았다. 더 이상 그 자리에 버티고 앉아 있을 수 없었다. 서러워서 눈물이 나왔다. 지금까지 이 동네에 살아오면서 한 번도 이런 수모를 당해 본 적이 없었는데, 이제는 죽을 때가 된 것인가? 하는 생각도 들었다.

— 나 죽으면 내 간을 꺼내 봐. 내 간이 있는가? 아마 다 녹아서 없을 거구면.

남편이 죽을 때 한 말이었다. 남편이 살아온 저 배고픔과 한숨과 시달림, 자식 걱정에 밥 한 번 배불리 못 먹고 죽어버린 불쌍한 남편이었다. 남편이 죽던 날 때 묻은 저고리가 지붕 위로 던져지고 새벽의 어둠이 서서히 문짝 없는 대문을 빠져나가 아침 안개에 싸이고 젖어 날아갔다.

묵호댁은 검은 머리를 풀어헤치고 곡성을 터뜨리며 동네를 돌고 새벽빛을 따라 초상 마당에서 '우리 신랑 불쌍하네, 어이할꼬, 어이할꼬' 하며 남편을 불러댔다. 저 깊고 끝 모를 한의 세월, 하늘 위로 파란 불꽃이 타오르고 남편은 반듯이 누워 돌덩이처럼 차고 캄캄하게 식어갔다.

느닷없는 곡성과 울음소리를 듣고 동네사람들이 하나둘 모여들었다. 동네사람들은 마당에다 모닥불을 피웠고, 아침 연기를 곧게 하늘로 올리며 마을을 깨웠다. 헛간 구석에 남은 어둠까지도 모두 태우며 남편의 죽음을 숨김없이 드러내 주는 맑디맑은 봄볕이 가난한 마당에 쏟아져 깔렸다. 살구꽃 그늘이 마당에 떨어지고 앵두꽃 그늘이 뒤란 우물에 드리워지고 아이들은 돌멩이를 개울물에 던졌던 생각이 났다. 가난했어도 차일이 쳐지고 돼지를 잡아 고기와 내장을 삶고 술들이 거나해지자 초상집 마당은 남편의 죽음과 상관없이 활기를 찾았었다.

"그래도 당신이 죽었을 때가 행복했지요. 내가 지금 죽는다면 아마 나는 저 금당산 높은 돌산 벽창에 내팽개칠 것이래요."

묵호댁은 혼잣말을 했다.

"그래도 당신은 꽃상여 타고 고추밭 지나 서서히 흔들거리며, 상여소리가 구슬프게 울리는 길을 떠났지요. 그러나 내가 죽으면 상여도 없겠고, 아무도 울어 줄 사람도 없을 거래요."

묵호댁은 실성한 사람처럼 혼자 중얼거렸다.

집에 오니 텅 빈 마을이 더욱 을씨년스러웠다. 묵호댁은 고추밭에 가기 위해 집을 나섰다. 가만히 있으니 자신의 처지가 서러워서 신세한탄만 하게 될 것 같았다. 역시 이럴 때는 몸을 바삐 움직이는 것이 좋았다. 몸이 힘든 만큼 정신은 편할 것이기 때문이었다.

오늘따라 유난히 고추밭이 그리웠다. 이제는 그 고추밭만이 유일하게 묵호댁을 안아주고 감싸주는 공간이었다. 서둘러 발걸음을 옮기는데 어디선가 끙끙 앓는 소리가 들려왔다. 앓는 소리는 점차 커지다가 마침내 비명소리로 바뀌었다. 최 씨네 며느리였다.

'이를 어쩌나, 아이가 나오나 보네.'

그런 생각이 들어 묵호댁은 잰걸음으로 최 씨네 집으로 들어섰다.

만삭의 최 씨네 셋째며느리는 부른 배를 잡고 기진맥진한 채 마당에 고꾸라져 있었다. 그 모습을 본 묵호댁은 며느리를 부둥켜안았다. 최 씨 며느리는 거의 죽어가는 사람처럼 늘어지고 신음소리조차 없었다. 며느리가 입은 치마가 피에 젖어 홍건했다. 하혈이었다.

다급해진 묵호댁은 119에 신고했다. 얼마나 기다렸는지 시간이 아주 오래 흐른 듯했다. 묵호댁은 음성댁에게 전화를 걸이 상황을 알리고 최 씨네 식구들에게 소식을 전해 달라고 부탁했다.

읍내 병원에서는 응급처치만 해 주고, 최 씨 며느리를 원주 큰 병원으로 후송시켰다. 엉겁결에 원주병원까지 따라 오게 된 묵호댁은 최 씨 며느리가 무사하기를 두 손 모아 기도를 하며 가슴을 졸였다. 드디어 아기 울음소리가 들렸다. 새 생명이 태어난 것이다. 묵호댁은 안도의 한숨을 쉬었다. 얼마 후 분만실 문이 다급하게 열렸다. 좋은 조짐은 아닌 듯 싶었다. 묵호댁은 벌떡 일어나 간호사를 놀랜 눈으로 바라보았다.

"할머니, 큰일 났어요. 하혈이 너무 심해서 피가 모자라 위험해요."

"뭐라구요?"

이러다가 최 씨네 며느리가 죽기라도 한다면 큰일이었다. 원주병원까지 데리고 와서 이 사달이 났다고 하면 그 원망을 또 어찌 들을 것인가? 생각이 거기에 미치자 묵호댁은 머릿속이 하얗게 변하는 것 같았다.

"피를 사서도 넣는다고 하던데, 어떻게 살 수가 없나요?"

"할머니. 산모는 알에이치 마이너스 비형이에요. 큰일 났어요. 지금 초를 다투는데……."

간호사도 발을 동동 구르며 어찌할 줄 몰랐다. 묵호댁도 덩달아 발을 동동 굴렀다. 병원 구내방송에서 Rh-B형 혈액형을 가진 사람이 있으면 산부인과로 와달라는 방송이 다급하게 나왔다. 그제서야 묵호댁은 방송을 듣고 간호사에게 물었다.

"알~ 뭐라고 했지요?"

"알에이치 마이너스 비형이요, 할머니."

"내 며느리가 그렇게 귀한 피라고 하는 소리를 들은 적 있소."

"그럼 할머니 빨리 연락해 보세요."

묵호댁은 간호사에게 끌려서 안으로 들어가 마침 근처 원주에 살고 있는 며느리에게 전화를 걸어 급히 병원으로 오게 했다. 무슨 일인지 모르지만 급히 달려온 묵호댁 며느리는 다행히 최 씨네 며느리와 혈액형이 같았다. 그 덕에 최 씨 며느리는 살게 되었고, 아기도 건강하게 세상의 밝은 빛을 향해 울고 있었다.

겨우 숨을 돌리는 사이 최 씨네 가족들이 사색이 되어 원주병원으로 몰려왔다. 묵호댁은 수혈을 도와준 며느리와 이야기를 나누고 있었다. 가족들이 병실로 몰려간 사이 묵호댁은 조용히 병원을 나왔다. 그래도 자신이 있어서 두 목숨을 살렸다는 사실이 고맙고 감사했다.

다음 날 아침, 묵호댁은 마당 한쪽에 심은 호박꽃과 박꽃을 바라보고 있었다. 지금쯤이면 소담스럽게 피었어야 할 꽃이 작고 초라했다. 마치 묵호댁 자신을 보는 것처럼 가련해 보였다. 묵호댁은 갑자기 어지러워 쓰러질 뻔했다. 어제는 묵호댁도 경황이 없어서 몰랐는데 뭇매를 맞은 이후 자주 어지러웠다. 늘 이 산골에서 신선한 공기와 고기 대신 푸성귀와 나물을 먹고 지낸 탓에 아직까지 감기 외에는 병원신세를 져 본 적이 없는 묵호댁이었다.

오늘도 여느 때처럼 강쪽에서 불어 올라온 바람이 골짜기의 안개를 산으로 밀어 올리고 있었다. 안개는 싸락눈처럼 산비탈의 밭을 감싸고 산등성이를 향해 달음질쳤다. 바람이 골짜기를 맴돌면 안개도 따라서 소용돌이를 쳤다. 아침마다 거대한 안개의 군무가 골짜기를 휘감고 있는 것이다. 매일 보았던 안개의 웅장한 군무를 묵호댁은 오늘 처음 본 것같이 느껴졌다. 참 아름답고 멋스럽다고 생각했다.

어느새 산 위로 빨간 등산모 같은 햇머리가 솟아올랐다. 안개는 바쁜 듯이 하늘을 향해 날아올라 하얀 구름을 만들어 내고 골짜기는 햇살을 받기 위해 안개를 모두 몰아냈다. 그러면 산과 골짜기의 모든 나뭇잎이 반짝반짝 생명의 불빛을 켜놓았다. 때늦은 박꽃과 호박꽃도 햇살을 머금고 반짝였다. 그러나 안개 속에서 볼 때보다 한결 초라해 보였다.

해가 앞산 마루에 둥실 떠오르자 묵호댁은 집 근처 공터에 심어놓은 찰옥수수를 따러 갔다. 찰옥수수를 다섯 개 따서 돌아서다가 잠시 무슨 생각이 들었는지 다시 열 개를 더 땄다. 경미엄마에게 주기 위해서였다. 묵호댁은 서너 채 옆에 있는 경미엄마네 집으로 갔다. 경미엄마는 부엌에서 점심을 준비하고 있었다.

"경미엄마, 이거 찰강냉이야. 이게 마지막 강냉인데 한 번 먹어보고 맛있으면 내년에 많이 심어 먹으래."

"할머니………."

찰강냉이를 받아든 경미엄마는 묵호댁의 눈을 똑바로 쳐다보지 못했다.

"무슨 말을 할는지 다 알아. 산골생활이 답답하고 어렵더라도 이 산골에서 살아봐 보래. 좋은 곳이야. 이 동네도 정들면 도시생활이 잊혀질 때도 있을 거래. 난 이 동네에 시집와서 60년 넘게 동네를 지키고 살아왔어. 여기는 원주보다도 좋고 묵호보다도 더 좋아."

"할머님……, 저어."

경미엄마가 무슨 말을 하려고 하자 묵호댁은 얼른 일어나 피해 버렸다. 집으로 가던 중에 최 씨네를 만났다. 최씨 네는 지금 막 병원에서 돌아오는 중이었다. 그들은 묵호댁을 보고 다가와 손을 잡았다.

"할머니 고맙습니다. 우리 며느리 살려줘서………."

"고맙기는, 누구라도 눈으로 봤으면 했을 일인데……."

그동안 당했던 수모가 눈 녹듯이 사라지는 것 같았다. 묵호댁은 눈물이 나는 것을 애써 참으며 서둘러 집으로 돌아왔다.

해가 저물자 몹시 외로웠다. 외롭고 슬픈 마음을 달래며 산기러기 나는 노을을 따라 해 저무는 산등성이에 날아가 보고 싶었다. 해 저무는 등성이에 나뭇잎이 흔들리면, 어둠 속에 가난한 금당 골짜기에 피어나는 식구들의 눈물 같은 꽃송이가 서로의 야윈 어깨를 기대었다. 묵호댁은 소리 없이 저무는 오래 된 산을 바라보았다.

또 하룻밤이 지나갔다. 아침부터 동네 남자들은 동네 이장 집에 모였다가 마을입구에 장승처럼 세워진 춘천지방법원 원주지원에서 지정해 준 '범죄 없는 마을' 팻말을 제거하고 다시 묵호댁 마당으로 모여들었다.

"묵호댁이 사람을 살린 것은 살린 것이고, 도둑질을 한 것은 한 것이니까, 그리고 우리 동네는 도둑년과 함께 살 수 없으니까 하루빨리 이 동네를 떠나시오!"

묵호댁은 아무 말도 하지 않고 한숨만 쉬었다. 그때 음성댁이 나섰다.

"당신들, 묵호댁이 도둑질을 하는 거 봤어! 본 사람 있으면 나와 봐!"

동네사람들은 조용해졌다. 묵호댁은 납처럼 무겁게 몸을 일으켜 세워서 방문을 열고 모습을 드러냈다.

"그렇지 않아도 내가 떠나려 하오. 나도 준비할 일이 있으니 며칠만 말미를 주래. 그러면 여러분이 원하는 대로 하겠소. 그동안 피해를 입혀 죄송하오."

묵호댁은 그들 앞에서 울음을 보이지 않으려고 애써 참았다가 방문을 닫고 울음을 터뜨렸다. 그러자 음성댁도 함께 따라 울며 말했다.

"묵호댁이 여기를 떠나서 어디서 살랑가? 진짜로 묵호댁이 훔쳤어?"

"아녀, 난 훔치지 않았어."

"그러면 어째서 반박을 안 혀? 도대체 다 늙어서 이게 무슨 꼴이야? 동네가 비었다가 도시에서 젊은 사람들이 살아보겠다고 이사까지 왔는데, 이런 꼴을 보여주면 되겠어?"

그때였다. 경찰차가 올라오고 있었다.

"내가 시집와서 몇 십 년을 살아봤어도 백차 한 번 올라오는 거 못 봤다. 이제 백차가 다 올라오고. 이제 이 동네도 다 썩었어. 그래 어떤 연놈이 신고를 했어?"

경찰차는 사람들이 많이 모여 있는 묵호댁 마당으로 들어섰다. 경찰이 차에서 내렸다.

"여기 신분녀 씨 댁입니까?"

이장이 묵호댁을 나오라고 하자 묵호댁이 눈물을 닦고 나왔다.

"신분녀 씹니까?"

"내가 신분녀요."

"귀금속 도난신고가 들어와서 조사차 나왔습니다."

"그럼 날 잡으러 왔드래?"

"지난 장날에 금방에 가서 목걸이를 판 적 있죠?"

"팔았어요."

"조사를 해야 하니 서에 같이 가야겠어요."

경찰이 묵호댁을 경찰차에 태우고 막 떠나려고 할 때였다. 어디선가 날카로운 소리를 내지르며 경미엄마가 뛰어와 경찰차 앞을 막아섰다.

"묵호댁 할머니는 범인이 아니에요."

경미엄마가 숨을 헐떡이며 말했다.

"이 할머니가 아니라면 아주머니가 범인을 아세요?"

경찰이 차에서 내리면서 물었다.

"범인은 바로 저예요."

경미엄마가 기어들어가는 소리를 하다가 주저앉으면서 울음을 터뜨렸다. 차 안에 있던 묵호댁은 경찰에게 빨리 떠나자고 재촉했다. 그러나 경찰은 묵호댁을 차에서 내리라고 했다.

"범인은 나요. 저 젊은 아낙은 아무 죄도 없어요. 어서 나를 태우고 갑시다요."

묵호댁이 계속 자신이 범인이라고 우기자 경미엄마가 묵호댁 앞에 무릎을 꿇고 엎드렸다.

"경미엄마 왜 이래?"

"할머니 제가 한 짓이라는 거 다 아시잖아요? 제가 밭에다 묻는 것도 보셨잖아요, 할머니가 저 보호해 주시려는 거 다 알고 있었어요……."

"그게 아니야 경미엄마. 내가 한 짓이래도."

묵호댁은 그래도 자신이 범인이라며 우겨댔다.

"증거가 있어요. 저와 함께 가시죠."

경찰과 함께 고추밭에 간 경미엄마는 땅을 파헤쳐 금붙이를 가지고 경찰들과 함께 묵호댁 마당으로 돌아왔다. 그것을 본 최 씨는 귀금속을 움켜잡았다.

"이것 보세요. 최 씨네 집에서 제가 훔친 거예요. 그래도 못 믿겠어요?"

경찰은 목걸이와 팔찌를 들고 최 씨에게 확인해 보라고 했다. 최 씨가 맞다고 대답하자 묵호댁은 당황해 하며 말했다.

"아니 경미엄마 정말 어쩌자고 그래?"

"할머니, 저는 괜찮아요. 이제 저도 어떠한 일이 있더라도 동네를 안 떠나요. 할머니처럼 이 동네를 지키며 죽을 때까지 여기서 살 거예요. 할머니 저 때문에 걱정 많이 하셨지요? 그동안 동네사람들한테 도둑으로 몰리면서 원망도 많이 하셨을 거예요. 그래도 막판에는 할머니께서 제가 한 짓이라고 밝히실 줄 알았어요. 그런데……, 평생 여기서 사신 할머니가 이제 어디를 가시겠어요? 죄송합니다. 진작 밝히지 못해서……."

경미엄마는 흐느껴 울었다.

"이 보시래 경찰 양반, 이 젊은 사람은 우리 동네를 지키며 살아갈 앞날이 창창한 사람이래요. 대신 늙은이 날 잡아가시래."

경찰과 동네사람들은 묵호댁의 발언에 놀라고 있었다. 상황을 짐작한 동네사람들은 묵호댁 앞에서 고개를 들지 못했다.

"그럼 할머니가 금은방에서 파셨다는 그 금들은 도대체 뭡니까?"

경찰이 묵호댁에게 물었다.

"그 금비녀는 우리 친정어머니가 내게 주신 거고, 금반지는 남편이 준 거요. 또 나머지는 자식들 결혼시키면서 받은 선물이오. 내가 평생에 금반지 한 번 끼어보지 못했다고 생각한 아들 내외가 금거북이를 선물로 주었소. 그런데 아들이 사업하다가 망해서 사기까지 당해 유치장에 가게 생겼는데 그까짓 금 가지고 있으면 뭐하겠소? 그래서 내다 판 거요. 이 사실은 우리 아들 내외가 알면 안 되는데……, 아무튼 경찰 양반 이 늙은이 부탁 하나 들어주시오. 저렇게 자수까지 했고 없어진 금붙이도 돌아왔는데 저 젊은이를 꼭 잡아가야겠소?"

"할머니의 마음은 알겠으나 일단 신고가 접수되어서 저희도 어쩔 수 없습니다."

그러자 최 씨가 나서서 말했다.

"없어진 금붙이는 찾았으니 되었고, 그 신고는 내가 아들 장가보내고 하도 좋아서 술김에 한 실수니 없었던 일로 해 주시오."

경찰은 난감한 표정을 지었다. 마을 사람들은 그러면 좋겠다며 이구동성으로 경찰에게 매달렸다.

"신분녀 할머니 때문에 이 젊은 사람을 봐주는 겁니다. 그럼 여기다 지장 좀 찍어주세요."

최 씨는 엄지손가락에다 인주를 발라 꾹 내리찍었다.

잠시 후 경찰은 떠났다. 동네사람들은 묵호댁에게 그동안 미안하게 됐다면서 앞 다투어 사과를 했다.

"됐으니까 그 범죄 없는 마을 팻말이나 다시 잘 세워둬. 그걸 누가 철거하라고 했드래?"

남자들은 삽과 괭이를 어깨에 메고 마을 입구로 내려갔다.

최 씨 부인이 말했다.

"자, 우리 집에 잔치하고 남은 음식이 있으니 모두 우리 집으로 갑시다. 결혼식 뒤풀이하고 건강한 손녀를 보았으니 축하도 받아야지요."

묵호댁은 무릎을 꿇고 울고 있던 경미엄마를 일으켜 세웠다. 경미엄마는 묵호댁의 품에 기대어 큰소리로 꺼이꺼이 울었다. 묵호댁은 하늘을 올려다보았다. 정녕 손바닥으로 하늘을 가릴 수는 없는 모양이었다.

어느새 청명한 하늘이 높고도 푸르게 빛나고 있었다. 그 파란 하늘 위로 몽실몽실 물안개가 피어오르듯 양떼구름이 떼지어 흘러갔다. 묵호댁은 스산한 기운에 팔을 문질렀다. 아무래도 긴팔 하나를 걸쳐 입어야 할 것 같았다.

숱한 사연과 곡절이 있었지만 묵호댁은 오랜만에 마음이 편안해졌다. 세상 슬픔에 자기의 슬픔 하나를 더 보태기보다는 다른 사람의 슬픔을 보듬어 안는다면 세상이 참 살기 좋은 곳이 될 텐데 그 간단한 이치를 왜 사람들은 모르는 것일까? 묵호댁은 그런 생각을 하며 집을 나섰다.

길가에는 가을의 전령사 코스모스가 꽃을 피울 준비에 한창 바쁘고, 어디선가 고추잠자리 떼가 몰려와 드높은 하늘을 어지럽게 수놓았다.

가을이 성큼 다가오고 있었다.

두 얼굴의 여인

그 요일 오전인데도 춘천행 전철은 꽤나 붐볐다. 다행히 나는 종점인
상봉역에서 전철을 타서 겨우 자리에 앉을 수 있었다.

목적지가 있는 것은 아니었다. 그냥 춘천까지 가도 되었고 가다가 마음
에 드는 곳이 있으면 내려도 그만이었다.

나는 휴대폰을 꺼내 노선도를 천천히 살폈다. 대성리, 청평, 강촌, 김유
정, 춘천 등의 역 이름이 내 눈에 들어왔다.

그런데 그 중 강촌이라는 두 글자가 내 뇌에 각인되었다. 하루 휴가를
내고 찾은 곳이 왜 하필이면 춘천행 전철이었는지 나는 그제야 내 마음의
움직임을 겨우 읽어낼 수 있었다.

8년 전, 은수와 자주 춘천행 열차에 올랐었다. 그때는 지금처럼 전철이
없었고 청량리역에서 경춘선 기차를 타야 했다. 특별한 스케줄이 없는 한
우리는 주말이면 기차를 타고 때로는 대성리, 때로는 청평, 때로는 강촌
에 내려 둘만의 시간을 가졌다.

은수는 기차를 타고 서울로 돌아오는 내내 행복해 했다. 기껏해야 종점

인 춘천까지 두 시간이면 도착했지만 기차를 탄다는 것은 아주 멀리 떠나는 기분을 안겨주었고 나 역시 그런 생각에 더없이 즐거웠다. 은수와 함께라면 기차든, 전철이든, 고속버스든 아무런 상관이 없었다.

전철이 대성리와 청평에 정차하자 많은 학생들이 내렸다. 통기타를 둘러메고 손에는 커다란 가방이 들린 것으로 보아 MT를 온 대학생들 같아 보였다. 학생들이 내리자 전철에 남은 사람은 노인들이 대부분이었다.

잠시 학생들을 따라서 함께 내릴 걸 그랬나 싶은 생각이 들었다. 차창 밖으로 눈길을 돌린 나는 다음 역이 강촌이라는 안내방송을 듣고 갑자기 자리에서 벌떡 일어섰다.

나는 강촌역에서 내렸다. 예전에는 기차에서 내리면 곧바로 강이 보이고 공원이 있는 강촌까지 걸어서 갈 수 있었다.

그런데 내가 내린 강촌은 은수와 다녔던, 눈에 익은 그 강촌이 아니었다. 그러니까 내가 가고 싶었던 곳은 폐강촌역이었던 것이다.

나는 잠시 난감한 표정으로 서 있다가 역사 사무실로 가서 폐강촌역을 가는 방법을 물었다. 다행히 나처럼 옛날의 강촌역을 찾는 사람이 꽤 있는지 역 앞에서 그쪽으로 가는 시내버스가 있다고 알려주었다.

나는 한참을 기다려 폐강촌역으로 가는 시내버스에 올라탔다. 그러나 이번에도 낭패였다. 모르면 운전기사에게 물었어야 했는데 어림짐작으로 여기쯤이면 되겠다 싶어서 내렸더니 이곳도 역시 내가 찾던 옛날의 강촌은 아니었다.

아무려나 누구와 약속을 한 것도 아니고 시간이 촉박한 것도 아니어서 나는 일단 발길이 가는 대로 큰길을 따라 걸었다.

한참을 걷다 보니 오른쪽으로 오솔길이 나왔다. 왠지 이 오솔길을 따라가면 질러가는 길이 나올지도 모른다는 호기심에 나는 오솔길로 발걸음을 돌렸다. 오솔길은 두 사람이 나란히 걸으면 붙어서 걸어야 할 정도로 좁았고 양옆에는 숲이 우거져 있었다. 숲은 이제 막 단풍이 들기 시작하여 나무마다 울긋불긋한 색깔을 머금고 가을을 뽐내고 있었다.

한 10분쯤 걸었을까? 족히 수십 그루의 나무를 쳐낸 듯싶은 공터가 나왔다. 그리고 그 공터에는 숲속 오솔길의 분위기와는 전혀 어울리지 않는, 조금은 흉물스럽기까지 한 콘크리트 건물이 보였다. 그 건물에는 '라면'이라는 하얀 간판이 붙어 있었다. 간판집에서 주문하여 붙인 간판이 아닌 사람이 직접 쓴 듯한 서투른 글씨체였다.

나는 역시 호기심이 들어 빛바랜 페인트칠의 밀문을 밀고 가게로 들어섰다. 실내는 그리 넓지 않았다. 일곱 평 남짓의 홀에 탁자 서너 개가 놓여 있었다. 탁자들 한가운데에 난로가 있었는데 매우 작은 난로였다. 아마도 지난해 겨울에 설치해 놓고는 주인의 게으름으로 봄과 여름이 지나도록 치우지 않은 것으로 보였다.

나는 벽 쪽에 붙어 있는 탁자 앞으로 걸어가 의자를 빼고 자리에 앉았다. 가게 문을 열 때 분명히 문에 달린 종소리가 딸랑거리며 요란하게 울렸는데 주인은 보이지 않았다. 나는 텅 빈 식당 안을 찬찬히 둘러보았다. 장식물이라곤 하나도 없었고 그 흔한 소주나 맥주 포스터 한 장 붙어 있지 않았다. 하얀 페인트칠을 한 사방 벽에는 온통 낙서투성이였다.

주인이 벽에 하얀 페인트칠을 한 이유는 손님들이 자유롭게 낙서를 하라는 배려였을지도 모른다는 생각이 들었다. 그 낙서 한가운데에 메뉴를 써넣은 두 장의 종이가 붙어있었다. 한 장의 종이에는 '호호라면'이라는 글씨가 쓰여 있었고, 나머지 한 장에는 '그냥라면'이라고 쓰여 있었다. '그냥라면'이라면 말 그대로 그냥 라면일 것이고, '호호라면'은 뭐가 들어 있는 라면인지 짐작이 되지 않았다.

잠시 후 홀 안 주방의 문이 열리면서 가게의 주인인 듯한 사내가 나왔다. 사각 얼굴에 희끗희끗한 머리카락은 헝클어진 실타래처럼 아무렇게

나 뻗쳐 있었고, 턱수염도 이주일 이상 깎지 않은 듯 듬성듬성 제멋대로
였다.

　주인은 청으로 된 멜빵바지를 헐렁하게 입고 무릎까지 올라온 목이 긴
장화를 신고 있었는데 키가 대단히 커 보였다. 그리고 배가 좀 심하다 싶
을 만큼 나와 있었다. 주인은 담배 파이프를 입에 물고 있었다. 거구의 주
인과 럭비공만큼 작은 난로가 주는 불균형이 이상하게도 나에게 묘한 정
감을 불러일으켰다.

　"라면 먹을 거야?"

　주인은 스스럼없이 반말로 물었다. 그런데 그 반말 역시 별로 불쾌하게
들리지 않았다.

　"호호라면으로 주세요."

　"혼자 오는 손님에게 호호라면은 안 팔아. 그냥라면 먹어. 선불이야."

　할 수 없이 나는 그냥라면을 먹을 수밖에 없었다.

　"얼마에요?"

　"오천 원."

　라면 치고는 조금 비싼 편이었지만 워낙에 외진 곳에 있으니 그럴 수도
있다는 생각에 나는 지갑에서 만 원을 꺼내 주인에게 주었다. 주인은 오
천 원을 거슬러주며 묻지도 않은 말을 했다.

　"호호라면은 싸. 삼천 원이야."

　나는 라면 값을 치르고, 라면이 나오기를 기다리면서 벽 한쪽에 낙서를
했다.

　―젠장, 호호라면은 팔지도 않고, 난로는 콧구멍만하고, 주인아저씬 고
릴라 몸집보다 크고, 그러나 담에 또 오고 싶은 곳.

'그냥라면'은 말 그대로 그냥 라면을 끓여낸 것이었다. 오천 원이나 받으면서 계란이든, 떡이든 넣어줄 만도 한데 약간의 파조차 들어 있지 않았다. 다만 주인이 손님을 대하는 태도나 생김새로 보아서는 투박하게 두꺼운 단무지가 나올 것 같았는데 적당히 익은 맛있는 김치가 라면 한 그릇을 다 먹고도 남을 정도로 푸짐하게 나왔다. 배가 고팠던 터라 나는 라면을 국물까지 다 마시고 그릇을 깨끗하게 비웠다.

식당을 나와 다시 오솔길을 한참 더 걸었다. 가다 보니 나무 둥지에 붙은 작은 푯말이 눈에 띄었다. 이번에는 '강변찻집'이라는 예쁜 글씨가 하얀 색으로 쓰여 있었고 그 아래에는 빨간색 화살표와 함께 '100m만 더 걸으세요'라는 문장이 쓰여 있었다. 강변찻집이라는 상호하며 예쁜 글씨가 꼭 그 푯말을 붙인 사람이 여인임을 암시하는 것 같았다.

'이 오솔길의 끝에 여인이 하는 찻집이 있다, 괜찮군.'

나는 어떤 주인이 운영하는 찻집일까 궁금해 하며 100미터를 걸었다. 100미터를 30미터쯤 남겨두었을 때, 숲 사이로 건물이 보였다.

'강변찻집'이었다. 왜 이름을 하필이면 카페가 아닌 찻집이라고 촌스럽게 지었을까 생각하면서 나는 찻집 마당으로 들어섰다. 찻집은 목조로 지었으나 이 오솔길과 아주 잘 어울리는 분위기의 아담한 건물이었다.

'숲속 강변의 찻집이라.'

마당에는 잔디가 깔렸고 이름은 알 수 없지만 잎이 무성한 나무들이 울타리를 대신하고 있었다. 그리고 나무 아래에 파란색 파라솔과 둥근 테이블, 탁자들이 잘 배치되어 있었다. 제법 큰 나무 위에 달린 스피커에서는 찻집에 어울리는 옛날 가요가 흘러나왔다.

나는 역시 가장자리에 있는 한 탁자에 자리를 잡고 주위를 두리번거렸다. 찻집 안에서 손님이 온 것을 확인한 주인이 메뉴판을 들고 나를 향해 걸어왔다. 멀리서 걸어오는 여인의 자태는 키가 크고 약간 살집이 있어

보였다.

여인은 메뉴판을 내밀며 상냥하게 웃었다. 순간 나는 감전이라도 당한 듯 온몸이 전율하는 것을 느꼈다. 여인을 보는 순간 하마터면 '은수'라고 소리를 지를 뻔했다. 쌍꺼풀이 선명하고 눈은 동그랗고 관능적인 눈망울이었다. 높지는 않지만 뾰족한 코에, 립글로스를 발라 반짝거리는 빠알간 입술, 긴 머리를 대충 묶고 대신 앞머리를 조금 옆으로 내려 이마를 조금 가린, 성숙한 여인이 나를 위아래로 훑어보았다.

"어서 오세요. 무슨 차를 드릴까요?"

처음 메뉴판을 내밀며 상냥하게 웃던 것과 달리 여인의 목소리는 사무적이었다. 나는 순간 내가 사람을 잘못 보았나 하는 생각을 했다.

만약에 저 여인이 은수라면 이렇게 사무적으로 나를 마주할 수 없을 것이기 때문이었다. 역시 은수가 아니었나 하는 생각에 나는 흥분된 마음을 추슬렀다.

"차 말고 커피는 없나요?"

"있어요. 어떤 커피로 드릴까요?"

"아메리카노로 주세요."

"따뜻한 거로요?"

"네."

여인은 뒤돌아 찻집 안으로 들어갔다. 나는 여인의 뒷모습을 뚫어지게 바라보았다. 165센티미터 정도 되어 보이는 키에, 헐렁한 옷을 걸쳐 입어 몸매는 드러나지 않았지만 그런대로 늘씬해 보이는 체형이었다.

그런데 정말 은수를 많이 닮은 얼굴이었다. 은수와 헤어진 지 8년이나 지났지만 아직도 머릿속에 선명하게 그릴 수 있는 얼굴이었다. 그러나 분위기는 은수와 많이 달랐다. 은수는 누가 보아도 청순하고 가련해 보이는 타입이었다. 그러나 여인에게서는 뭔가 삶의 피곤함이 많이 깃들어져 있는 듯 지쳐 보였고 강인하고 억센 기운이 느껴졌다.

'같은 사람이 세월이 지나면 저렇게도 변할 수 있을까?'

나는 스스로에게 묻고 고개를 갸웃거렸다. 확실히 얼굴은 은수 같아 보였지만 전체적인 느낌으로 여인은 은수가 아니었다.

"찻집 이름이 강변인데, 강이 보이질 않네요."

쟁반에 받쳐 커피를 내온 여인은 역시 사무적으로 대답했다.

"강변찻집에 강이 없어서는 안 되죠. 가게 뒤쪽으로 가면 보여요."

"아, 가게 건물에 가려서 보이지 않았던 거였군요."

"가게 뒤로 가 보면 나루터도 있어요."

"나루터? 어딜 가는 나룻배죠?"

"거북섬 갈대밭이요."

"그럼 뱃사공도 있겠군요?"

"네. 청각장애인 뱃사공인데. 근사한 할아버지에요."

대화를 나누어 보았지만 역시나 은수는 아니었다.

아무튼 나는 그날 이후로 그녀에게 빠져들었다. 그러고 보니 그녀의 얼굴은 왠지 슬퍼보였다. 서늘한 눈매와 고르고 하얀 치아, 약간 각이 있지만 그게 오히려 이지적으로 보이게 하는 턱, 낮은 톤과 약간의 비음이 섞였지만 낭랑한 목소리, 이러한 것들이 자꾸 은수와 오버랩 되어 나를 끌어당겼다.

나는 주말이면 강변찻집을 찾았다. 금요일까지 열심히 일하고 토요일이면 갈 데가 생긴 것이 그렇게 좋을 수가 없었다. 군대를 다녀와 복학을 하고 취업을 하기 위해 공부에 매진했었다.

그리고 겨우 들어간 중소기업에서 대리 타이틀을 달았다. 사랑하는 여인이 떠난 후 정신없이 앞만 보고 공부에만 매달렸고 이제 겨우 입사 1년 차로 한가한 가을을 만끽하는 중이었다.

토요일 아침, 나는 일찌감치 일어나 춘천행 전철을 타고 강변에서 내렸다. 거기서 다시 버스를 갈아타고 오솔길 입구에서 내려 천천히 걸었다. 갈 때마다 오솔길의 그 라면집도 들렀다. 그러나 나는 호호라면을 먹을 수 없었다.

— 호호라면은 혼자 오는 손님에게 팔지 않는다고 했잖아. 그냥라면 먹어.

나는 주인에게 번번이 퇴짜를 당했다.

어느 토요일 아침, 평소보다 일찍 눈이 떠졌다. 오늘은 그만 하루 푹 쉴까 했는데 화장실에 한 번 다녀오고 난 뒤 다시 잠이 오지 않았다. 인체의 사이클, 습관은 무서운 것이었다. 토요일이면 강변에 다녀오던 기억이 어느새 나의 몸과 마음을 일깨우고 있었다.

한참을 뒤척이다가 나는 자리를 박차고 일어나 춘천행 전철을 탔다. 평소보다 이른 시간이어서인지 가을 안개가 짙게 깔려 있었다. 낮게 깔린 안개는 너울에 고즈넉이 싸여 있었다.

그런데 찻집의 문은 열려 있었는데 그녀가 보이지 않았다. 나는 가게 문을 열고 안으로 들어섰다. 가게 안에는 예닐곱 살쯤 되는 사내아이가 창가에 앉아 동화책을 읽고 있었다. 이렇게 이른 아침에 아이가 가게에 있는 것으로 보아 그녀의 아들이 아닐까 싶은 생각이 들었다.

"엄마는 어디 계시니?"

나는 아예 아이가 찻집 주인의 아들이라고 단정 짓고 물었다.

"그림 그려요."

"어디서?"

꼬마는 고개를 들어 턱을 삐쭉이 내밀고는 '저어기' 하며 뒤쪽을 가리켰다. 가게 뒤로 가보았다. 그녀는 이젤 앞 앉은뱅이 의자에 앉아 그림을 그리고 있었다. 나는 기척을 하지 않았다. 그림을 그리는 그녀의 모습을 오래도록 훔쳐보고 싶었기 때문이었다. 안개에 싸여 그림을 그리는 여인, 그 모습은 내가 늘 머리에 간직하고 있던 아름다운 영상이었다.

짙은 안개 때문에 섬의 나룻배가 보이지 않았지만, 그녀의 캔버스에는 안개에 덮인 나룻배가 그려지고 있었다. 나룻배에는 사공이 없는데, 한 남자가 무릎을 구부리고 앉아 책을 읽고 있는 그림이었다.

그런데 그 모습이 낯설지 않았다.

"나룻배에는 사람이 없는데 사람이 있는 걸로 그린다, 그럼 상상화인가요?"

"어머! 깜짝이야. 언제 왔어요. 이렇게 이른 시각에."

그녀의 물음에 대답하지 않고 나는 계속 물었다.

"상상화인가요?"

"아녜요, 사실화예요. 원래 모든 그림은 상상이 뒤섞여 있어요. 상상이 없다면 그건 사진이지 그림이 아니니까요."

"그렇긴 하네요. 그런데 상상하며 그릴 그림이라면 가게 안에서 그려도 될 텐데."

"가게 안엔 안개가 없잖아요. 안개가 내 살갗에 닿아야 안개의 느낌을……."

"그렇군요. 그런데 책 읽는 사람이 낯설지 않은데요."

"그럴 거예요. 그러니까 다빈치 화실……."

그녀는 말을 꺼내다가 아차 싶은 표정으로 입을 다물었다.

순간 번쩍 떠오르는 기억이 하나 있었다. 다빈치 화실, 다빈치 화실을 어떻게 잊을 수 있을까? 대학교 2학년 때 학교 근처의 다빈치 화실에서 수없이 만났던 그녀였다.

"너 혹시 은수?"

"명준 씨……, 이제 기억하네……. 나는 처음부터 알아보았는데……."

은수였다. 그토록 그리워하던 은수를 이곳에서 다시 만나게 된 것이다.

"얼굴이 너무 달라져서 긴가민가했어."

"아마 살이 많이 쪄서 그럴 거야. 그때보다 10킬로는 더 쪘거든."

"그래도 보기 좋은데?"

"내가 워낙 말랐어서."

"그런데 어쩌면 그렇게 시치미를 뚝 떼고 나를 모른 척할 수가 있어?"

"이제 와서 과거가 무슨 소용이 있겠어. 다 지나간 이야긴데……."

은수는 눈길을 먼 데 두며 차분하게 대답했다.

은수는 미술을 전공했고 나는 경영학을 공부했다. 고향이 안동이었던 나는 학교 근처인 신촌에서 하숙을 하고 있었다. 2학년 새 학기가 시작된 지 얼마 지나지 않아 과 대항 축구대회가 있는 날이었다. 경영학과와 국문학과가 시합을 했는데 그날이 준결승전이었다. 어렵게 2대 1로 시합에서 이긴 나는 너무 기쁜 나머지 환호성을 지르고 있었다.

그런데 시합이 끝난 후 옷을 갈아입으러 가는데 누군가 내 앞을 가로막았다. 고향 친구 혜정이었다.

"어이, 이명준 축구도 제법인데."

혜정이 신촌 근처의 여대에 다닌다는 말은 들었으나 1년이 지나도록 만난 적은 없었다. 그런데 갑자기 학교로 찾아온 탓에 나는 잠시 어안이 벙벙했다. 혜정이 옆에 나란히 서 있던 은수가 고개를 까딱하며 인사를 했다.

"내 친구 은수. 오늘 우리가 미팅이 캔슬되는 바람에 너하고 술이나 한 잔 하려고 찾아왔다."

"반갑다. 잠깐만 기다려 옷 갈아입고 저기 학생회관 앞 벤치에서 만나자."

나는 먼저 간 친구들의 뒤를 따라 뛰었다. 그런데 갑자기 가슴이 쿵쾅 거렸다. 남자성격의 혜정이완 달리 은수는 여자 냄새가 폴폴 났다. 옷차림도 혜정인 청바지 차림에 흰색 티셔츠를 툭 걸쳐 입은 반면 은수는 짧은 청치마에 화려한 꽃무늬 블라우스를 입고 있었다.

나는 대충 샤워를 끝낸 후 축구부원들의 회식장소로 가지 않고 학생회 관 앞으로 총알같이 뛰어나갔다. 뭔가 좋은 일이 생길 것만 같았다. 그날 학교로 여자 친구가 두 명이나 찾아온 데다가 축구까지 이긴 나는 날아갈 것 같은 기분이었다. 우리는 간단히 저녁을 먹고 늦은 시간까지 술을 마시며 서로를 탐색했다.

다행히 그날은 한 달 하숙비를 포함한 용돈이 입금된 날이기도 했다. 나는 빵빵한 주머니가 홀쭉해지도록 기분을 냈다. 생활비가 떨어져 나머지 29일이 살기 빽빽해도 그 시간만큼은 뒷일이야 내 알 바 아니었다.

대학에 입학한 후 수없이 미팅에 나갔었다. 여자 친구를 사귀고 싶어서였다. 그러나 내 앞에 앉은 여자들은 내 마음에 들지 않았다. 미팅은 포기하고 같은 과, 같은 학교에서 괜찮다 싶은 여자들을 따라다니기도 했다.

그러나 남자들이 생각하는 괜찮은 여자는 대부분 한 여자에 집중되어 있었다. 열심히 공들여서 고백할 타이밍이 되면 다른 남자가 채가거나 임자가 있는 몸이었다. 그렇게 1년이나 시행착오를 겪었는데 은수라는 여신이 갑자기 내 앞에 나타난 것이다.

그날 이후로 나는 고향 친구 혜정이보다 은수를 더 많이 만났다. 처음에는 혜정이를 핑계로 학교를 찾아갔고 나중에는 은수와 단둘이 만나면서 사랑을 키웠다. 은수는 그녀의 학교 앞 다빈치 화실에서 아르바이트를 하고 있었다.

엄마 친구가 화실을 운영하고 있었는데 중학교 아이들을 몇 명 맡아 용돈도 벌고 또 화실이 비었을 때 지키기도 했다. 머지않아 화실은 은수와 나의 아지트가 되었다. 나는 학교가 끝나면 총알같이 은수의 학교로 뛰어가 그녀를 에스코트했다.

함께 밥을 먹고 차를 마시고 신촌 거리를 누비기도 했다. 나는 너무나 예쁜 은수의 남자친구가 된 것이 자랑스러웠다.

우리는 학교보다 다빈치 화실에서 더 자주 만났다. 저녁 8시가 지나면 엄마 친구인 원장님이 집으로 돌아가고 10시까지 은수가 화실을 지켰다.

나는 저녁 8시가 넘으면 은수의 화실로 향했다. 화실 한쪽에서 리포트를 쓰거나 책을 읽었다. 학생들이 모두 돌아간 후 나는 은수를 도와 화실 뒷정리를 마치고 은수를 연희동 집에까지 데려다주었다.

은수가 집으로 들어가고 홀로 하숙집으로 돌아올 때도 나는 외롭지 않았다. 때로는 저렇게 예쁜 은수가 나와 팔짱을 끼고 거리를 걷고 웃어주고 함께 많은 시간을 보내준다는 것이 현실감 없게 느껴지기도 했다. 혹시 내가 군대를 다녀오는 사이 누가 은수를 채가기라도 하면 어떻게 하나? 나는 가끔씩 은수가 내 곁을 떠날지도 모른다는 생각에 불안했다.

보통 예비역 선배들을 보면 군대에 다녀오는 동안 고무신을 거꾸로 신는 여자 친구들이 많았다. 물론 열에 한 명쯤은 순정만화의 주인공처럼 군대 뒷바라지까지 하는 여자들도 있기는 했다.

'은수는 어떨까? 과연 나를 기다려줄까?'

시간이 흐를수록 나는 어쩌면 은수를 잃을지도 모른다는 생각에 두려워지기 시작했다.

봄에 만나 여름과 가을을 보낸 후 우리는 겨울을 맞았다. 크리스마스를 일주일 앞둔 어느 날, 드디어 나에게 영장이 나왔다. 2월 전에 입대하여 제대한 후 3월에 복학하려면 알맞은 때 영장이 나온 것이다. 피할 수 없으면 즐기라고 했듯이 어차피 다녀올 군대면 기분 좋게 다녀올 생각이었다.

나는 영장을 핑계로 크리스마스를 디데이로 잡고 은수와 함께 밤을 지

새우고 싶다고 했다. 은수는 아무리 크리스마스이브라도 부모님의 허락 없이는 외박을 할 수 없다고 했다. 며칠을 졸라 은수는 겨우 외박을 허락받았다. 그것도 화실에서 혜정이와 함께 한다는 조건이었다. 그나마 감지 덕지였다. 혜정이야 적당한 시간에 돌려보내면 그만이었다.

"명준이가 입대한다니까 내가 특별히 봐준다. 대신 너희들 선은 절대로 넘지 마라."

혜정이는 다른 친구네 집에서 크리스마스 파티를 할 예정이라며 자리를 비켜주었다.

은수와 단둘이 화실에 남으니 새삼 가슴이 떨려왔다. 나는 미리 준비한 목걸이를 꺼내 은수의 목에 걸어주었다. 외박을 허락받을 때 이미 많은 결심을 한 듯 은수는 큰 눈에 눈물을 글썽이며 내 품에 안겼다.

"너 없이 어떻게 살지?"

"그건 내가 할 소리야. 나야말로 너를 두고 불안해서 어떻게 군대를 가야 할지 모르겠다."

"기다릴게. 면회도 자주 갈게."

"고마워, 그리고 정말 사랑해."

그날 우리는 화실에서 긴 입맞춤을 나누었고 서투른 관계를 맺었다.

그로부터 한 달 후 나는 입대를 했다. 훈련소에서 훈련을 마친 후 은수가 면회를 왔다.

그리고 세월이 흘렀고 역시 예상했던 대로 은수는 연락이 뜸하다가 어느 날 아예 소식이 끊겼다. 전화 한 통 메모 한 장 남기지 않았다. 나는 미친 듯이 다빈치 화실과 은수네 집, 그리고 은수의 학교를 찾아다녔지만 더 이상 은수를 만날 수 없었다.

제대 후 매일 술에 빠져 사는 나를 혜정이 만나러 왔다. 은수는 집안끼리 잘 아는 남자와 결혼을 한 후 함께 유학을 떠났다고 했다. 가슴이 무너져 내렸다.

그런데 그 은수가, 그토록 찾아 헤맸던 은수가 지금 내 눈앞에 있다.

"한국에는 언제 돌아왔어? 공부는 마치고 온 거야?"

"아니, 공부를 다 마치지 못했어."

"왜?"

"한국을 떠나기 전에 임신을 했거든."

"임신?"

나는 아까 홀에서 혼자 동화책을 읽던 남자아이를 떠올렸다.

"아까 보니까 홀에 남자 아이가 하나 있던데, 그 아이야?"

은수는 고개를 끄덕였다.

"지금 몇 살인데?"

"여덟 살."

은수가 조용하게 대답했다. 안개가 걷히고 있었다. 아니 안개가 산봉우리를 향해 치솟았다. 안개는 봉우리에서 매달리나 싶더니 산과 분리되어 하늘을 날고 있었다.

"아이 아빠는? 혹시 이혼했어?"

"이혼은 혼자 하나? 이혼할 남자가 있어야 하지."

"그럼, 죽 홀로?"

"……."

"결혼해서 유학 갔다고 들었는데……, 그럼 아이 아빠는 누구야?"

"그냥 생겼어. 누굴 닮았는지, 책도 좋아하고 음악도 좋아하고, 그림 그리는 것도 무척 좋아해."

나는 조금 묘한 기분에 사로잡혔다.

"은수와 헤어진 지 8년이 되었는데 아들이 일곱 살이면……, 그리고 지금까지 나 외에 남자 없이 홀로 살았다면……."

나는 은수를 빤히 쳐다보았다. 속 시원히 말해 주면 좋을 텐데 은수는 천연덕스런 얼굴로 나를 놀리듯 쳐다보았다.

"아이를 위해서라도 왜 나를 찾지 않았지?"

"내가 명준 씨를 찾을 이유가 없잖아."

찾을 이유가 없잖아, 라고 말하는 그녀의 말투는 더 이상 아무런 상상도 하지 말라는 경고처럼 들렸다. 그녀는 이 어색한 만남이 매우 불편한 표정이었다. 그녀를 만난 이후 과거로 돌아가 다시 애끓는 내 마음과는 달리 그녀는 나 없이 평생을 살아도 하나 아쉬울 것이 없어 보이는 표정과 말투로 시종일관 나를 대하고 있었다.

어느새 안개는 온데간데없이 흩어지고 가을 햇볕이 따갑게 내리쬐는 점심때가 되었다. 아침도 못 먹은 나는 배가 고팠다.

"저기 오솔길에 호호라면이라는 걸 팔던데 나는 아직 먹어보지 못했어."

그녀는 의미심장한 미소를 지으며 말했다.

"그 아저씨는 혼자인 손님에게 호호라면은 절대 팔지 않지."

"호호라면이 도대체 뭐야? 은수는 먹어봤어?"

"응 먹어 봤어."

지금껏 홀로 살아왔다는 은수가 누구와 호호라면을 먹었을지 알 수 없었지만 그 말을 들은 나는 서운한 마음이 들었다.

"값은 오히려 그냥라면보다 싸다던데."

"별 거 아냐. 남녀 커플이 한 그릇에 담긴 라면을 호호 불면서 먹는 거야."

이런저런 대화 끝에 은수는 라면집 주인에 관하여 이야기해 주었다. 그는 원래 성악을 전공한 오페라 가수였는데 은수는 그가 노래 부르는 것을 한 번도 듣지 못했을 뿐만 아니라, 사진이나 음반 같은 것도 본 적이 없다고 했다.

그는 가곡을 부르는 소프라노 가수와 결혼을 했다. 그런데 긴 열애 끝에 막상 결혼을 하고 보니 그 가수가 지독한 독신주의자였다는 것이다. 가수는 사랑을 원했지만 한 침대에서 잠자는 것을 거부하려 했고, 일상생활도 따로 하길 원했다. 그러다 가수는 그와 별거를 선언하기에 이르렀고 그 선언은 이혼으로 이어졌다고, 은수는 묻지도 않은 라면집 주인에 대해 상세히 이야기해 주었다.

"우리 호호라면 먹으러 갈까?"

"가게는 어떻게 하고?"

"주말에는 오후부터 손님이 있어. 오전에는 한가해."

은수는 홀에 앉아 있는 아들에게 샌드위치를 하나 꺼내 전자레인지에 데워 주었다.

"엄마 30분만 있다가 올게. 잠깐만 책 읽고 있어."

아들은 고개를 끄덕였다.

나는 은수와 오솔길을 걸었다. 은수와 함께 걷는 라면집은 생각보다 훨씬 가까운 거리에 있었다. 우리가 라면집에 들어서자 주인은 탁자에 우두커니 앉아 파이프 담배를 빨고 있었다.

"안녕하세요?"

내가 먼저 인사를 건넸다. 그는 우리를 전혀 반기지 않는 표정이었다. 파이프 담배 연기를 두어 번 내뿜고는 퉁명스럽게 말했다.

"드디어 만났군."

나는 그게 무슨 소리냐고 묻고 싶었다.

은수가 나를 향해 아무 말도 하지 말라는 듯 고개를 흔들었다.

"호호라면이요."

나는 드디어 호호라면을 먹을 수 있다는 게 좋아서 큰소리로 부탁했다. 그러나 기대를 잔뜩 걸고 나온 호호라면은 그냥라면과 다를 게 없었다. 다만 양은 그냥라면의 두 배인데 가격은 반값이라는 것이 아이러니했다.

은수와 나는 호호라면을 정말 호호 불어가며 먹었다. 주인은 무심한 듯 안 보는 척하면서 한 번씩 우리 쪽을 흘끔거렸다.

나는 여전히 주말이 되면 강촌으로 갔다. 은수는 나를 반기지도 않았지만 그렇다고 오지 말라는 말도 하지 않았다. 하루는 라면집에서 그냥라면을 먹는데 주인이 말했다. 처음에 본 옷차림대로 멜빵바지, 긴 장화, 담배 파이프 그리고 무표정한 표정 그대로였다.

"혹시, 다음에 호호라면을 먹으려면 다른 여자랑 와. 강변찻집 그 여편네는 아니야."

주인의 말에는 뭔가를 암시하는 듯한, 자신만 알고 있는 사실을 나에게 알려주는 듯한 은밀함이 묻어 있었다. 나는 은근슬쩍 물어보았다.

"강변찻집 그 여주인에게 아들이 하나 있던데, 남편은 없나 보죠?"

"궁금해? 그래서 그 여편네는 아니라는 거야."

대답은 없고 엉뚱한 말로 둘러대는 바람에 나는 기분이 언짢아졌다.

은수와는 그 뒤로 많은 만남이 있었지만 이상하게 함께 있다는 생각은 들지 않았다. 은수는 나를 손님 이상으로 대하지 않았다. 과거의 기억에 빠져 현실을 착각하고 무모하게 덤벼드는 것은 나 혼자만의 생각이었다.

어느새 가을이 가고 있었다. 가로수 나뭇잎이 거의 떨어지고, 앙상한 가지만 남았다. 그리고 첫눈이 내렸다. 회사 일로 부산으로 출장을 다녀온 나는 첫눈을 보자 마음이 들떴다. 출장을 다녀온 뒤라 다음 날 하루를 휴가로 쓸 수 있었다.

서울로 돌아와 나는 곧바로 춘천행 전철을 탔다. 늦은 시간이었지만 은수가 보고 싶어서 견딜 수가 없었다. 폐강촌역으로 가는 버스는 이미 끊겨서 나는 택시를 타고 오솔길 앞에서 내렸다.

가로등이 띄엄띄엄 있어서 오솔길은 스산하다 못해 무서웠다. 호호라면 집도 문을 닫았는지 불이 꺼져 있었다. 나는 눈길을 조심조심 걸어 강변찻집으로 다가갔다. 강변찻집은 아직 불이 환하게 켜져 있었다.

혹시 너무 늦어서 은수가 없으면 어쩌나 걱정을 했는데 다행이라는 생각이 들었다.

그러나 나는 가게 가까이까지 가지 못했다. 아니 갈 수가 없었다. 통유리로 되어 있는 창을 통해 두 남녀의 실루엣이 겹쳐 있는 것이 보였기 때문이었다.

한 사람은 은수였고 또 한 사람은 멜빵바지를 입은 호호라면집 주인이었다. 두 사람은 서로를 부둥켜안고 키스를 하고 있었다.

누가 보아도 어느 한쪽이 원해서가 아닌 두 사람이 원하는 듯한 몸짓이었다. 남자는 거침없이 한 손으로 여자의 가슴을 움켜쥐었고 여자 역시 남자가 애무하기에 편하도록 머리를 벽쪽으로 기대고 두 손으로 남자의 머리를 감싸 안고 있었다.

나는 다리가 후들거려 한 걸음도 걸을 수가 없었다. 두 사람의 모습이 보이지 않을 때까지 나는 망부석처럼 그 광경을 바라보고만 있었다.

라면집 주인이 '강변찻집 그 여편네는 아니야'라고 말했던 그 뜻을 이제서야 알 것 같았다.

잠시 후 나는 뒷걸음질을 치다가 강가로 내달렸다. 빨리 그곳을 벗어나고 싶었다. 한참을 달려 강가에 도착한 나는 숨을 헐떡이며 정신을 가다듬었다. 집으로 돌아가고 싶었다. 그러나 시간이 너무 늦어 택시조차 잡을 수 없었다.

강가에 집 한 채가 보였다. '나룻배와 민박'이라는 큰 글씨가 쓰여 있었다. 나는 천천히 민박집을 향해 걸어갔다. 할머니 한 분이 현관문의 백열등 스위치를 내리려고 나왔다가 나를 발견하고는 물었다.

"혹시 자고 가실 거유? 이 밤에 여긴 어떻게 왔수?"

이 시간에 이 장소에서 쉴 곳을 찾았다는 것에 안도하며 나는 하룻밤 묵겠다고 말했다.

강변에 거북섬 갈대밭을 오가는 근사한 청각장애인 뱃사공 할아버지가 있다고 했는데 그 집인 것 같았다.

"아침은 드실 거유?"

"아니요, 날이 밝으면 바로 떠날 겁니다."

"그럼 편히 쉬시우."

할머니는 작은 방으로 나를 안내하고 안방으로 들어갔다.

밤새 나는 한숨도 잠을 이룰 수 없었다.

이미 놓친 은수였지만 순수한 내 순정에 대한 보답이 겨우 이것인가 싶어 배신감까지 들었다. 그래도 혹시나 하는 실낱같은 희망으로 은수를 찾았었는데 처음부터 은수에게 나라는 존재는 아예 없는 사람이었다.

어느새 날이 밝고 있었다. 어서 집으로 돌아가고 싶었다. 방문을 열고 나오자 할머니가 나에게 물었다.

"벌써 가시려구? 날이 추운데 뜨끈한 미숫가루라도 한 잔 마시고 가요."

잠시 후 할머니는 대접에 따뜻한 미숫가루를 타서 나에게 건넸다.

"감사합니다."

나는 밤새 잠을 자지 못해 충혈된 눈으로 할머니가 내미는 쟁반을 받아들었다. 그러다 혹시나 싶어 할머니에게 물었다.

"할머니, 여쭈어볼 게 있는데요. 저 위에 강변찻집 주인 여자요, 혹시 혼자 삽니까?"

할머니는 뜬금없는 내 질문에 망설임 없이 대답했다.

"아녀, 신랑 있지. 아비같이 나이 차이가 많이 나는 라면집 주인."

"라면집과 강변찻집이 부부라고요?"

"응, 근데 왜 그리 놀래나?"

"아이도 하나 있던데 그럼 그 아이는요?"

"그네들 아들이지. 여기서 장사하면서 낳았는데, 라면집이 늦게 아들을 봤다고 얼마나 좋아했는데."

나는 잠시도 이곳에 더 머물 수가 없었다. 아니 머물고 싶지 않았다.

은수는 나를 배신했고 내 영혼까지 갉아먹었다. 그렇지만 지킬박사와 하이드처럼 어떻게 그렇게 양면의 얼굴을 하고 살아갈 수 있는지 나는 의아했다. 모든 것이 한여름 밤의 꿈이었다. 나는 마치 꿈을 꾸고 있는 것 같았다. 과거의 은수도, 그리고 지금의 은수도 처음부터 내게 존재했던 여인이 아닌 듯 여겨졌다.

나는 큰길까지 나와 택시를 기다리면서 스스로에게 주문을 걸었다. 이것은 꿈이라고, 어서 꿈에서 깨어나야 한다고. 그리고 내가 알던 은수와 강변찻집의 여자는 분명히 다른 여자일 거라고, 아니 다른 여자여야 한다고 계속 주문을 외듯 중얼거렸다.

멀리서 빈 택시가 오고 있었다. 나는 손을 들어 택시를 세웠다. 밤새 수북하게 내린 눈이 바람에 날려 나를 휘감고 지나갔다.

그 애

"**오**빠, 이제 와서 이런 말 하는 거 말도 안 된다는 거 알지만, 나 이제 더 이상은 힘들어서 오빠를 못 만날 것 같아. 사실 지난 몇 년 동안 오빠와 사귀면서 늘 힘들었어. 더 가까이도 가지 못하고 더 멀리 가지도 못해서 늘 속상하고 답답했는데, 이제 우리 그만두자."

독백하듯 내뱉는 내 얼굴을 빤히 들여다보면서 세희언니는 미간을 구기고 있었다.

"너 지금 연기하냐? 장난해? 그래가지고 그 강철심장 같은 차석준이 눈이라도 꿈쩍하겠냐?"

"왜? 이상해? 어색해?"

호들갑을 떨면서 묻는 나에게 세희언니는 답답하다는 듯 그녀의 앞에 놓인 아이스티 잔에 꽂혀 있던 빨대를 빼서 내 얼굴 쪽으로 탁탁 털었다.

"앗, 차가워."

"내가 왜 여기 홍콩에서 한 시간이라도 더 조사하고 공부해야 되는 아까운 시간에 너의 시시한 이별 연습이나 도와줘야 하는지 모르겠지만 네 눈빛, 네 말투에는 전혀 헤어지고 싶은 마음이 없어. 그저 투정하는 모습으로밖에 안 비친다구. 네가 차석준이랑 막 연애를 시작했을 때, 네 눈에서 나오던 레이저가 10 정도라면, 지금 네 눈에서 차석준 얘기를 할 때 나오는 광선은 그 강도가 8 정도 되려나? 너는 이제 비행기 타고 두 시간이면 차석준을 한국에서 만날 거잖아."

"언니! 도대체 지난 2박3일 동안 무슨 소릴 들은 거야! 나 진짜 힘들다니까……."

나는 홍콩에 도착하자마자 세희언니가 고개를 절레절레 흔들 정도로 그동안의 고충을 쏟아 놓았다.

"정원아. 내가 생각하기에 너는 지금 힘든 게 아니야. 그 동안 내가 너를 죽 지켜봤었잖아. 너는 지금 무지 행복해. 행복한데, 그냥 쪽팔린 거야. 회의실에 불쑥 들어가서 차석준이랑 직원들 앞에서 진상을 떤 게 쪽팔려서 그러는 거라구."

세희언니의 말에 나는 진상을 떨었던 순간이 다시 떠올라 얼굴이 화끈거렸다. 얼마 전, 약속하지 않고 석준의 사무실로 불쑥 찾아갔었다. 석준은 마침 회의실에 가고 자리에 없었다. 사무실 소파에 앉아 무료함을 달래는 사이 책상 위에서 석준의 스마트폰이 부르르 떨었다. 진동으로 해놓은 스마트폰에서 문자메시지가 왔음을 알리는 신호였다.

별 생각 없이 다가가 스마트폰을 본 순간 '사랑해' 라는 글씨가 선명하게 떴다가 이내 불빛이 꺼지는 것을 보게 되었다. 누구였을까? 나는 아직도 왜 그 문자를 확인하러 책상으로 갔는지 그 순간을 후회하고 있었다.

'사랑해.' 앞뒤 없이 이런 문자를 보낼 정도면 분명히 나 말고 다른 여자가 있다는 말이었다. 나는 화가 치솟아 회의실로 향했다. 그리고 회의실 문을 벌컥 열었다. 예상했던 대로 회의실에는 석준의 모습이 보이지 않았다. 하필이면 그 순간 볼펜이 바닥에 떨어져 줍느라 석준은 탁자 밑에 있었던 것이다.

나는 석준이 회의실에 간다고 속이고 다른 여자를 만나러 갔다는 생각에 앞뒤 가리지 않고 소리를 질렀다.

"석준오빠! 없잖아, 어디 갔어?"

회의실에 있던 직원들의 시선이 일제히 나를 향하고 있었고 볼펜을 주워 고개를 들던 석준이 황당한 표정으로 나를 바라보았다. 나는 순간 몸이 얼어붙었다. 창피해서 얼른 돌아서야 했음에도 꼼짝도 할 수 없었고 이미 이성을 잃은 나 자신이 한심해서 견딜 수 없었다.

세희언니가 부러웠다. 어쩌면 세희언니는 이렇듯 사람의 마음을 꿰뚫고 있기 때문에 서른이란 나이에 스타작가라는 수식어를 들으면서, 세계 여러 나라를 멋지게 여행하고 있는 것인지도 모른다.

내가 원하는 건 스타작가도 멋진 미래도 아니었다. 다만 내 인생을 처음으로 반짝거리게 해 준 남자와 오래도록 사랑을 나누고 싶었다. 그러나 현실은 스물여섯이 되어서도 앞뒤 가리지 못하고 엉망진창인 철부지, 그리고 늘 제자리에서 뱅뱅 도는 자신에 비해 너무 멀리 화려하게 올라가 있는 석준을 불안해 하는 못난 모습을 보이는 자신이 있을 뿐이었다.

아마도 계획에 없던 여행을 떠나온 것은 그런 못난 모습과 이별을 하고 싶어서였는지도 모른다.

"그렇게 한가하고 시간이 남으면 뭐라도 배워보는 건 어때?"

내가 홍콩으로 떠나오기 전 석준에게서 들은 마지막 말이다. 그 말이 왜 그렇게 서럽게 들리던지, 갑자기 석준이 내게서 아주 멀리 떠나 있다는 기분이 들었다.

"그나저나 아까부터 신경 쓰여서 그러는데, 저기 배낭 메고 서 있는 애, 쟤 한국 애일까? 홍콩 애일까? 요즘 어린 것들은 왜 저렇게 하나같이 잘 생기고, 옷도 잘 입는 거니?"

자유로운 영혼답게 주변에 늘 남자가 끊이지 않던 세희언니는 이런 상황에서도 커피를 사려고 기다리고 있는 키 큰 남자를 턱으로 가리키며 물어왔다.

"몰라. 난 실내에서 선글라스 저렇게 끼고 있는 게 더 신경 쓰이는데. 아무래도 한국 앨 거야. 한국에는 뭐 그리 돈 많은 부모가 많은지 요새는 어린 남자애들도 엄청나게 겉멋만 들어서 다니는 애들 많아."

"어쨌든, 너 좀 쪽팔리겠지만, 석준이를 믿어. 또 의심 든다고 휴대 전화기 몰래 훔쳐보다가 걸리지 말고. 남자는 여자가 매달리기 시작하면 금방 질려서 뒤돌아 서. 네가 그렇게 석준이한테 매달리는 거 같으니까 그 자식이 점점 더 건방져지는 걸 수도 있어. 석준이 없어도 너 따라다니는 놈들이 아직은 많은 것 같은 인상을 주란 말이야. 그래야 이긴다. 어차피 연애도 게임이야. 이기는 사람이 더 우월해지는……."

나는 고개를 끄덕였다. 어렸을 때부터 지금까지 나는 세희언니의 말이라면 뭐든지 다 옳다고 여겼다. 그리고 지금 세희언니의 말 역시 틀리지 않았다. 처음에는 석준오빠가 나에게 매달렸는데 언제부턴지 주도권이 뒤바뀌어 있었다. 아마도 내가 석준오빠를 더 좋아하게 되면서부터였을 것이다.

나는 언니와 지내면서 지금도 생각하면 얼굴이 화끈거리는 그 회의실의 사건을 내 머리에서 밀어낼 수 있었다. 이제는 어느 정도 창피함도 사라지고 마음이 누그러지는 듯했다.

"그래도 잘난 남자친구 만나니까 얼마나 좋냐? 빛 좋은 개살구인 네가 퍼스트 클래스도 타고 다니고."

세희언니는 장난스럽게 웃으며 나를 배웅해 주었고 마음의 짐이 한결 가벼워진 나는 서울행 항공기에 올랐다. 나는 자리를 찾아 확인하고 캐리어를 올리려고 했다. 스튜어디스가 다가와 내 캐리어를 넣어주었다.

나는 창가를 보고 앉았다. 잠시 후 누군가 내 옆자리에 거칠게 앉는 소리가 들렸다. 그냥 자리에 앉는 것이 아니라 몹시 신경에 거슬리는 행동이었다. 힐끔 옆 좌석을 쳐다보았다. 그런데 아까 커피를 사려고 줄을 서 있던 선글라스를 낀 꽃미남이었다. 선글라스는 그리 짙은 편은 아니어서 그의 눈이 살짝 비치는 듯했는데, 나와 눈이 마주치자 그는 건방진 표정으로 통로 쪽으로 시선을 돌렸다.

나는 꽃미남이 자신에게 관심을 둔다는 착각을 할까봐 얼른 시선을 창가 쪽으로 돌렸다. 1등석이 좋은 점은 자리가 넓어서 옆자리의 낯선 사람과 팔꿈치가 닿을 정도로 가깝지 않다는 점이었다.

"Hey, Do you know how long is this flight?"

(이봐, 비행시간이 얼마나 되는지 알아?)

창가에 시선을 꽂고 생각에 잠긴 나를 방해하는 건 옆자리의 꽃미남이었다. 그는 내 팔꿈치를 살짝 치더니 물었다. 나는 순간, '그걸 질문이라고 하는 거냐? 티켓 확인해 봐'라고 성격대로 말할 뻔했다.

"You should check your boarding pass or ask the flight attendant."

(비행기 표를 확인하든지 아니면 승무원한테 묻는 게 좋을 것 같아.)

친절하고 싶지는 않았으나 영어라서 말이 조금은 더 부드럽게 나왔다.

"여전하시네요. 까칠하고 무미건조하게 대답하는 거."

영어로 질문을 할 때와 다르게 장난스러운 말투가 섞여 있었다. 안 그래도 시끄러운 속을 겨우 진정하고 있는데 이건 또 무슨 수작일까? 하는 생각에 나는 신경질적으로 고개를 돌려 그를 쳐다보았다.

그제야 꽃미남은 선글라스를 벗고 하얀 치아를 드러내며 장난스럽게 웃었다. 낯익은 얼굴이었다. 나는 어디서 보았을까 한참을 생각하다가 드디어 기억을 해냈다.

"너 혹시, 강지호?"

"선글라스 벗으니까 바로 알아보시네요? 난 기억 못할 줄 알았는데."

"내가 널 어떻게 잊겠니? 내가 처음 절실하게 필요했던 직장에서 나를 쫓겨나게 만들었던 건방진 고딩을."

내 눈에서 뿜어져 나오는 눈빛이 곱지 않음을 느꼈는지 내 눈을 피하며 지호는 실실 웃었다.

"이게 몇 년 만이죠? 3년 만인가? 4년 만인가? 진짜 반갑네요. 그 많은 비행기에서 하필이면 이렇게 옆자리에 앉은 걸 보면 우리 보통 인연은 아닌가 봐요."

"인연? 악연이겠지……, 너 요새도 꼴통짓 계속하고 아무 여자나 건들고 다니니?"

스물여섯 살이 되었어도 아직 어른이라는 생각은 해본 적이 없는 나였지만 이 꼴통 녀석에게만큼은 어른으로 보이고 싶었다.

"설마요. 이제 대학 졸업도 1년밖에 안 남겨두고 있는데, 그때 그 고딩처럼 꼴통일라고요."

내 질문에 녀석의 입가에서 미소가 사라지기를 바랐는데 구제불능 고딩이 이제 능글맞은 대딩이 되어 내 말을 받아치는 게 더 기분이 나빴다.

나는 더 이상 말을 섞기도 싫다는 듯 창가 쪽으로 머리를 기대고 눈을 감았다. 신기하게도 잠이 왔다. 한 30분쯤 지났을까? 눈을 떠보니 지호는 노트북으로 무언가 열심히 하고 있었다. 나는 계속 창밖을 바라보다 옆자리의 지호를 만났던 순간을 떠올렸다.

부모님의 권유로 나는 16살에 미국으로 유학을 떠나 23살이 되던 해 대학을 마치고 한국으로 돌아왔다. 일자리를 찾았으나 마땅한 일자리가 없었다. 그러다 일을 하게 된 곳이 바로 유학생을 상대로 하는 학원이었다. 그리고 거기서 처음으로 만난 학생이 바로 지호였다.

지호는 쌀쌀맞고, 건방지고, 오만하고, 방자한 녀석이었다. 나처럼 중

학교 때부터 유학을 떠났다가 방학 때만 한국에 들어올 수 있는 여건이 불만이겠다 싶어서 나는 최선을 다해 지호를 가르쳤다.

거기까지 생각하다가 나는 지호를 뚫어지게 쳐다보았다. 녀석은 시선은 그대로 모니터에 두고 손바닥을 내 쪽으로 내밀었다.

"Million dollars." (백만 불).

지호는 나를 쳐다보지 않고 아주 능청스럽게 말했다.

"내 얼굴 감상값. 돈 없으면 그렇게 뚫어지라 쳐다보질 마시던가."

지호는 처음에 만나 반가운 듯 실실거리던 미소를 거두고 언제 그랬느냐는 듯이 나에겐 훨씬 익숙하고 건방진 표정으로 물었다.

"그 대머리 아저씨는 잘 있어요?"

"대머리?"

지호에게 되묻고 보니, 지호가 말하는 대머리란 석준을 말하고 있다는 것이 떠올랐다. 그때는 석준이 제대한 지 얼마 되지 않아 머리가 짧았다. 우리가 막 사귀기 시작했던 시간, 지호의 친구들 사이에서 '서정원 선생이 두피가 훤히 들여다보이는 남자랑 사귄다'는 말이 떠돌았던 기억이 났다. 당시 나를 어떻게라도 괴롭혀 보고 싶은 심심한 고딩들의 발악이라고 생각했었는데, 단어 하나 외우는 것도 버벅거리던 꼴통이 별걸 다 기억하고 있었다.

"설마, 헤어졌어요?"

"왜 헤어졌다고 생각해?"

"아직도 만나요? 의외로 순정파시네."

지호와 이런 저런 이야기를 나누다 보니 곧 인천공항에 도착할 시간이 되었다.

이제 헤어지면 다시 만날 일은 없을 것이다. 나는 예의상 물어보았다.

"너는 지금 뭐하고 있니? 학교는 한국에서 다니는 거야? 아니면 미국에서?"

"미국에서요."

"지금은 방학도 아닌데 홍콩엔 왜 왔고, 한국엔 왜 가는 거야?"

"휴학했어요."

"왜?"

"공부는 정말 적성에 안 맞아서요."

역시 3년이란 세월이 흘렀어도 지호는 변함이 없었다. 좋게 말하면 한결같았고 나쁘게 말하면 자라지 않았다. 나는 지호가 영원히 어른이 되지 않을 거라고 생각하고 있었다.

"그러는 그쪽은요?"

"그쪽?"

나는 내 귀를 의심하며 지호에게 되물었다.

"선생님이라고 해."

"지금도 나 가르치는 거 아니잖아요."

"한 번 선생은 영원한 선생이야."

"에이 낯간지럽게, 그러면 서정원 씨라고 할까요?"

"선생님이라는 단어는 네 입에선 나올 수 없는 거니?"

생각해 보니 3년 전에도 그랬다.

나는 성격이 그렇게 나긋나긋하지 않고 여성스럽지도 않아서 아무리 꼴통들이라도 지호 녀석만 빼고는 대부분 내 말을 잘 따랐고, 안 따르면 강압적으로라도 따르게 만들 수 있었다. 하지만 지호는 달랐다. 이 녀석이 주로 쓰던 무기는 침묵이었다. 내가 어떤 난리굿을 해도 아무런 대꾸를 하지 않았고, 걸핏하면 피식 웃거나 사라져 버리기 일쑤였다.

하루는 수업도중에 녀석이 또 사라졌다. 나는 아이들에게 지호가 어디를 자주 가느냐고 물었다. 아이들 말이 지호는 건물 옥상에 자주 올라간다고 했다. 습관적으로 자리를 비우는 녀석을 그날은 기필코 혼내 주리라 마음먹고 나는 옥상 위로 올라갔다. 씩씩거리고 올라가서 녀석을 눈으로 찾았다.

그런데 지호는 옥상 난간에 올라가서 두 팔을 벌리고 서 있었다. 한 발짝만 내딛으면 22층 옥상에서 떨어질지도 모르는 난감한 순간이었다. 나는 놀란 가슴을 진정시키고 지호에게 다가가서 조용히 녀석의 이름을 불렀다. 지호가 돌아보는 순간 나는 지호가 떨어지는 줄 알고 심장이 멈춰 버리는 줄 알았다. 나는 조용히 내려오라고 손짓을 했다.

얼핏 녀석의 눈에서 눈물을 본 것도 같았다. 지호는 뒤돌아서서 내려와 곧바로 내 품에 안겼다. 나는 떨리는 가슴으로 지호를 부둥켜안았다. 그때는 다른 어떤 것도 생각할 수 없었다. 다만 지호가 내려와 준 것이 고마울 뿐이었다. 그런데 생각지도 않은 소문이 퍼진 것은 며칠 후였다.

아이들은 나를 보고 수군거렸고 나는 영문을 모른 채 원장실로 불려갔다. 거기서 나는 경악할 사진을 보게 되었다. 내가 지호를 끌어안고 다독이는 모습이었다. 나는 원장에게 그날의 사정을 이야기했으나 원장은 믿어주지 않았다. 지호 역시 아무런 해명을 해 주지 않았고 그 일로 나는 직장을 그만두어야 했다.

아이들은 내가 어린 지호를 꼬드겨 성추행을 했다고 SNS에서 떠들어댔다. 처음에는 아니라고 변명을 했으나 지호처럼 부잣집 도련님이 죽기 위해 옥상을 찾았다는 것은 어불성설이라고 아무도 믿어주지 않았다. 더 지독한 사실은 그 사진을 지호가 부탁하여 다른 친구가 숨어 있다가 찍은 것이었다. 그동안 지호가 시도 때도 없이 사라지고 내가 지호를 찾아다닌 이유는 모두 지호를 좋아해서 생긴 일이라는 것을 내가 증명해 보인 셈이었다. 그렇게 나는 영악한 지호 때문에 일자리를 잃었다. 지금도 생각하면 치가 떨리는 기억이었다.

그때도 지호는 아무런 변명을 하지 않았다. 그렇게 말이 없는 아이였다. 오히려 이 비행기 안에서 한 대화가 이 녀석과 나눈 가장 긴 대화가 아닐까 싶을 정도로 3년 전에 지호의 입은 늘 닫혀 있었다. 나는 그때의 기억이 떠올라 진저리를 쳤다.

비행기가 멈추어 서자 나는 재빠르게 나왔다. 다시는 만나거나 혹 마주치지 않기를 바라며 나는 지호에게 어색한 인사를 하고 누가 쫓아오기라도 하는 듯 입국 절차를 마쳤다.

"정원아, 여기!"

언제나 그렇듯 게이트를 나서자 많은 사람들이 마중을 나와 있었다. 연인, 친구, 가족을 기다리는 기대에 찬 많은 사람 중에 단연 내 눈에 띄는 건 석준이었다.

"오빠!"

혹시 바쁘다는 핑계로 나오지 않으면 어쩌나 불안해서 서둘러 나왔는데 다행히 석준이 나를 기다리고 있었다. 석준은 살짝 보일 듯 말 듯한 미소를 띠고 나를 향해 손을 흔들었다. 나는 눈물이 나올 정도로 반가웠다.

"피곤하지?"

"아니. 오빠 보니까 힘이 막 펄펄 나네."

나의 과장된 행동에 캐리어를 받아들던 석준의 얼굴에 미소가 번졌다. 요즘 들어서 통 볼 수 없었던 석준의 미소였다. 서른의 나이에 원하던 대로 외국계 은행 아시아 대표가 되었는데도 석준의 표정이나 말투는 전혀 행복해 보이지 않았다.

"선생님, 선생님!"

막 공항 입구를 빠져 나오는데, 내 귓가에 들리는 지호의 목소리를 들으며 선생님이라는 단어를 지호가 쓰고 있다는 사실이 의심스러웠다. 나는 고개를 돌려서 목소리의 근원지 쪽을 쳐다보았다. 그곳에는 내 쪽을 보고 환하게 웃으며 달려오는 지호의 모습이 보였다.

"선생님."

긴 다리로 성큼성큼 다가와 어느새 나와 석준의 옆에 선 지호는 환한 표정으로 웃고 있었다. 또 무슨 속셈일까 싶어 나는 인상을 찌푸리고 지호를 바라보았다.

"누구?"

석준은 내 앞에 서 있는 멋진 청년 지호를 바라보며 물었다.

"선생님, 어느 쪽으로 가세요? 저 공항버스 안 타봐서 어떻게 타는지 몰라서 그러는데, 저 좀 태워 주시면 안 돼요?"

내가 석준에게 뭐라 대답도 하기 전에 지호 녀석에게서는 그동안 한 번도 들어보지 못한 선생님 소리가 봇물 터지듯 나오고 있었다. 게다가 어울리지 않게 애교와 공손함까지 갖춘 말투였다.

"아, 학생이야? 어디까지 가는데?"

내가 뭐라고 대답도 하기 전에 석준이 물었다.

"저요? 저는 서울 지하철역 아무 데나 내려주시면 되는데."

나는 뭔가 불안한 마음이 들었다. 지호 같은 도련님을 아무도 배웅하러 나오지 않았다는 것 자체가 말이 되지 않았다. 그리고 설사 아무도 배웅을 나오지 않았다 쳐도 모범택시를 타고 가면 그만이었다. 지호가 공항버스를 운운하는 것은 정말 어울리지 않는 상황이었다. 또 뭔가 꿍꿍이가 있는 게 분명했다.

"나는 2시에 미팅이 있어서, 지금 인터콘티넨털 호텔로 가야 되는데, 집이 그쪽 근처면 같이 타고 가던지."

"감사합니다. 트렁크 좀 열어주세요."

지호는 성격 좋은 아이처럼 트렁크에 짐을 싣고 냉큼 앞좌석에 올라탔다. 운전은 김 기사가 하고 뒷좌석에 나와 석준이 나란히 앉았다.

석준은 차에 올라타자마자 주말인데도 불구하고 뭘 그렇게 답장해야 하는 이메일이 많은지 계속 휴대전화로 이메일을 보내고 있었고 나는 창밖을 바라보았다. 그렇게 차안에는 묘한 정적이 흐르고 있었다.

"눈이다!"

하늘에서 눈이 내리고 있었다. 나도 모르게 소리쳤고 그 소리에 휴대전화만 보고 있던 석준도 밖을 내다보았다.

"3월에 웬 눈이지? 지구 온난화 때문에 이상기온이 온다더니, 그런 건가?"

"왜 때로는 3월까지 눈이 내리기도 했어."

내가 대답했다. 그러나 꽃잎이 흩날려야 정상인 3월에 눈이라니, 밝고 맑은 날씨가 아니라 어두컴컴해진 날씨에 함박눈이 내리니 기분이 묘했다.

"두 분 원래 이렇게 대화가 없어요?"

지호가 뒷좌석으로 고개를 획 돌리며 눈을 감상하고 있는 나와 석준에게 물었다. 우리는 할 말이 없었다.

"인천에서 지금 서울까지 오는 동안 두 분 첫 마디가 '눈이다!' 이거라서, 신기해서 그래요."

석준은 그런 지호의 질문에 건조한 눈빛으로 쳐다보았고 나는 왠지 내가 하고 싶은 말을 지호가 대신하고 있다는 생각에 조금 후련한 기분이었다.

"오빠 점심은 먹었어? 내가 조금 애매한 시간에 도착했지?"

"응. 너 기다리면서 간단히 먹었어."

석준은 가방에서 서류 하나를 꺼내서 읽기 시작했다.

"미팅 오래 걸려?"

"아니. 한 시간 정도면 될 거야. 기다릴래?"

'기다려'가 아닌 '기다릴래'라는 말에 나는 조금 섭섭함을 느꼈다. '기다려'는 당연히 기다려야 한다는 뜻이지만 '기다릴래'는 피곤하면 기다리지 않고 먼저 가도 좋다는 말이었다. 내가 대답을 하지 않고 가만히 있자 그제야 석준이 나를 쳐다보며 말했다.

"기다려. 빨리 끝내고 올게. 참 너 비행기에서 아무것도 안 먹었지? 며칠 못 본 사이에 눈이 쑥 들어갔네. 나 기다리는 동안 여기 학생이랑 그랜드키친에서 점심 먹고 있던지."

석준의 말에 뒤통수를 보이고 있던 지호가 다시 한 번 우리 쪽으로 고개를 돌렸다.

"지호가 나랑 점심을? 지호는 그럴 시간이 없이 바쁜 아이야. 더군다나 오늘이 토요일인데 얼른 짐 던져놓고 놀러 나가야지."

"네. 저 바빠요. 선약이 있어요."

지호가 그렇게 순순히 대답을 해 주니 고맙다는 생각이 들었다. 차라리 코엑스에서 햄버거 하나 사 먹으면서 기다리는 게, 저 원수 같은 놈이랑 점심을 먹는 것보다 훨씬 나을 것이다. 그때 지호가 불쑥 말했다.

"저야 늘 바쁜 몸이지만 선생님 혼자서 기다리시는 것도 무료하실 테니까 한 시간 정도 같이 있어 드릴게요."

나는 난감했다. 도대체 저 녀석이 의도하는 바가 무엇인지도 모르겠고 다시 한 시간을 녀석과 같이 있는 것도 정말 싫었다. 그런데 이 상황에서 뭐라고 할 수도 없는 입장이었다.

결국 석준은 우리를 그랜드키친 앞에 내려놓고 일을 보러 떠났다. 나는 못마땅한 표정으로 지호를 바라보았다.

"이제 그만 사라져 주시지."

내 말에 지호는 히죽히죽 웃으며 대꾸했다.

"저도 그러고 싶은데 사부님 앞에서 한 시간 같이 있어준다고 했으니 약속은 지켜야지요."

"안 지켜도 되니까 그만 좀 꺼져줄래?"

내 말에 들은 척도 하지 않고 녀석은 자리에 가서 앉았다. 나는 다른 좌석으로 가서 앉은 후 새우튀김을 시켰다. 갑자기 배가 고파서 나는 갓 튀겨 나온 새우튀김을 빠른 속도로 먹었다. 어느새 맞은편으로 자리를 옮겨 앉은 지호가 말했다.

"누가 안 뺏어 먹으니까 천천히 드세요. 사람들이 자꾸 이쪽을 쳐다보잖아요. 잘 생긴 꽃미남이 웬 아줌마랑 있는 줄 알고 쳐다보는 줄 알았는데, 그냥 그쪽 먹는 게 너무 게걸스러워서 쳐다보는 것 같아요."

지호는 어느새 호칭까지 그쪽이라고 바꾸고 또 내 속을 긁고 있었다.

"애초에 네가 택시비 없을 애도 아니고, 남의 연인 차에 얻어 타질 않나. 너 미국에서 바로 귀국하는 건 아닌 것 같고, 캐리어까지 남의 남자친구 기사한테 맡기고, 정말 안 바쁘니?"

"바빠요."

"근데, 왜 여기 이러고 있어?"

"아까 말했잖아요. 한 시간 정도는 같이 기다려줄 수 있다고, 왜요? 내가 불편해요? 그럼 나 갈까요?"

녀석이 자리에서 벌떡 일어나는 시늉을 했다.

"그래, 제발 좀 가라."

솔직히 나는 지호가 불편했다. 정말 지호가 내 제자라면 맛있는 저녁도 살 수 있었다. 그런데 지호와의 기억 속에서 남은 건, 그날의 수모와 수치심뿐이었다. 벌떡 일어나려던 지호는 다시 앉았다.

"그쪽이 아무리 가라고 해도 나 그쪽 애인 올 때까지 안 가니까, 그런 움찔하는 표정 짓지 마세요."

지호는 그렇게 말을 하고 앞에 놓여있던 와인을 벌컥벌컥 들이켰다.

"그리고 말은 바로 해야지? 내가 언제 데이트하는 연인 사이에 끼어들 었어요? 아까 그게 데이트라면 정말 그쪽 인생 참 기구하다. 아까 차 안에서 두 사람 모습은 그냥 같은 차를 타고 가는 동료 정도로 밖에 안 보였어요. 알아요?"

"그건, 내가 너한테 들을 소리는 아닌 것 같으니 입 다물고."

"보통은 그 남자가 기다리라면 주로 혼자 기다리죠? 서점이나 커피숍에 혼자 앉아서?"

지호가 바로 이어서 또 공격을 시작했다. 나는 '아니' 라고 단호하게 대답할 수 없어서 속상했다. 그때 내 휴대전화가 울렸다. 문자가 와 있었다.

— 미안. 생각보다 회의가 길어져서 아직 본론도 못 꺼냈어. 식사 다 끝났으면 여행 피곤했을 텐데, 일단 집에 가서 쉬어. 내가 저녁에 연락할게. 김 기사가 지금 그쪽으로 갈 거야.

순간 내 입에서 '또?' 라는 말이 튀어나올 뻔했다. 기껏 기다렸는데, 도대체 얼마만에 만났는데 아무리 일을 한다고는 해도 너무 한다 싶었다. 나는 휴대 전화를 던져 버리고 싶었다.

"왜요? 못 온대요?"

표정관리를 해도 내 표정이 어두워지는 것을 들켰는지 지호는 공격적인 말투를 바꾸어 조금은 걱정스러운 목소리로 물었다. 나는 대답 대신, 새우튀김을 다시 한 번 물었다.

'오빠, 이제 와서 이런 말 하는 거 말도 안 된다는 거 알지만, 나 이제 더이상은 힘들어서 오빠를 못 만날 것 같아. 사실 지난 몇 년 동안 오빠와 사귀면서 늘 힘들었어. 더 가까이도 가지 못하고 더 멀리 가지도 못해서 늘 속상하고 답답했는데, 이제 우리 그만두자.'

세희언니 앞에서 연습하던 이별 얘기는 꺼내보지도 못한 채, 그렇다고 예전처럼 주말이라고 알콩달콩 데이트도 못한 채, 다시 의미 없는 토요일을 혼자 보낸다는 생각에 갑자기 기분이 가라앉았다.

"먹기나 해."

나는 지호를 쳐다보지도 않고 다시 새우를 포크로 찍었다.

"못 온다는 문자냐구요?"

"못 온다고 하든, 온다고 하든 내 문제니까, 이거 다 처먹으면 일어나자."

"여전히, 하……."

지호는 무슨 말을 꺼내려다가 입을 닫았다. 접시가 바닥이 나자 나는 자리에서 일어섰다. 공항에서 올 때부터 내리던 봄눈은 이제 비로 바뀌어서 어두컴컴한 날씨가 꼭 지금 내 마음을 대변해 주는 것 같았다.

"봄눈은 예쁘지 않구나."

"풉."

사색을 즐기듯 혼잣말을 내뱉었는데, 내 옆에서 아직도 가지 않은 지호가 억지로 웃음을 참다가 차마 삼키지 못한 웃음을 뱉어냈다.

"뭐야? 왜 웃어? 그것보다 너 아직 안 갔어?"

"내 짐을 찾아야 가지요. 기사분 언제 오세요?"

그제야 지호가 트렁크에 짐을 넣던 게 떠올랐다.

"곧 올 거야. 넌 짐 찾으면 더 이상 나 건드리지 말고 가. 부탁이다. 오빠는 집에서 만나기로 했어."

내 궁색한 변명이 이어지려는 게 못마땅하다는 듯이 지호는 미간을 찌푸리더니 내 손목을 낚아채서는 어디론가 성큼성큼 걸었다.

"어디 가는 거야?"

그때 휴대 전화가 울렸다. 한쪽 팔은 지호가 잡고 있고 다른 한쪽 팔은 주머니에서 울리는 휴대전화기를 찾았다.

"데이트."

지호는 내 쪽을 보고 입을 씰룩거려 어색하게 한 번 웃더니 대답했다.

"잠깐만 이 손 놓아봐. 전화 왔어."

주머니 깊숙이에서 전화기를 꺼낸 나는 다른 팔을 흔들어 지호를 멈춰 세웠다. 액정에 '내 사랑'이라는 세 글자가 떠 있었다. 액정을 터치하려는 순간, 정말 눈 깜짝할 사이에 지호는 내 손에 들려 있던 휴대전화를 빼앗아 들었다.

"야! 뭐하는 거야?"

전화가 언제 끊길까 조마조마한 내 모습이 재미있다는 듯, 내 전화기를 높이 들어 보이고 지호는 나를 뻔히 쳐다봤다.

"장난하지 말고, 좋은 말할 때 내놔라."

"이러니까, 맨날 바람맞지."

지호의 표정은 미동이 없이 나를 계속 빤히 쳐다보면서 말했다.

"바람맞아도 내가 내 애인한테 맞는 거니까 상관 말고 내놔."

내 목소리는 오늘 이 녀석과 마주친 이후 가장 크게 밀려오는 짜증을 누르며 커지고 있었다.

"남자는, 특히 한국 남자는 자기를 지고지순하게 기다리는 여자한텐 질린다고요. 남자친구 교육도 시킬 겸, 그냥 오늘은 나랑 놀러 가는 거 어때요? 콜?"

내 얘기가 아예 안 들리는 것인지 녀석이 말했고, 나는 지호의 한쪽 팔을 거칠게 잡아 전화기를 돌려받으려고 필사적이었고, 지호는 이런 장난이 재밌는지 휴대 전화를 내가 닿을 수 없는 자신의 키만큼 높이 들었다. 사람들이 북적거리는 코엑스 앞에서 유치하게 스마트폰 뺏기 놀이를 해야 하는 상황에 나는 정색을 했다.

"재미없다. 이런 유치한 장난."

"그럼 그것만 말해요."

"뭘?"

"나랑 있는 게 왜 불편한지."

스마트폰을 뺏을 때부터 이미 지호의 장난기 어린 표정은 없어진 지 오래였다.

"안 불편해."

"표정은 불편해 죽겠다는 표정인데."

"아니야. 너 때문에 그러는 거 아니니까 신경 꺼."

"그럼, 오늘 하루 같이 있어요. 옥상에서처럼 말고 이번에는 호텔에서요."

이상한 날씨처럼 지호 또한 이상했다. 잘못 본 것인지, 나를 빤히 쳐다보던 지호의 눈동자가 살짝 흔들리는 게 보였다. 나는 도리질을 했다. 그날 옥상에서 지호의 눈물을 보았다고 생각해 무방비상태였던 것이 화근이었는데 오늘도 그날과 비슷한 느낌이 들었다.

비행기에서 만난 건 우연이라고 쳐도 내가 알던 지호는 열여덟 살이었을 때도 누구에게 애교를 부리거나 부탁을 하거나, 아니 누구와 오래 말을 하는 것을 본 적이 없었다. 그런데 어느새 지호가 훌쩍 커서 지금은 아이가 아닌 남자로 느껴졌다. 바로 그때였다.

"내가 두 사람 방해한 건 아니지?"

내 두 귀를 의심하게 하는 석준의 목소리가 귓가에 들려왔다. 나는 아직 지호의 손에 들려있는 내 스마트폰을 뺏지 못한 채 뒤를 돌아보았다. 석준이었다. 석준의 손에는 그의 스마트폰이 들려 있었고, 석준은 그리 썩 좋아 보이지 않는 표정으로 내 쪽으로 다가왔다.

"오빠."

"내가 두 사람 방해한 건 아니지?"

석준이 다시 한 번 강조하듯 물어왔다. 어쩔 줄 몰라 당황한 나와 다르게 지호는 여유 있는 목소리로 나에게 스마트폰을 내밀며 말했다.

"폰 잘 썼어요."

"어, 그래……."

내 대답이 얼마나 부자연스러웠는지 나 자신도 느낄 지경이었다. 나에게 스마트폰을 돌려준 지호는 정중하게 차를 태워준 것도 점심 식사도 감사했다는 말을 남기고 우리에게서 멀어져 뚜벅뚜벅 걸어갔다.

나는 멀어져가는 지호의 뒷모습을 눈으로 좇고 있었다. 지호가 밖으로 나가자 검은 승용차가 미끄러지듯 다가왔다. 잠시 후 운전자로 보이는 사내가 차에서 내려 지호에게 허리를 90도 정도로 굽히고 정중히 인사를 하는 것이 보였다. 그런데 지호는 무시하고 승용차를 지나고 있었다.

"대단한 집안의 도련님인가?"

석준도 지호를 바라보며 한 마디 했다. 그런데 그때 검은 승용차 뒷문이 열리며 건장한 신사가 나오더니 걸어가는 지호를 잡았다. 지호는 신사를 쳐다보더니 잘못을 한 아이처럼 고개를 푹 숙였다.

"어? 총재님이……."

나는 내 귀를 의심했다. 그 말을 뱉은 사람은 다름 아닌 석준이었다. 석준은 나를 버려둔 채 인사를 하기 위해 총재를 향해 뛰어갔다. 이건 또 무슨 상황인지 나는 혼란스러웠다. 지호가 멀리서 나를 바라보고 있었다. 곧이어 지호는 대기하고 있는 승용차 안으로 사라졌다. 총재와 인사를 나누고 돌아서는 석준이 나를 향해 성큼성큼 다가오고 있었고 동시에 지호가 탄 승용차가 떠나고 있는 것이 보였다. 나는 승용차가 내 눈에 보이지 않을 때까지 염려스런 얼굴로 지호의 뒷모습을 바라보았다.

"저 친구 총재님 막내아들이라는데 어떻게 알게 된 사이야?"

석준이 물었다.

"오빠가 군대 가 있을 때 나 학원에서 아이들 가르쳤잖아, 그때 만났어."

"그 뒤로는 만난 적 없고?"

"응, 학원 그만두고 오늘 비행기에서 처음 봤어."

석준은 뭔가 석연찮은 표정으로 고개를 갸웃거렸다.

"왜? 뭐가 이상해?"

"총재님 막내아들이 미국에서 공부하다가 학교를 자퇴하고 갑자기 홍콩으로 갔다고 해서. 들리는 소문에 첫사랑을 잊지 못해서 지금까지 마음을 못 잡는다고 하더라고……."

"지호가 그렇게 순정파였어? 걔 평소 하는 행동을 봐서는 상상이 되지 않는데……."

"사람의 속을 어떻게 알겠어? 겉과 속이 투명한 사람보다 실은 겉과 속이 다른 양면성이 있는 사람도 많으니까."

공항에서 시내로 들어오는 내내 몇 마디 하지 않던 석준이 갑자기 많은 말을 쏟아냈다.

"우리 오랜만인데 어디 근사한데 가서 저녁이나 먹자."

석준이 활짝 웃으며 내 손을 잡았다. 나는 석준이 이끄는 대로 걸어가면서 지호를 떠올렸다. 갑자기 지호의 첫사랑이 궁금해졌다. 다음에 지호를 또 만날 수 있을지 모르겠지만 만나면 꼭 물어봐야겠다고 생각했다.

나는 혹시 석준의 손을 놓치면 안 될 것 같은 조급함에 손에 힘을 주었다. 석준을 만나서 던지려고 준비했던 대사들은 이미 머리에서 하얗게 지워지고 있었다.

잠시 그쳤던 비가 다시 내리기 시작했다.

평정 찾기

그녀는 소파에 앉아 텔레비전을 보고 있었다. 그녀가 즐겨 보던 드라마가 끝나고 마감 뉴스가 방송되고 있었다. 그녀는 리모컨을 찾아 채널을 이리저리 돌렸다. 마땅히 볼만한 프로가 없었다. 그러다 한 장면에서 그녀는 리모컨 돌리는 것을 멈추었다. 정규방송에서 방영된 지 몇 년은 족히 지난 아침 드라마를 케이블 TV에서 몇 번씩 내보내고 있었다. 내용도 소소한 일상생활이 전부인 드라마였다.

아이들을 학교에 보낸 후 같은 아파트에 사는 아줌마들이 모여서 커피를 마시면서 남편 흉을 보고 있었다. 무엇이 그리 즐거운지 깔깔거리는 그녀들의 일상이 웃음을 자아내게 했다. 그녀도 저 드라마 속의 연기자들처럼 아이들의 친구 엄마들과 집집마다 돌아가면서 커피를 마시고 함께 학원을 알아보고 아이들이 돌아오는 시간에 맞춰 마중을 나갔었다.

오늘 따라 주변의 평범한 사람들의 생활이 참으로 부럽다는 생각이 들었다. 예전에 느껴보지 못했던 새로운 감정이었다. 그녀는 텔레비전의 여인들도, 그녀와 한 아파트에 사는 동네 여인들도 모두 부러웠다. 그녀에게도 소박한 꿈이 있었는데, 그냥 더도 말고 덜도 말고 남들처럼만 살았으면 참 좋았는데, 새삼 평범하게 산다는 것이 얼마나 어려운 일인가, 그런 생각이 들었다. 그녀는 긴 한숨을 내쉬었다.

해맑은 웃음, 참새인 양 조잘대며 마냥 행복했었던 여고 시절부터 꿈꾸어 온 환상의 미래, 온갖 화려한 무지갯빛 행복만으로 가득했던 환상은 분명 그녀가 처한 지금 이 상황은 아니었다. 대학을 졸업하고 현실이란 두꺼운 벽을 의식하면서 행복의 조건에 변화를 가져왔지만 행복이란 그 의미는 그때까지만 해도 그녀에게 있어서 여전히 변함없는 핑크빛 무지개였다. 그렇게 순수하게, 아니 철없이 살아왔다.

그런데 그녀가 마주한 현실을 생각하자 머리가 깨질 듯이 아팠다.

그녀는 다시 텔레비전 화면을 이리저리 돌리다가 리모컨을 꺼버렸다. 소파 위로 두 다리를 올린 채 그녀는 두 무릎 사이로 얼굴을 묻었다. 그 무엇도 생각하고 싶지 않았다. 텅 비어버린 공허한 머릿속이 지끈거리는 두통으로 채워지고 있었다.

남편은 오늘 밤 집으로 돌아오지 않을 것이다. 지금까지 어디에 있는지 전화도 문자도 없는 남편이었다. 그녀의 불길한 예감이 거의 현실로 증명되고 있었다. 어쩌면 남편은 가장 손쉽게 그녀에게 정신적인 고통을 가할 방법이 무단 외박이라고 생각했는지도 모른다.

유치했다. 그녀는 남편의 외박이 그저 어린아이 장난 같은 짓이라고 생각했다. 남편이 원하는 것은 단지 앙갚음에 지나지 않았다. 남편인 자신의 존재 가치를 냉정하게 짓밟고 무시하는 아내에게, 남편이란 존재가 얼마나 소중한 것인지 새롭게 일깨워 주고 의식시켜 주기 위한 수단이었다. 그러나 그것은 일종의 복수라는 의미로 해석할 수밖에 없는 상식 이하의 치졸한 행동이었다.

차분한 이성과는 거리가 먼 직설적인 행동, 차라리 버럭 화를 내면서 그녀의 뺨이라도 후려치고 정면으로 따져 묻는다면, 이처럼 가치 없이 불필요한 냉전 상태가 길게 연장되지는 않았을지도 모른다. 그러나 냉전이 길어질수록 두 사람 모두 피폐해진 상처만 겹겹이 쌓였다.

필요 이상으로 사람을 지치게 하는 소모전은 현명한 짓이 아니라고 그녀는 생각했다. 그런데 오늘은 그 소모전마저 피하고 싶었다. 그녀도 시간이 흐르면서 점차 지쳐가는 모양이었다.

남편이 바라는 복수란 의미의 덫에 걸린 완전한 포획물은 아닐지라도 전혀 영향을 받지 않는 것은 아니었다. 이렇게 잠을 청하지 못하고 집으로 돌아오지 않는 남편이 지금 어디서 무엇을 할까 생각하는 복잡 미묘한 갈등으로 괴로워하니 말이다.

그녀는 다리 사이에 파묻었던 고개를 들고 천천히 몸을 일으켰다. 텔레비전이 꺼진 거실의 고요한 정적이 무섭게 그녀의 가슴으로 파고들었다. 그녀는 거실 창가로 다가가서 커튼을 열었다. 가로등 불빛 아래 무수히 휘날리는 눈발이 시야를 어지럽혔다. 잠시 그쳤던 눈이 또 내리고 있었다. 희디흰 백설이 어둔 밤빛에 더욱 새하얗게 빛을 발했다.

결혼한 지 벌써 8년째였다. 짧다면 짧고 길다면 긴 그 세월이 흐르는 동안 그녀는 전혀 끝을 알 수 없는 어둡고 긴 터널을 헤쳐 나오기 위해 몸부림쳤다. 절박한, 처참하게 일그러진 자신의 모습을 바라보면서 느낀 감정은 절망 그 이상이었다.

어둡고 칙칙한 땅속에서 인내하던 애벌레, 그 애벌레가 오랜 세월 두텁고 숨 막히는 긴 겨울잠에서 깨어 허물을 벗고 싶었다.

얼마나 기다려왔던 순간인가? 화려한 날개를 활짝 펼치고 원 없이 드넓은 하늘을 날아올라 너울거리며 춤추고 싶었다. 훌쩍 뛰어올라 눈부신 태양을 향해 힘차게 날갯짓을 하려던 그 순간 섬광이 번쩍였다.

우레와 같은 천둥, 빗발치는 소낙비가 사납게 쏟아졌다. 날아올라 허공을 맴돌 사이도 없이 무참히 날개가 꺾이어 추락하고 만 것이다.

'이게 아니었는데, 정말 이런 게 아니었어.'

그녀는 고개를 가로저었다.

그녀는 3남 1녀의 장녀였다. 어머니는 장녀인 그녀를 누구보다 사랑해 주었다. 어머니는 정 많고 인자하며 따뜻한 사람이었지만 때론 엄하게 다그치기도 하였다. 특히 어머니가 강조한 것은 여인의 몸가짐이었다. 여자는 몸가짐을 바로 하고 흠집이 나지 말아야 한다는, 물론 남녀 칠세 부동석을 주장할 정도로 꽉 막힌 사람은 아니었지만, 그녀는 그런 어머니의 통제에 순응하면서 성장해 왔다. 그 영향 탓인지 대학을 다니면서도 그 흔한 미팅조차 제대로 해본 적이 없는 그녀였다.

누군가를 만나고 싶다가도 막상 만나면 불안한 두려움이 그녀를 가로막았다. 온실 속에서 곱게 자란 연약한 화초가 온실 밖의 변덕스런 날씨에 지레 겁을 집어먹은 탓이었다. 언제나 적당한 거리를 두고 상대를 대했고 진정으로 상대를 알려고 탐닉하지도 않았으며 알려고 시도조차 해본 적이 없었다. 치근덕거리는 상대가 오히려 경멸스럽고 혐오스러울 뿐이었다.

대학을 졸업하고 3년이 지난 어느 가을날, 부모님의 허락 하에 사촌 언니의 소개로 난생 처음 맞선을 보았다. 처음 본 맞선은 그녀에게 피할 수 없는 운명이 되었다. 사촌 언니의 주선으로 호텔 커피숍에서 남편을 처음 만났을 때, 그녀는 전신의 맥이 풀려나가는 것 같았다.

허탈감이라고 해야 하나? 아니 솔직히 말해 상대가 어떤 사람일까 하는 막연한 호기심과 부풀어 올랐던 기대감이 와르르 내려앉는 실망감이라고 해야 맞을 것 같다. 그는 평범한 남자였고 그녀의 감정에 가슴 두근거리는 설렘은 고사하고 사소한 그리움마저 느낄 수 없는 그런 남자였다. 한 마디로 그녀가 바라고 원했던 이상형과는 거리가 먼 사람이었다.

적어도 남자를 만나는 순간 조금은 설레고 그리움에 가슴이 뛰기를 바랐는데 그는 아무런 감정의 동요가 없었다. 그러나 그녀는 알지 못했다. 그를 만나는 순간부터 그녀의 주위에 암울한 먹장구름이 서서히 몰려들며 불행을 드리우는 것을 예지하지 못했던 것이다.

'그것이 불행의 예감이었을까.'

지금 돌이켜 생각해 보면 그때 왜 남편과 결혼을 결심했는지 알다가도 모를 일이었다. 아무리 부모님이 골라준 남편이고 사촌 언니가 소개를 했다고 해도 아니라고, 분명히 거절할 수 있었는데 왜 체념하듯 남편을 받아들였는지 그녀로서도 알 수 없는 일이었다.

그렇게 불행이 예시된 만남이었지만 맺어질 인연이기에 그랬을까, 남편은 일방적이고도 끈질긴 구애작전을 펴며 쉽게 물러서지 않았다.

한 번의 대면으로 섣부르게 상대를 평가할 수는 없다고, 만나다 보면 그 사람의 참모습을 볼 수 있을 테고, 그러다 보면 정이 들게 될 것이라며, 평생을 함께 살아갈 사람은 겉보다 속이 알차야 진국이라는 어머니를 비롯한 주위의 권유를 매몰차게 뿌리치지 못한 그녀는 자의 반 타의 반에 밀려 남편과 교제를 시작했다.

남편과 만나는 횟수가 점차 늘어가면서 남편을 향한 그녀의 부정적인 사고가 흐릿하게 소멸되어 갔다. 그렇게 변화가 진행되면서 그녀는 조금은 여유를 지닌 긍정적인 시선으로 그를 바라볼 수 있게 되었다.

그때 조금만 더 심사숙고했었더라면, 자신의 이상을 좀 더 중요시하고 분별력 있게 행동했더라면 지금 같은 불행한 결혼생활을, 다시금 돌이킬 수 없는 불행을 초래하지는 않았을 것이다. 그녀의 불행은 모두의 축복을 받으며 치러진 화려한 결혼식 뒤로 잠시 물러나 연장선상에 머물러 있었다.

신혼여행을 다녀온 지 얼마 지나지 않아 그녀는 그가 감춰 놓은 놀라운 비밀을 알게 되었다. 그것은 그녀가 꿈꾸고 그려온 화려한 환상의 무지갯빛 미래가 무참하게 으깨어지는 끔찍한 순간이었다. 혼자서 감내하고 감당하기에는 너무나 살 떨리고 충격적이었으며 놀라운 일이었다. 그동안 잔뜩 웅크린 채 숨어있던 암운이 표면으로 급부상한 것이다. 그녀의 불행은 그렇게 살며시 다가와 활짝 문을 열어놓고 감당 못할 엄청난 두려움을 쏟아 붓기 시작했다.

그는 순수한 남자가 아니었다. 이미 한 여자와 결혼을 하고 이혼을 경험한 경력이 있었다. 그 사실을 안 순간 그녀는 마른하늘에 날벼락을 맞는 아찔한 충격이 뇌리에서 번쩍이는 것을 느꼈다.

그녀는 정신을 잃었다. 그녀가 잃어버린 의식을 회복하며 눈을 떴을 때 하얀 시트 위, 병원 침대라는 것이 어렴풋이 느껴졌다. 뚝하고 끊겨나갔던 의식이 서서히 되살아나면서 그녀는 두려움을 느꼈다. 차라리 이대로 의식이 멈췄으면 싶었다.

주체할 수 없이 두 볼을 타고 뜨거운 눈물이 흘러내렸다. 그냥 죽고 싶다는 마음뿐, 이대로 죽어버렸으면, 삶의 의지를 상실한 채 소리 없는 오열을 터뜨렸던 그녀였다. 사실 그때만이라도 돌이켰어야 옳았다고 그녀는 생각했다. 그까짓 남들의 따가운 시선쯤이야 시간이 흐르면 모두 거두어질 시선이었다. 그러나 그녀는 용기가 없었다. 부모님이 실망하게 될 것도 두려웠고 어차피 신혼여행도 다녀온 마당에 이제 와서 없던 일로 한다고 모든 것이 없었던 일이 되는 것도 아니었다.

그렇게 불신감을 한 자락 깔고 신혼생활이 시작되었다. 이미 행복하고 달콤한 신혼은 그녀에게는 물거품이 되었다. 타인들이 느끼고 행하는 사랑의 황홀한 체험 대신 그녀는 고통으로 옥죄어져 떨어지는 쓰디쓴 눈물을 먼저 맛보아야 했던 것이다.

수없는 갈등을 겪으며 체념이란 허무한 인생 공부를 값비싸게 앞서 체험한 그녀가 맛본 신혼 초행은 죽음보다 깊은 상처뿐이었다. 하루하루 골 깊은 상처는 아직까지 아물지 못한 채 검푸르게 짓물러 썩어 가는 고통을 자아내고 있었다.

그것으로 끝이 아니었다. 남편은 처음부터 철저하게 그녀를 속였다. 결혼과 이혼 사실도 속였고 학벌도 감쪽같이 속였다. 자신의 힘으로 마련했다던 자그마한 아파트조차도 부모에게 물려받은 유산이었다. 그것은 단지 결혼을 목적으로 벌인 완벽한 사기극이었다.

그녀는 두 귀를 쫑긋이 세우고 푸른 초원을 마냥 뛰어다니던 한 마리 가엾은 암노루였다. 남편이란 무지하고 파렴치한 사냥꾼인 가해자가 펼쳐놓은 완벽한 덫에 걸려들어 절망으로 주저앉은 가엾은 암노루, 헤어 나올 수 없는 잔인한 덫에 걸려든 포획물이었다. 처절하게 몸부림치면서 피를 흘려보지만 그럴수록 덫은 더욱 단단히 옥죄어들 뿐이었다.

예전에 그리며 꿈꾸어 온 순수했던 소망은 현실과는 동떨어진 환상에 불과했다. 꿈 그 자체에 지나지 않았던 환상은 산산이 부서져 형체를 잃어버렸다. 차라리 그의 거짓말을 영원히 모르고 살았더라면 좋았을 것을, 아니 얼마쯤 세월이 흐른 뒤 감춰놓은 비밀을 알게 되었더라도 상황은 지금과는 훨씬 달라졌을지도 모른다. 이 모든 것이 자신이 주어진 피할 수 없는 운명이려니, 자신의 환상 일부분을 스스로 깨버리고 포기하기가 한결 쉬웠을 것이다.

그러나 그 당시 그녀는 환상을, 화려한 장밋빛 꿈을 매몰차게 떨쳐버리고 냉정하게 현실과 타협할 수 있는 정신적인 여유를 지니지 못했다. 주어진 운명이라고 순수하게 받아들이고 순응하기에는 그와 지내온 시간이 너무 짧았으며 충격의 여파를 나름대로 수습할 수 있을 만큼 깊은 정을 담아둘 시간적인 여유가 주어지지 않은 상태였기에 더 힘든 괴로움 속에 자신을 가두고 방황해야 했었는지도 모른다.

그녀가 돌아서 물러설 곳은 어디에도 없었다. 충격에서 벗어나지 못하고 허둥거리다 삶의 의지를 꺾고 주저앉아 벼랑 끝에 내몰린 아슬아슬한 위기의식 속에서 뾰족이 불거져 나온 의문의 덩어리, 그 불분명한 형체가 이리저리 굴러다니며 그녀의 마음을 어지럽혀 놓고서 마구 흔들기 시작했다. 그처럼 불쑥 생소하게 불거진 듯 돋아난 의문은 점차 시간이 흐르면서 불안정했던 그녀의 마음에 아이러니컬하게도 안정을 심어주었다. 하나의 새로운 목표까지 설정해 주며 충실하게 방향잡이 역할까지 해 준 것이다.

　그것은 바로 이혼이었다. 결혼을 막 한 신부가 생각하기에는 아주 낯선 단어였지만 이혼은 그녀를 유혹하고 마음을 안정시켜 주었다. 철이 들면서 남편이라는 존재를 만나 결혼이라는 멍울을 뒤집어쓰고, 감당 못할 고통 속에서 방황하는 절망적인 상황에서도 생각하지도, 떠올릴 수조차 없었던, 전혀 동떨어진 무관한 것인 줄로만 알았던 파멸의 끝자락이 그녀에게 새롭게 부상하며 믿기지 않을 만큼 위로를 던져주었고, 희망이라는 밝은 등불까지 손에 쥐어주는 친절까지 베풀었다.

　어쩌면 이혼이라는 극단적이고 폐쇄적인 단어는 지금껏 그녀가 지니고 있었던 모든 것으로부터 또 다른 절망적인 단절감을 받아야 하는 것이기에 쉽게 떠올리지 못한 두려움이었는지도 모른다. 결코 헤어 나올 수 없는 고통의 늪에서 벗어날 수 있는 마지막 선택이 될지도 몰랐다.

　물론 헤어지는 순간부터, 지금과는 또 다른 절망의 늪이 자신을 기다리고 있으리라고는 상상조차 하지 않았다. 그러나 세상의 나쁜 일은 나쁜 일을 동반하기 마련이었다. 이혼이라는 단어를 떠올리지 못할 만큼 그녀가 처한 고통의 정도가 그녀의 몸과 마음을 사정없이 피폐한 궁지 속으로 몰아붙였다.

　또 하나의 고통을 안겨주는 극단적이고 절망적인 황폐한 길이었지만 유혹의 향기에 이끌려 마음 한쪽이 기울면서 현실을 직시하기 시작한 그녀였다. 자신이 처한 현실, 고통 받는 아픔이 반복되는 결과를 응시하면서 구차하게 부부란 삶을 연장해 나갈 필요가 있을까?

그녀는 마음을 모질게 다졌다.

'이혼해야 해. 이처럼 허무하게 나의 생을 여기서 팽개칠 수는 없어. 다시 새롭게 시작하는 거야.'

질끈 두 눈을 감고 악몽이었다고 지난날을 떨쳐버리고 싶었다. 이미 깨지고 형체가 불분명한 환상을 돌이켜 되살릴 수는 없을지라도, 터지고 상처 난 부위에 새살이 돋아 흔적이 남을지라도, 치유할 수만 있다면 서슴지 않고 그 길을 택하고 싶었다.

그녀는 남편과 남남이 되는 것만이 자신이 나아갈 유일한 구원의 탈출구라고 믿어 의심치 않았다. 이혼녀라는 사회의 질시적인 눈길도 두렵지 않았다. 지금까지 꼭 움켜쥐고 놓지 않았던 자존심을 툴툴 털어낸다면 얼마든지 극복할 수 있으리라 믿었다.

남편과의 무미건조한 어색한 만남, 일방적인 그의 구원에 이끌린 만남이었지만 나름대로 부풀어 오른 앞날에 대한 장밋빛 환상이 깨어지기 전, 신혼여행에서 돌아오는 길목에서 친정 시골로 내려갔을 때, 자식의 무한한 행복을 바라시며 어머니는 말씀하셨다.

"넌 이제 유씨 집안의 사람이다. 내 손을 떠난 여식이고 유서방의 아내다. 살아서는 물론 죽어서도 유씨 집안의 귀신이 되어야 한다. 엄마 말이 무슨 말인지는 잘 알 게다. 다시는 내 집에 발을 디디는 사람이 되어서는 안 된다는 것을 명심하고 유서방과 평생을 행복하게 살아갈 터전을 마련하는 것이 진정으로 네가 살 길이다."

눈물이 핑 돌았다. 열 손가락 깨물어 아프지 않은 손가락이 어디 있겠는가만은 맏딸이라는 이유 하나만으로도 어머니는 누구보다 각별한 정을 심어주었고, 품 안을 떠나보내는 섭섭함을 떨치려 마른 가슴에서 눈물을 흘리셨다. 어머니는 당신의 아픔을 행복이라는 간절한 바람으로 가득 채워 주었다. 행복의 보금자리를 찾아 떠났던 당신의 딸이 이혼 이외에 달리 방법이 없었던 피치 못할 진실을 헤아려 알았을 때, 그녀를 백번 이해하리라 믿어 의심치 않았다.

얼마 동안 고통과 아픔이 겹겹이 쌓여 지워지지 않는 멍에로 괴롭겠지만 세월이 흐르면 자연스럽게 희석될 것이라고 그녀는 굳게 믿었다. 그러나 운명의 여신은 이번에도 그녀를 비껴갔다. 어쩌면 타고난 팔자인지도 모를 운명은 삶이라는 무거운 등짐을 그녀에게 짊어주었다. 이 지옥 같은 현실에서 한시라도 빨리 벗어나고 싶다는 몸부림, 자신 이외의 무엇과도 결부시켜 생각할 여유가 없었던 상황에서 내려진 결론이었는데도 불구하고 삶의 멍에는 비웃기라도 하듯 냉소를 날리며 그녀를 외면했다. 혼자만의 희망사항으로 간직하라며 힘에 거워 주저앉다 넘어진 그녀의 콧등을 깨고 뚝, 소리가 나도록 두 발목을 분질러 놓았다.

지옥 같은 고통에서 한시라도 빨리 벗어나고 싶은, 지금보다 조금은 자유롭게 살아가리란 집요한 편견에서 부풀어 올랐던 희망사항이었다. 그러나 유일한 구원의 탈출구라 믿었던 이혼이 얼마나 부질없는 것이었는지 의식하고 깨닫기까지 그리 오랜 시간이 걸리지 않았다. 그것은 생각지도 못한 전혀 엉뚱한 곳에서 폭발하듯 터져 나왔다. 운명은 그녀의 무릎을 완벽하게 꺾어 굴복시켰다.

이혼이란 최후의 극단적인 외길로 줄달음칠 때 가장 먼저 걸림돌로 작용할 돌출부위를 그녀는 까맣게 잊고 있었다. 아니 모르고 있었다고 해야 옳을 것이었다.

임신이었다. 하늘이 노랗게 무너져 내리는 충격이 아닐 수 없었다. 그처럼 경멸했던 한 인간의 분신이 그녀의 몸속에서 태연하게 자리를 잡았다. 어떻게 손써볼 겨를도 없이 성장해 버린 태아를 의식했을 때 그녀는 망연자실했다.

입덧은 전혀 없었다. 신혼여행을 다녀온 직후 그가 숨겨놓은 충격적인 비밀이, 사건이 감당 못할 파장으로 터져 나왔고, 이후로 교합, 합방한 일이 없었기에 정기적으로 있어야 할 생리가 없었을 때에도 몸이 야위고 수척해지는 현실의 고통 때문이라고 별 의심 없이 가볍게 치부해 버렸었다.

그런데 그 방심이 지금까지 헤어 나올 수 없는 족쇄가 될 줄은 까맣게 몰랐다.

신혼여행에서 받아 넣은 씨앗이 분명했다. 두 달째 생리가 없을 때, 그녀는 이혼결심과 함께 임신 사실도 어렴풋이 느끼게 되었다. 그녀에게 있어서 이보다 더한 절망적인 불행이 찾아온 적이 없었다. 예쁘고 아름답게 가꾸리란 생의 환희로 가슴 부풀어 올랐던 신혼의 보금자리에 주검과도 같은 파멸이란 생의 길목, 달갑잖은 새로운 전환점을 열어준 메가톤급 폭탄이 터졌을 때도, 지금까지 그녀가 헤어나오지 못하고 눈물로 지새우게 한 사건도 이처럼 절망적이지는 않았었다.

희망은 물거품처럼 사라졌다. 잠시 잠깐 망설이는 사이 태아는 완벽하게 자리를 잡았다. 모든 이의 축복을 받으며 건강하게 성장해야 할 새 생명이 눈물과 고통 속에서 아무도 모르게 성장하고 있었던 것이다.

바위처럼 굳어버린 그녀의 마음이 흔들렸다. 인정하기조차 싫지만, 그의 염색체를 지닌, 자신의 분신이기도 한 새 생명을 제물로 희생시키면서까지 이혼한다면 자신의 새로운 삶의 질적 무게가 진정 얼마나 가치 있을 것인가, 그녀는 스스로에게 반문하고는 했다.

그녀는 그 어느 때보다 혼란스러웠다. 그녀는 침착하고 현명하지 못했던 자신의 무지와 어리석음을 저주했다. 냉정하게 이성을 잃지 않고 방황하지만 않았더라도 자신의 발목에 스스로 족쇄를 채우는 우를 범하지는 않았을 것이다.

어쩌면 산다는 것 자체가 이처럼 허무하고 무의미한 것일지도 몰랐다. 아무리 몸부림쳐도 소용없는 일이라면 차라리 힘에 겨워 엉거주춤 들어 올렸던 날개를 꺾고 싶었다. 그녀는 처음으로 죽고 싶다고 생각했다. 그러나 그녀의 모든 흔적을 깨끗하게 지워줄 죽음을 선택할 권리마저 그녀에게 주어지지 않았다.

결혼은 그녀에게 고통과 좌절만을 안겨다 준 고난의 연속이었다. 절박하고 고통스러웠던 세월이 결코 자신과 무관한 타인에 의해서 빚어진 불행만은 아니라는 사실을 그녀도 인정해야만 했다. 자신의 상황이 위험수위를 넘나들 때마다 마주쳐 싸우지 않고 그저 방관자처럼 침묵했기에 결국 자신을 스스로 옭아맨 것이었다.

그녀는 남편을 현실로 인정하길 거부했다. 이혼을 포기한 이상 남편의 실체를 현실 그대로 받아들이고 인정했더라면 지금보다는 한결 수월하게 세상을 살아갈 수도 있었을 것이다. 그러나 그녀는 부서진 환상의 잔재를 쓸어 모아 체념이란 무덤 아래 꼭꼭 묻어두고 타협이란 고리를 끊어 버린 채 몸과 마음을 굳게 닫아 버렸다.

남편은 신혼여행지에서 자신의 치부가 들통 나자 죄의 대가를 치르듯 그녀 앞에서 죄인처럼 고개를 숙였다. 매사에 한 발짝 뒤로 물러나 처신했다. 그렇게 세월이 흐르다 보면 언젠가는 그녀의 닫힌 마음의 문이 열리리라고 생각하는 것 같았다. 그 기간 동안 남편은 자신의 자존심을 버리고 무던히도 인내하며 저자세로 납작 엎드렸다.

그렇게 8년이라는 세월이 흘렀다. 결국 남편의 인내심은 이제 한계에 다다랐고 집안의 모든 문제는 그녀가 자초한 일이라는 비난의 화살이 돌아왔다. 남편이 다른 여자를 마음에 두고 바람을 피우는 상황조차 그녀가 곁을 주지 않아서라는 말도 안 되는 구실을 내세웠다.

그녀는 우두커니 눈 내리는 창밖을 주시하다 괘종시계가 울려대는 다섯 번의 외침을 들었다. 눈이 내리는 밤하늘로 흐릿하니 스멀거리는 잿빛 새벽녘이 찾아오도록 남편은 집으로 돌아오지 않았다.

지칠 만도 했다. 그래도 그녀와 절대 헤어질 수 없다며 끊임없이 용서를 빌던 남편이었다. 그러나 한 번 닫혀 버린 그녀의 마음은 끝내 열리지 않았다. 그 다음에 돌아온 것은 이렇게 대놓고 외박을 하는 일이었다.

어차피 아이 때문에 갈라서지도 못할 상황이라면 남편을 용서하고 받아들였어야 했다. 아니면 아이를 방패삼아 뒤에 숨지 않고 용감하게 이혼을 선택해야 옳았다. 솔직히 이런 감정의 소모전을 8년씩이나 끌고 올 필요는 없었던 것이다. 그러나 이제는 풀어 내려야지 하면서 속내로 외치는 마음과는 달리 경직되어 뻣뻣하게 굳어버린 육신이 나긋하게 풀릴 그것을 완강하게 거부했다.

"세상이 그리 만만하고 호락호락한 게 아녀."

자라면서 부모님이 했던 말들이 그녀의 귓가에서 맴돌았다.

"엄마, 나 졸업하면 뭐할까?"

그녀는 툇마루에 신문지를 펼치고 마늘을 까는 어머니 옆에 쪼그리고 앉아 물었다.

"뭘 하고 싶니?"

어머니는 빙그레 웃으며 물었다.

"취직하고 싶어."

"취직?"

"응, 가능하다면 좋은 회사에. 괜찮지?"

"글쎄다."

"아님, 읍내에 유치원이나 개업할까?"

어머니는 툇마루 기둥에 등을 기대고 앉아 담배를 피워 문 아버지를 힐

끔 돌아보았다. 그때 아버지가 피우던 담배꽁초를 찌그러진 양은 재떨이
에 비벼 끄면서 걱정 반 대견스러움이 반 뒤섞인 눈길로 모녀간의 대화에
끼었다.

"인석아, 세상이 그리 만만하고 호락호락한 게 아녀."

"저 자신 있어요. 직장 생활도 잘할 수 있고 유치원도 선생으로 들어가
든 하나 차려서 운영하든 뭐든지 잘할 수 있어요. 저 이제 어린애 아니에
요."

"백 살을 먹어봐라, 애비 눈엔 넌 늘 물가에 내놓은 철부지에 지나지 않
아."

마른 헛기침을 뱉으며 아버지가 말했다.

"그렇다고 집안에 말만한 애를 가둬 놓을 순 없잖아요?"

어머니가 마늘을 까던 일손을 놓고 이마에 흐르는 땀을 손등으로 훔쳤
다.

"가두긴, 시집 보내야지."

"전 반대에요."

"뭐가 반대야?"

어머니의 말에 아버지가 무뚝뚝하게 물었다.

"아직 팔등에 솜털이 무성한 애를 벌써 시집보낼 순 없잖아요."

어머니는 당신의 잃어버린 처녀 시절이 그리웠으리라. 연민이라고 하
면 뭣하겠지만, 당신이 누리지 못했던 막연한 그리움을 딸에게만은 물려
주고 싶지 않았을지도 모른다. 어머니는 어릴 적, 집안과 집안끼리 맺은
혼약으로 갓 스무 살의 나이에 아버지와 혼인을 하였다.

"넌 너무 일찍 눈 맞는 사람이 없었으면 좋겠다. 한 번 지나간 시절은
다시 돌아오지 않는단다. 네가 하고픈 즐거움은 가능하면 모두 느껴보고
그때서야 엄마가 됐으면 좋겠다."

어머니는 진심 어린 마음을 담아 그녀에게 말했다. 물론 그것이 아버지와 살아온 생이 후회스럽다는 의미가 아님은 그녀도 잘 알고 있었다.

"누가 당장 보낸대? 조신하게 집에 있으란 말이지. 그러다 때가 돼서 마땅한 사람이 나타나면 보내는 거구."

아버지의 말에 어머니는 입을 다물었다. 말처럼 다 큰 딸아이를 밖으로 내돌릴 수 없다는 아버지의 의지를 어머니도 묵인으로 인정하고 있었다.

"엄마, 나 정말 취직하고 싶어."

아버지에게 백기를 든 어머니를 졸라봐야 소득이 없다는 것을 모르지 않았으나 어머니를 통해 아버지에게 좀 더 자신의 의사를 전달하고자 그녀는 짬나면 어머니에게 투정부리듯 말했다.

"인석아, 그래도 모르겠어? 졸업하구 애비 농사일이나 거들며 시집갈 준비나 해. 세상이 그리 만만하지 않다니까 그려. 조신하게 처신하다 좋은 지아비 만나 시집이나 가. 시집가서 잘 사는 게 여자에게는 제일 행복한 일이야."

고리타분한 아버지의 판에 박힌 여자에 대한 고정관념, 그녀는 그것이 불만스럽고 못마땅했지만 아버지에 대한 어머니의 지극한 순종을 제것인 양 받아들였고, 아버지의 사랑을 믿고 의지했기에 착하고 선하게 성장해서 한 남자를 만나 결혼하고 아이를 낳고 살다 보면 누구나 어른이 되는 줄로만 알았다. 그 단순한 믿음이 한 남자의 아내가 되면서 엄마가 되기도 전에 산산이 조각나 버린 것이다.

평생 짊어지고 살아야 할 고통, 얼마나 자신을 희생하면서 용서하고 아픔을 인내하며 살아가야 하는 것인지, 그것이 인생이고 고단한 삶이라면 진정 받아들여야 옳은 것인지 그녀는 알 수 없었다.

세상이 그리 호락호락한 것만은 아니라고 귀에 못이 박히도록 입버릇처럼 들려주셨던 아버지의 말이 그녀의 가슴에 영원히 지워지지 않는 명울을 심어주었고 뼛속 깊이 사무치는 낙인으로 남아 있었다.

아마도 먼 훗날 그녀의 불행을 부모님이 알게 된다면, 금지옥엽으로 키워온 딸이 겪어온 말도 안 되는 일을 알게 된다면, 아마도 부모님의 가슴에는 대못이 쾅쾅 박힐 것이다. 어떻게 키워온 자식인데, 눈물겨운 어머니 은혜의 가사처럼 제 자식을 제살인 양 제 몸뚱이인 양 아끼고 귀하게 돌보았는데, 물론 모든 부모가 다 그렇게 자식을 키우지만 그녀의 부모에게 그녀는 눈에 넣어도 아프지 않을 자식이었다.

그녀가 자랄 때만 해도 남아선호 사상이 뚜렷했던 시골이었다. 사람들은 입을 모아 자식은 그저 아들이 최고라고 했어도 그런 말을 시큰둥하니 귓등으로 흘리고 우리 딸, 우리 딸 하면서 금지옥엽으로 키워주셨던 부모님이었다.

창가의 눈은 그칠 줄 모르고 내렸다. 커튼을 닫고 돌아서는데 그녀의 몸이 휘청거리더니 핑하니 현기증이 돌았다. 밤새 뜬눈으로 지새운 후유증이려니 생각하고 침대에 누웠다. 몸도 으슬거리고 한기가 느껴졌다.

남편은 아직까지 문자 한 통 없었다. 그래도 새벽녘에는 들어와 옷을 갈아입고 출근했는데 오늘은 집에 오지 않고 출근할 모양이었다. 그래도 그녀는 노엽거나 서럽거나 하지 않았다. 밉지도 않았다.

자리에 누워 그녀는 생각했다. 그래, 하루를 살더라도 사람답게 살자. 주변의 눈길이 두려워서, 연로하신 부모님의 마음에 대못을 박을까 봐, 그렇게 참고 살아왔는데 결국 남은 게 무엇인가? 그녀는 이제라도 이 생활을 청산해야 한다고 생각했다. 갑자기 어디서 그런 용기가 솟았는지 그녀도 알 수 없는 노릇이었다. 어지럽게 원을 그리며 소용돌이치는 물결 속에 전신이 휘감기듯 빠르게 빨려들었다. 아련히 가물거리던 혼돈이 서서히 회복되면서 제자리로 돌아오는 평정을 되찾았다.

그녀는 편안한 마음으로 눈을 감고 깊은 잠에 빠져 들었다.

의심

볕이 화창하게 내리쬐는 눈부신 오후였다. 함정수는 뒷골목에 있는 한 커피 전문점에서 출입문 쪽에 눈을 둔 채 누군가를 기다리고 있었다. 큰길가에서 한 블록 뒤에 위치한 뒷골목인데도 이 카페를 찾기까지 몇 군데의 카페를 더 지나야 했다. 음식점보다 차리기가 손쉬워서일까? 카페는 한 집 건너 하나가 있을 정도로 널브러져 있었다.

카페 바깥에 아메리카노 2,000원이라고 크게 쓰인 글씨 탓인지 카페는 제법 사람들이 많았다. 커피 전문점은 만남의 장소로도 유용하고 상대방과 대화를 나누기에도 좋은 장소였다.

카페 내부는 은은한 커피 향이 가득 고여 있었고 뭔가 안정된 분위기의 인테리어가 돋보였다. 사람들은 삼삼오오 둘러앉아 이야기꽃을 피우는가 하면 만나기로 한 사람을 기다리는지 출입문이 열릴 때마다 반사적으로 고개를 들어 확인하는 함정수 같은 사람도 보였다.

함정수는 짧은 머리를 감추기 위해 모자를 눌러 쓰고 있었다. 교도소에서 출소한 지 오늘이 5일째였다. 출소하는 날부터 식음을 전폐하고 그는 아내를 찾기 위해 사방팔방 뛰어다녔다. 당장 먹고 잠잘 곳도 없었다.

그는 종로에 위치한 한 고시원에 짐을 풀고 바쁘게 움직였다. 짧은 머리는 어떻게 감출 수 없었지만 우선 가지고 있는 돈으로 옷 한 벌을 구입했다. 최대한 감옥에서 방금 나온 사람 같게 보이지 않기 위해 고급 잠바를 사 입고 바지와 구두도 신경을 썼다. 그렇지만 그를 둘러싼 분위기는 그리 밝지 않았다.

북적이는 커피 전문점 실내를 둘러보는 함정수의 눈에선 초조한 기색이 역력해 보였다. 눈앞에 드리워진 문제를 먼저 해결하지 않으면 아무것도 눈에 들어오지 않을 것이다.

사람들의 대화소리, 행복한 웃음소리 속에 파묻혀 얼마나 시간이 지났을까? 커피 전문점 입구를 바라보던 함정수의 눈에 만나려는 사람이 들어오자 그는 벌떡 일어나 손을 들었다.

"아, 여기입니다."

입구에 선 채 이리저리 카페 안을 둘러보던 한 여자가 함정수를 발견하고 자리로 다가왔다. 별로 반가워하는 기색이 없는 것으로 보아 친한 관계는 아닌 듯했다. 함정수는 자신에게 다가오는 여성을 재빨리 눈으로 살펴보았다. 그는 잠시 고개를 갸우뚱거렸다. 4년 전에 보았던 그 여자가 맞나 확신이 서지 않았다.

여자는 우아한 걸음걸이와 정숙하면서도 고급스러운 분위기의 옷차림을 하고 있었다. 주기적으로 관리 받는 것 같은 단정한 머리 모양이나 부드러운 인상, 사람을 대함에 있어 호감을 주는 여유 있는 미소는 현재 아무런 부족함도 없어 보였다.

"안녕하세요. 그쪽이 만나자고 하신 분이 맞나요?"

"아 예, 제가 연락을 드렸습니다. 시간을 내주셔서 감사합니다."

함정수는 자신의 이름을 밝히려다가 입을 다물었다. 혹시 자신의 이름을 밝히면 여자가 그 길로 일어나 돌아설 것 같아서였다.

　간단하게 인사를 나눈 후 주문한 커피가 나오기까지 함정수는 말을 아끼고 맞은편에 앉은 여자를 찬찬히 바라보았다. 윤기가 도는 머릿결, 향기로운 여성용 화장품의 냄새, 작지만 여유 있는 미소가 걸린 입, 어두운 톤의 고급스러워 보이는 일체형 원피스는 그녀의 정숙한 이미지를 더욱 끌어올려 주었다.

　그럼에도 완곡하게 드러난 가슴선이나 의자에 앉을 때 살짝 엿보인 부드러울 것 같은 엉덩이 라인을 보면서 여자는 확실히 4년 전에 보아왔던 그 검사의 부인이 틀림없다고 확신했다.

　"저를 통해서 누굴 찾으신다고 하셨는데……."

　여자가 먼저 말을 꺼냈다.

　지난 5년 간 교도소에서 수감을 마친 함정수는 지난주에 출소했다. 닷새 동안 함정수는 제일 먼저 김 검사 부인을 찾아다녔다. 이름 있는 검사의 부인이라 찾는 것은 그리 어렵지 않았다.

　"저, 제 집사람을 찾습니다. 변호사였던 홍서원……."

　"네? 그런데 왜 그분을 저한테……."

　"벌써 잊으셨나 보군요. 5년 전, 내가 댁의 남편으로 인해 누명을 쓴 사람입니다. 댁의 친정아버지 국회의원 김 검사 사위를 아니, 당신 남편을 살리려고 저한테 뒤집어씌운 거 다 압니다. 그런데 지금 우리 집사람이 댁의 친정아버지와 불륜 사이라는 걸 알아냈습니다. 그래서 당신을 찾은 겁니다."

　"그럼 당신이 함정수 씨?"

　그제야 여자는 함정수를 알아보고 깜짝 놀랐다. 그녀의 눈이 대번 커지며 공포스러운 표정으로 바뀌면서 눈꺼풀이 살짝 떨리고 있었다.

　"네. 제가 바로 함정수 맞습니다. 댁들 덕분에 만 4년 넘게, 아니 정확히

52개월 동안 억울한 옥살이를 마치고 지난주에 출소했습니다. 아, 김 검사님도 잘 지내시죠? 친정아버지이신 그 의원님도……."

함정수의 말을 듣던 여자는 눈가를 파르르 떨었다. 함정수가 감옥에서 지내던 지난 4년여 동안 여자는 여유와 평온과 행복을 누리고 잘 살아왔었다. 그런데 무심코 함정수를 만난 이 순간 모든 것이 와르르 무너지는 기분에 휩싸이고 말았다.

"저는 아무것도 모릅니다."

"그러시겠죠. 처음 제 집사람이 저의 억울함을 호소하려고 댁의 남편을 자주 만났답니다. 그러다 강간을 당했는지, 아니면 협박을 당했는지, 그도 아니면 잠자리를 같이 하면 나를 빼주겠다고 거짓말을 했는지……, 아무튼 진위는 잘 모릅니다. 다만 지금은 당신 아버님과 헤어질 수 없는 연인 사이로 발전해 있답니다."

"설마……."

여자는 믿기 어려운 표정으로 함정수를 빤히 바라보았다.

"의원님께 물어보세요. 저는 사랑했던 집사람을 꼭 찾아야 합니다."

"할 말이 없습니다……. 아무튼 어떻게 된 일인지 알아보겠습니다. 혹시 보상을 원하신다면 충분히 해 드리겠어요."

"보상? 돈이면 다다 이거죠? 지금 내가 원하는 건 다 죽여 버리는 겁니다. 아시겠습니까? 다 죽여 버리고 저도 죽으면 그만입니다. 죽는 데 돈이 왜 필요하겠습니까?"

냉정하고 메마른 함정수의 목소리에 그녀는 몸을 떨면서 눈을 감았다. 그러나 함정수가 방금 뱉은 대로 그 사람들을 다 죽인다는 것은 진실이 아니었다. 그렇게 말하면 그들이 조금이라도 죄책감을 갖지 않을까 하는 생각에서 나온 말이었다.

"지금 주장하시는 말이 다 사실이라면 저희가 잘못했어요. 어떻게 해 드릴까요?"

그녀는 함정수 앞에 무릎이라도 꿇을 표정으로 말했다.

"입장을 바꾸어서 당신이 나같이 누명을 썼으면 용서가 될까요? 당신 남편, 진범이었던 김 검사가 모가지 잘릴까 봐 친정아버지한테 부탁해서 나한테 살인누명을 씌웠어요. 그리고 나를 모텔에 끌고 가서 몰매에 물고문으로 거짓자백을 받아 감옥에 처넣었다구요. 지금이 군사독재시대도 아니고……. 나도 이런 현실이 믿기지 않아 미칠 지경입니다."

함정수의 분노가 입에서 뿜어져 나올 때마다 그녀는 인상을 쓰고 고개를 숙였다.

"겁먹지 마시고 이제 그만 가보세요. 제가 지금 원하는 것은 당장 집사람을 만나게 해 주시는 겁니다. 지금 당장이요."

그녀는 자리에서 엉거주춤 일어나며 물었다.

"지금 당장이요?"

"네. 아내에게 꼭 물어볼 것이 있어서 그럽니다."

함정수는 원한과 억울함과 복수심이 가득한 분노를 삭이지 못하며 지난날을 떠올렸다.

재판결과는 참담했다.

1심 재판부─ 통상의 성행위 정도를 넘어 음부에 주먹 삽입. 피해자 자궁 후면까지 팔꿈치를 넣었으며 그 과정에서 피해자의 장기를 만지고, 직장을 움켜잡고 강한 힘으로 항문 밖으로 잡아당겨 직장 일부를 떼어낸 점, 그로 인하여 피해자에게 다량의 출혈이 발생하여 모텔 방 전체에 남았던 점 등을 종합하여 상해에 고의가 있었음이 인정됨. 다만 피해자가 넘어진 후 부축 없이 스스로 일어나 걸었고, 가해자 부축을 받기는 했으나 스스로 모텔 방 안으로 걸어왔다는 참고인 진술을 바탕으로 피해자가 주취로 인하여 추행하려는 의사가 있었다는 증거가 확실치도 않으므로 준강제추행치사는 무죄, 상해치사는 징역 5년에 처한다.

2심 및 대법원— 가해자가 술에 취하여 심신미약상태에서 과도한 성행위 도중 우발적으로 한 범행이므로 감형하여 최종 징역 4년 6개월에 처한다.

질내 피스팅으로 인한 심각한 합병증인 질벽의 열창으로 인한 과다 출혈, 그리고 항문 피스팅으로 인한 하부대장의 손상 및 주위 형관 손상이 병합된 사례이며 더욱이 손으로 직장까지 뜯어내는 행위는 일반적인 성적 행위로는 이해가 어려우므로 가해자에게 성도착증이나 성적 콤플렉스 등과 관련한 정신의학적 평가가 이루어진다면 본 사례를 이해하는 데 도움이 될 것으로 사료됨.

함정수가 4년 전에 받은 판결의 결과였다. 원래 진범이 김 검사였으니 함정수는 전혀 이런 사실을 알 수가 없었다. 다만 경찰과 검찰의 위압적인 수사로 함정수는 진범으로 만들어졌다.

4년 전, 그날을 함정수는 지금도 또렷하게 기억하고 있었다. 어둠이 짙게 내려앉은 길거리에서 일행은 회식을 끝내고 헤어지는 중이었다. 일부는 각자의 집으로 향했고 일부는 2차를 외치며 화려한 길거리로 사라졌었다.

길거리에 늘어선 수많은 모텔 중 한 곳에는 이른 시각부터 이미 손님을 받은 방이 있었다. 어두운 방 안에 떠도는 여인의 고른 숨소리, 그리고 그 여인의 숨소리가 흘러나오는 침대에선 부스럭 소리가 나며 한 사람이 몸을 일으켰다.

침대에서 몸을 일으킨 사람이 곁에 잠든 여인의 머리를 사랑스럽게 쓰다듬자 고른 숨소리를 내던 여인은 그 온기에서 안심을 얻은 듯 살짝 미소를 지었다. 여인은 보험회사 직원 최화연이었고 남자는 유부남인 검찰청 김 검사였다. 불륜관계인 두 사람은 서로가 부족했던 사랑을 채운 뒤라 편안하고 행복한 얼굴이었다.

김 검사는 잠든 최화연을 내려다보다가 조심스레 침대에서 빠져 나왔다. 김 검사는 알몸이었고 그가 빠져 나오면서 흘러내린 침대 위에는 최화연이 알몸으로 잠들어 있었다. 어렴풋이 방 안에 떠도는 야릇한 체취와 어쩐지 은은하게 남아있는 온기는 둘이 나눈 뜨거운 사랑을 짐작케 해 주었다.

침대에서 빠져 나온 김 검사는 사랑스러운 표정을 지었던 조금 전과 달리 갑자기 차갑게 변하고 있었다. 그는 옷을 주섬주섬 입으며 돌아갈 준비를 했다. 그때 침대 위에서 잠들어 있던 최화연이 몸을 일으켰다. 최화연은 알몸인 자신의 모습이 부끄러운 듯 침대 시트를 탐스러운 과실처럼 부푼 가슴까지 끌어올리며 조심스레 물었다.

"가려구요?"

"응. 다음에 또 보자."

차갑게 변했던 김 검사의 표정은 언제 그랬냐는 듯 상냥한 미소가 걸려 있었다. 잠시 서운해 하던 최화연은 가볍게 손을 흔들었다. 김 검사는 아쉬워하는 최화연에게 다가와 볼에 키스를 했다. 헤어지기가 아쉬운 듯 최화연은 김 검사를 끌어당겨 안으려 했으나 김 검사는 완강하게 최화연을 떼어냈다. 떠나기 직전 처절하기까지 한 애절한 여인의 눈동자가 그를 붙잡았지만 그는 외면한 채 방을 나섰다.

모텔 방을 먼저 빠져 나온 김 검사는 모텔 현관에서 함정수의 아내인 홍서원을 만났다. 홍서원은 김 검사가 이 모텔에 와서 기다리라고 해서 약속한 시간에 현관에서 기다리고 있었던 것이다. 홍서원은 변호사 사무실 직원이었고 김 검사에게 사건의 미비한 서류를 꼭 넘기기 위해 어쩔 수 없이 만나야 했다. 왜 하필이면 김 검사가 이 모텔 앞에서 만나자고 했는지 그녀로서는 알 수 없는 노릇이었다.

그런데 같은 시각, 모텔 건너편에서 홍서원과 김 검사가 나란히 모텔에서 나오는 것을 바라보는 사람이 또 있었다. 바로 함정수였다.

함정수는 최근 아내가 많이 이상하다고 생각했다. 아내는 무언가에 넋이 나간 듯 허깨비 같은 얼굴이었고 휴대전화가 울릴 때마다 깜짝깜짝 놀라고는 했다.

함정수는 아내의 뒤를 밟았다. 아내가 모텔로 들어서는 순간 함정수는 하늘이 무너지는 것 같았다. 상대가 누군지 알아야 했다. 그러나 이상한 것은 아내가 5분도 지나지 않아 한 남자와 나왔고 남자에게 서류를 전달한 후 곧바로 자리를 떠나는 것이었다. 아내는 일 때문에 잠시 남자를 만나고 있는 정황이었다. 함정수는 자신이 너무 예민했나 싶어 아내의 차를 뒤따랐다. 아내는 곧바로 집으로 향하고 있었다.

함정수는 차 안에서 한참 앉아 있다가 집으로 들어갔다. 왠지 아내를 의심한 것이 미안했다. 함정수는 어두운 도시의 밤하늘을 올려다보며 보일 듯 안 보이는 희미한 별빛을 찾아 헤맸다. 끝없이 펼쳐진 어두운 밤하늘을 올려다보던 그는 희미하게 보이는 너무나도 먼 별빛을 이정표 삼아 터덜터덜 집으로 향했다.

집에 들어선 함정수는 두터운 커튼 너머로 은은한 황혼 빛이 스며드는 거실에 서 있었다. 거실에 놓인 TV 옆에는 장식용 귀여운 토끼 인형이 놓여 있었다.

"당신 일찍 왔네. 저녁 안 먹었죠?"

부엌에서 아내의 목소리가 들려왔다. 아내는 부엌에서 달그락거리며 음식을 만들고 있었다. 함정수가 좋아하는 된장찌개의 구수한 냄새가 났다. 얼핏 부엌을 바라보았다. 아내는 편안한 평상복을 입고 저녁 준비에 한창이었다. 틀어 올렸던 머리는 풀었고, 콧잔등 위에 걸쳐진 반무테 안경이 헐렁하게 흘러내려 올려주고 싶다는 생각이 들었다.

집안은 난방비를 아끼기 위해 아침에 보일러를 껐다가 퇴근 후 틀었기 때문에 아직 싸늘한 기운이 남아 있었다. 그래서인지 아내는 실내복 바지에 따뜻한 스웨터를 걸쳐 입고 있었다.

함정수가 아내 홍서원을 만난 것은 대기업 계열사인 한 보험회사에 합격하고 난 후였다. 당시 아내는 법률사무소 사무직으로 일하고 있었다. 두 사람은 나이트클럽에서 원나잇으로 만났는데 홍서원은 결혼을 약속한 약혼자가 있었다.

그런데 약혼자가 다른 여자와 바람을 피웠고 하필이면 불륜현장을 홍서원에게 들키고 말았다. 그녀는 복수심에 나이트클럽을 찾았고 바로 그날 함정수를 만나게 된 것이었다. 젊고 아름다운 홍서원은 술에 취해 함정수의 품에 안겼다. 함정수는 홍서원을 마다할 이유가 없었다.

홍서원은 자신에게 약혼자가 있다고도 말했다. 그러나 원나잇이라는 것은 서로를 책임지는 것보다 단순히 그 하루를 즐기는 쪽에 가까웠다. 사람들은 현실을 잊기 위해 몸을 흔들어 격렬하게 춤을 추었다. 단지 그 순간, 그 하루 만이라도 현실에서 벗어나고 싶어서 발악을 한다고나 할까? 원나잇 이후로 함정수는 가끔 홍서원을 떠올렸다. 하룻밤만으로 지워지지 않을 정도로 그녀는 꽤 매력 있는 여자였다.

다행인지 불행인지 홍서원의 원피스 주머니에 명함 한 장을 넣어두었는데 그녀에게서 전화가 걸려와 두 사람은 다시 만나게 되었다. 함정수가 홍서원을 다시 만났을 때 그녀는 이미 약혼자와 파혼한 뒤였다. 홍서원은 파혼한 뒤 마음이 약해져 있었고 그 마음을 달래고 어루만지다 보니 두 사람은 어느새 정이 들었다. 그렇게 한 결혼이었다.

싸늘한 집안 공기와 아내의 무표정한 얼굴, 저녁상을 차리기 위해 기계적으로 움직이는 아내의 모습은 어쩐지 기묘한 분위기를 연출했다. 압력밥솥에서 김이 솟아오르자 아내는 준비된 반찬을 식탁 위에 차려놓고 보글보글 끓고 있는 된장찌개를 가져왔다. 그러나 아내의 표정은 사랑하는 사람의 저녁상을 차리는 행복한 모습이 아니었다. 아내는 그저 기계적으로 일을 하고 있을 뿐이었다. 피곤해서겠지, 함정수는 스스로를 위로하며 식탁에 앉았다.

함정수는 아내와 밥을 먹었다. 평소 집에서 저녁을 함께 하는 일은 드물었다. 두 사람은 서로 바빴고 일에 지쳐서 주로 집밖에서 저녁을 해결했다. 오늘같이 서로 약속을 한 것도 아닌데 아내가 집에서 저녁을 짓고 해놓은 밥을 먹는 일은 평소에는 거의 없는 일이었다.

함정수는 무언가 말을 하고 싶었지만 아내는 묵묵히 밥을 먹었다. 갑자기 숨이 막히고 어색한 분위기가 감돌았다. 아내는 그저 자신이 해야 할 일을 의무적으로 하고 있었고 언제부터인지 함정수는 그런 아내의 태도를 감지하기 시작했다. 아마 아내가 바람을 피울지도 모른다는 생각을 했던 것도 아마 이런 분위기 탓일지도 모른다고 함정수는 생각했다.

오늘따라 두꺼운 가면을 뒤집어쓰고 자신의 감정을 숨기는 데 한층 익숙해진 아내가 낯설게 느껴졌다. 그녀가 가면을 뒤집어쓰는 것에 더욱 필사적으로 매달리고 있는 것 같았다. 마치 무너지기 직전의 자신을 지키기 위해 보호본능처럼 가면을 뒤집어쓴 것처럼 느껴졌다.

그렇게 가면을 쓰고 자신을 대하는 게 오히려 감정을 더 알기 쉽다는 걸 모르는 걸까? 아니면 그런 걸 생각하지 못할 정도로 궁지에 몰렸다는 뜻일까?

비록 오늘은 함정수의 레이더망에서 벗어났지만 머지않아 아내는 숨기고 있는 것을 들키고 말 것이다. 자신이 아무리 눈치 없이 굴어도 저렇게까지 얼굴, 몸짓, 분위기에서 위태위태한 분위기가 흘러나오는데 이렇게 모르는 척하는 것도 어쩌면 사람이 할 짓이 아니라는 생각이 들었다. 앞으로 어떤 일이 펼쳐질지도 모르겠다고 함정수는 생각했다.

물론 자신이 생각하고 있는 것이 전부 틀렸을 수도 있고 맞을 수도 있었다. 솔직히 자신의 감정도 잘 모르는 게 사람인데 타인에 대한 생각과 마음이란 건 더욱 모를 일이었다.

함정수는 차려진 밥을 의무적으로 먹으면서도 자괴감에 빠져들었다. 서로 소통이 부족해서 이 지경에 이르렀음에도 아니, 이 지경에 이르렀기에 더욱 이야기를 나누는 게 힘든 것일지도 모르겠다는 생각에 그는 피식하고 자조 섞인 헛웃음을 웃었다.

다시 며칠이 지난 어느 날, 함정수는 아내에게 출장을 다녀오겠다고 하고 집을 나섰다. 출장은 2박3일이었지만 4박5일이라고 하루를 더 불려서 이야기했다. 아내는 캐리어에 필요한 짐을 싸주었고 잘 다녀오라고 웃어주었다. 오랜만에 아내의 웃는 모습을 보며 집을 나서는 함정수는 앞으로 어떤 일이 벌어질지 모른다는 생각에 가슴이 떨려 왔다.

출장에서 일부러 일을 일찍 끝낸 함정수는 이틀 만에 서울로 돌아왔다. 그가 생각했던 대로 아내는 집에 없었다. 출장중에 내내 아내를 의심하고 있던 것이 드디어 현실이 되나 싶은 생각에 두렵기까지 했다.

함정수는 차를 몰아 지난번에 아내가 나왔던 모텔로 갔다. 운명은 때로는 지독한 것이었다. 하필이면 바로 그 시간에 김 검사가 여자를 부축해 모텔로 들어서고 있었다.

사실 조금 더 가까이에서 보았다면 여자는 아내가 아니라는 것을 알아챘을 것이다. 그러나 아내의 바람을 마음 속으로부터 이미 기정화시키고 있었던 함정수의 눈에는 그 여인이 아내로 보였다. 여자는 술에 취했는지 몸이 빨래처럼 축 늘어져 있었다. 함정수는 마음속에 솟아오르는 분노를 억누르며 조금 더 시간을 보냈다.

현장을 덮쳐야 했다. 만약 현장을 덮쳐 아내의 바람이 기정사실이 되면 앞으로 어떻게 살아가야 하나 걱정이 앞서기도 했다. 들어갈까 말까 수없이 망설이는 사이 어느새 시간은 자정을 넘기고 있었다.

함정수는 결국 모텔을 향해 천천히 발걸음을 옮겼다. 현장을 덮치려면 출입문 열쇠가 있어야 했다. 들어가자마자 함정수는 안내데스크로 다가가 문을 열어줄 것을 요구했다. 모텔 주인은 함정수의 당당한 행동에 혹시 남편이냐고 물었고, 그는 그렇다고 대답했다. 주인은 눈치를 보며 열쇠를 내어주었다.

객실은 문이 열려 있어서 열쇠가 필요 없었다. 객실 안에 들어서자 남자의 구두와 여자의 힐이 나란히 놓여 있었다. 그때도 신발을 자세히 살펴보았다면 아내의 신발이 아니라는 것을 단박에 알았을 것이다. 아내는 평소 힐을 신지 않았다. 그러나 이미 극도로 마음이 조급해진 함정수의 눈에는 신발 따위가 눈에 들어오지 않았다.

함정수는 조심스레 신발을 벗고 객실 안으로 들어섰다. 먼저 침대가 있는 곳을 확인하곤 긴장감이 묻어나는 조심스런 발걸음으로 다가갔다. 그런데 이상하게 조용했다.

그때 발바닥에 뭔가 끈적끈적한 것이 밟혔다. 바닥에 정체 모를 액체가 뿌려져 있었다. 함정수는 그것이 피라는 것을 순간적으로 느꼈다. 함정수는 마른침을 꿀꺽 삼키고 바닥에 떨어진 액체를 바라보았다. 순간 함정수는 뒷걸음질을 쳤다. 폭풍 전의 고요한, 기분 나쁜 정적과 짙은 어둠이 깔린 객실에 점점 가빠져 가는 함정수의 숨소리가 차갑게 식어가며 서늘함을 더했다.

함정수는 무언가에 홀린 듯이 다시 조심스럽게 침대로 향해 다가섰다. 이것이 피라면 아내가 위험했다. 침대 위는 이미 피범벅이었고 시트는 온통 벌겠다. 그리고 그 위에 한 여자가 엎드려 있었다. 함정수는 자신의 아내인 줄 알고 다가가 흔들고 여자의 얼굴을 들여다보았다.

그런데 여자는 아내가 아니었다. 여자는 함정수와 같은 보험회사에서 근무하는 최화연이었다. 최화연은 계속해서 피를 흘리고 있었다. 바로 그때 등 뒤에서 사람의 고함소리가 들렸다.

"당신 뭐야!"

함정수는 남자 목소리에 놀라 몸을 돌려 뒤를 보았다. 욕실문이 열린 채 씻고 있었는지 한 남자가 서 있었다. 남자는 김 검사였다. 얼핏 보기에도 손에 묻은 피를 씻고 욕실에서 나오고 있는 중이었다.

"사람을 이 지경으로 만들어 놓고 뭐하는 겁니까?"

함정수가 김 검사에게 야단을 쳤다.

"그럼 당신은 신고 안 하고 뭐하는 거야?"

함정수는 일단 모텔 주인에게 알리고 119에 신고를 했다. 그리고 모텔 주인은 경찰에 신고했다. 경찰이 도착해 현장조사가 끝나자 함정수를 경찰서로 데리고 갔다. 함정수는 조사실에서 있는 사실 그대로를 진술하고 경찰서에서 나왔다. 그런데 그 다음 날 병원으로 옮겼던 최화연이 숨졌다는 소식이 전해졌다.

문제는 이틀 뒤부터 시작되었다. 경찰이 최화연을 죽인 범인으로 함정수를 지목했고 그는 체포되었다. 함정수는 경찰서에서 곧바로 검찰로 넘겨져서 담당검사한테 조사를 받았다. 검사는 함정수를 용의자로 단정 짓고 자백을 하라고 했다. 수사관들은 함정수가 자백하지 않자 때리기 시작했다.

"난 범인이 아니에요. 범인은 나랑 같이 있었던 그 남자라구요. 모텔 주인에게 물어보세요. 나는 그 방에 들어간 지 5분도 안 되었다구요."

"무슨 소리야? 죽은 여자의 옷에서 당신 지문이 나왔는데……."

비명을 지르면서도 함정수는 계속 진실을 이야기했으나 수사관들은 숙련된 솜씨로 폭력을 가했다. 함정수의 입술이 터지고 얼굴은 얼마 되지 않아서 피멍으로 가득했다. 주먹세례에 함정수가 몸을 웅크리자 그들은 발길질과 몽둥이를 사용했다.

"너 수상한 점이 한두 가지가 아니야. 출장을 간다고 해놓고 빨리 돌아온 이유도 그렇고, 도대체 그 모텔에 들어간 이유가 뭐야? 더군다나 최화연은 너랑 같은 보험회사에 다니는 여직원이잖아."

아내를 의심해서 현장을 덮치려 했다는 말은 차마 할 수가 없었다. 함정수는 신음소리만 낼 뿐 굳게 입을 다물었다. 화가 치민 수사관이 함정수의 머리를 물이 가득 담긴 욕조 안에 처박았다가 꺼냈다. 버둥거리던 함정수는 죽기 직전의 고통스러운 모습으로 숨을 급히 들이켰다.

그러나 고문하는 수사관의 표정은 냉혹하고 오히려 즐기는 것만 같다. 수사관의 고문과 취조는 한동안 이어졌다. 가혹행위에도 신음만 흘릴 뿐 함정수에게 원하는 대답을 들을 수는 없었다. 다시 한 시간가량 고문이 이어졌다. 동공에 초점을 잃고 입가에 피를 흘리고 있는 함정수는 조소를 흘릴 뿐 아무 말도 하지 않았다.

"네가 했다고 어서 자백해?"

"……."

"했다고, 자백하면 풀어줄게."

고통스러움에 눈동자가 빨갛게 충혈된 함정수는 죽음의 공포를 느꼈다. 이대로 있으면 죽겠구나, 하는 생각에 함정수는 고개를 끄덕이고 말았다. 그 뒤로 수사관들은 일사불란하게 움직였고 결국 함정수는 구치소에 수감되었다. 아내 홍서원이 백방으로 손을 쓰고 변호사를 선임했지만 아무런 소용이 없었다.

아내의 말에 따르면 현장에 있었던 남자는 검사이고 검사의 장인이 3선 국회의원이어서 어떤 변호사도 소용이 없다고 했다. 안 그래도 의원을 여러 번 만나 통사정을 했지만 어떻게 할 도리가 없었다는 것이다.

그 뒤 함정수는 청주교도소로 이감되었다. 아내는 몇 달 동안 열심히 면회를 왔다. 그런데 어느 날 보니 아내가 살이 부쩍 쪄 있었다. 배도 볼록하니 불러서 마치 임신이라도 한 것처럼 보였다. 미안한 마음에 함정수는 아내를 다독였다.

"미안해. 내가 나가면 당신한테 평생 속죄하는 마음으로 살게. 그런데 배가 많이 부른 것 같은데. 혹시 임신?"

홍서원은 아니라고 고개를 저었다. 그것이 함정수가 아내를 본 마지막 모습이었다. 그 이후 아내는 면회를 오지 않았고 전화를 걸어도 받지 않았다. 궁금해서 미칠 지경이었지만 어떻게 된 일인지 알 수 없는 채 시간만 흘렀다.

그리고 이후 면회를 온 친구에게서 들은 말은 홍서원이 함정수를 구명하려고 국회의원을 찾아갔다가 겁탈을 당했는지, 아니면 스스로 몸을 허락했는지, 아무튼 임신을 하게 되었고 지금은 국회의원의 세컨드로 살고 있다는 소식이었다.

커피전문점으로 함정수가 찾던 홍서원이 걸어오고 있었다. 어깨까지 내려오는 웨이브를 넣은 머리가 아름다웠다. 홍서원은 작은 키였지만 헐렁하고 전혀 신경 쓰지 않은 평범한 옷차림 위로도 알 수 있는 탐스런 과실 같은 몸매가 여전히 돋보였다. 그러나 얼굴은 몹시 피로해 보였다. 아내 홍서원을 보자 함정수는 마음이 떨렸다.

지금 함정수 자신에게 다가오고 있는 홍서원은 과거에 상당히 귀엽고, 애교 넘치는 여성이었다. 그러나 지금 그녀의 모습은 그 국회의원과 엮이며 많은 게 바뀐 홍서원으로 변해 있었다. 무엇보다 신지 않던 하이힐을 신은 홍서원의 모습이 함정수 너와는 이제 아무런 상관이 없어, 하고 말하는 것 같았다.

"잘 있었어?"

"미안해요. 그동안 면회도 못 가고, 전화도 못 받아서. 나한테 사정이 좀 있었어요."

"괜찮아. 그런데 나 한 가지 꼭 물어볼 게 있어."

"뭔데요?"

"그때 임신한 거 대답을 안 하고 가서."

"임신 맞아요."

함정수는 가슴에서 쿵하고 무언가가 떨어져 나가는 느낌이었다.

"아, 미안, 하나 더 물어볼게."

"또 뭐예요?"

홍서원은 함정수를 빤히 바라보았다.

"아직도 날 사랑해?"

"응, 사랑해. 단, 당신이 나를 믿지 않고 의심하지 않는 한."

"알았어. 그럼 의원인가 하는 그놈하고는?"

"저 봐. 자기가 나를 그렇게 의심하고 오해했기 때문에 누명을 썼잖아요. 정말 내가 속상해 죽겠어요. 그 의원한테 당신을 선처해 달라고 부탁하러 가서 만난 적은 있지만, 아니야. 난 자기를 사랑해. 그리고 우리한테 아들이 있어요. 벌써 네 살이야. 괜한 쓸데없는 의심 하지 말고 집에 있는 우리 아들이나 만나러 가요."

"우리 아들?"

함정수는 눈을 크게 뜨면서 아내를 쏘아보았다.

"그걸 나한테 믿으라고?"

"또? 의심하는 거예요?"

"그게 아니고 나는."

"사랑한다면서? 믿어야지. 이렇게 의심하는데, 어떻게 같이 살겠어요? 내가 어떻게 해야 믿겠어요?"

"내 입장이 되어 봐. 정말 내 아들이라면 그동안 면회는 왜 안 온 거야? 왜 연락을 끊은 거지?"

"그거야 그럴만한 사정이 있다고 했잖아요. 관두세요. 정 못 믿겠으면 유전자 검사를 해 보면 될 거 아니에요?"

홍서원은 함께 집으로 가자며 일어섰다. 함정수는 도리질을 했다. 물론 아내를 의심했기 때문에 벌을 받았고 그 벌은 복역을 하면서 이미 다 갚았다고 생각했다.

함정수는 국회의원과 아내를 의심하면서 남은 날들을 이를 갈며 지냈다. 출옥만 하면 국회의원도 아내도 김 검사도 모두 죽여 버리리라. 그렇게 억울함과 복수심이 가득한 분노를 키우며 세월을 보냈다. 그런데 아내는 그 세월을 아무것도 아닌 양 천연덕스럽게 말하고 있다.

함정수는 생각했다. 또 다시 아내를 의심하며 지옥에서 사느냐, 아니면 아내를 믿으면서 천국에서 사느냐? 물론 자신의 아이까지 낳은 아내가 면회는커녕 전화도 하지 않고 이사까지 간 데에는 무슨 사연이 있을지 알 수 없는 노릇이었다.

그러나 그것은 차차 들으면 될 일이다. 문제는 아들이었다. 함정수는 의심이라는 깊은 의혹이 가슴 속에 똬리를 틀고 앉아 있지만 일단 아내를 따라가기로 마음먹었다. 물론 지금은 아내를 따라가는 것 외에 달리 갈 곳도 없었다.

함정수는 마음을 다잡고 아내의 뒤를 따라 카페를 나섰다.

연초 중독

가녀린 어깨를 감싸쥐고 있던 표독스러운 어둠이 내려앉았다. 어둠과 한숨 섞인 숨결을 조각내는 것으론 부족했던지 살짝 벌린 붉은 입술 사이로 새어 나오는 담배 연기마저 잘게 부서뜨렸다.

잔뜩 독을 품은 유해한 가스가 입안을 휘젓고 있어 목이 칼칼했다. 건장한 남자가 피워도 몇 번의 기침으로 목을 가다듬어야 하는 담배 연기를 여인은 볼에 가벼운 경련을 일으키며 하얀 치아 사이로 뿜어내고 있었다. 담배 연기는 심통이라도 부리는 듯 매정한 입에서 토해낸 하얀 안개처럼 어둠을 헤집고 허공에서 사라졌다.

채금연은 22층 아파트 베란다에서 담배를 피우고 있었다. 그곳은 담배를 피울 수 있는 공간으로 작은 탁자에 원목으로 만든 의자 두 개가 놓여 있었다. 탁자 위에 재떨이와 담뱃갑과 라이터가 있었다.

채금연은 다리를 꼬고 앉아 무심하게 먼 곳을 바라보았다.

멀리 바라보이는 도시의 밤 풍경은 그야말로 장관이었다. 오색 불빛들이 끝도 없이 펼쳐져 반짝거렸다. 채금연의 손에 들린 독한 담배는 가냘프고 기다란 손가락 사이에 아슬아슬하게 끼워져 있었다.

화장기 없는 얼굴에 피부가 너무나도 깨끗했다. 곱게 감겨져 있는 눈 위로 긴 속눈썹이 살포시 덮여 있었다. 그러나 자세히 보면 그녀의 얼굴에 눈물 자국이 말라붙어 있는 것을 볼 수 있었다.

채금연은 베란다 문을 열고 콧잔등을 시리게 하는 겨울바람에 떨리는 가슴을 달래는 중이었다. 잠시 후 그녀는 불안하고 초조해 보이는 얼굴로 재떨이에 담뱃불을 비벼 끄고 거실로 들어섰다.

남편은 못마땅한 표정을 짓고 소파에 등을 기대고 앉아 있었다.

"이제 그 담배 좀 끊을 수 없어?"

남편의 잔소리에 금연은 아무런 반응이 없었다. 듣기 싫은 저 소리를 한두 번 듣는 것도 아니었다. 그러나 금연의 표정은 여전히 긴장과 공포감에 짓눌려 있었다.

"그리고 당신 말이야. 우리 아기가 죽은 것은 분명 의료사고인데 왜 가만히 있는 거야?"

남편이 다시 다그치자 금연은 눈에 독을 품고 남편을 뚫어지게 바라보았다. 하지만 그런 눈빛도 오래가지 못하고 남편한테 기가 꺾이어 고개를 돌렸다.

'내 손으로 죽였는데 어떻게 의료 사고라고 해요?' 라고 말하고 싶었지만, 금연은 차마 그 말을 내뱉을 수 없었다. 병원에서 일어난 사고로 인해 금연은 가슴앓이로 속이 검게 타버렸다. 가슴 속을 열어 보이는 것조차도 큰 죄가 되는 것 같아서 어떻게 대답을 할 수가 없었다.

"우리 아이가 기형아가 된 것은, 당신의 술과 그 담배 때문이잖아. 그건 당신이 의대 교수니까 더 잘 알잖아. 근데 애가 갑자기 죽기는 왜 죽어? 그러니까 당신은 그 병원을 상대로 소송해서 돈이라도 뜯어내야 마땅하잖아."

"돈? 도대체 자기 왜 그래?"

금연은 한참을 망설인 끝에 반박을 했다. 목을 죄고 있는 숨통이 트이면서 툭하고 내뱉는 금연의 말에 턱까지 괴며 대답을 기다리고 있던 남편이 발끈했다.

"그걸 몰라서 물어? 기형아도 인간이야, 이건 엄연한 살인이란 말이야. 그리고 왜 그런 애가 나왔겠어? 결혼 초부터 내가 그랬잖아. 우리 2세를 위해서라도 술과 담배만은 제발 끊으라고."

"나도 노력했어, 숱하게 끊어보려고 노력했다고……. 그런데 이미 중독이 되어서 끊을 수 없는 걸 어떻게 하느냐고……."

"속았어. 속았단 말이야. 당신이 담배를 피우는 줄 알았으면 난 당신과 결혼 안 했다고."

금연은 남편의 말에 아무런 대답을 할 수가 없었다.

"그래 좋아. 당신이 정 소송을 안 하겠다면, 내가 나서서 하지. 이건 분명한 살인이야, 우선 경찰에 고소부터 해야겠어."

"여보!"

"나 변호사야. 법대로 할 거니까, 당신은 가만 있어."

남편은 일어나 방으로 들어가면서 짜증스럽게 중얼거렸다. 금연은 할 말을 잃고 그대로 소파에 주저앉았다. 어깨가 들먹이도록 울면서 그녀는 생각했다.

이제라도 자수를 해야 한다. 꼭 그래야만 한다고 그녀는 마음을 가다듬었다. 남편을 말리는 것도 병원을 조용하게 할 수 있는 것도 모두 그 방법뿐이었다. 금연의 머릿속에 악몽과도 같은 그날의 일이 떠올랐다.

지난 봄에 있었던 일이다. 저녁 9시쯤, 52병동은 당직 근무를 교대하고 인수인계를 하느라 간호사들이 분주했다. 몇 달째 노사분규 파업으로 인해 원래 3교대였던 것이 하루 2교대로 바뀌면서 간호사들은 불만이 많았다.

채금연은 일부러 이 시각을 택해서 산부인과 신생아실 주위를 맴돌았다. 그렇게 기회를 노린 것이 벌써 몇 번째였다. 간호사들의 인수인계가 끝나자 갑자기 주위가 소란스러웠다. 금연은 오늘은 결코 도망치지 않으리라 결심하고 입술을 깨물었다.

금연은 약간 어수선한 분위기를 틈타 얼른 병실로 들어섰다. 이중문 구조로 되어있는 현관에 가운과 실내화로 갈아 신는 좁은 공간이 있었다. 갑자기 천장에 달린 형광등의 파닥거림이 신경에 거슬렸다.

수명이 다 된 형광등은 가장자리에 검은 그림자를 드리우고 꺼지지 않겠다고 발버둥 쳤다. 그 모양새가 마치 자신의 아기와 처지가 같아서 애처롭게 느껴졌다.

신생아실 문을 살며시 밀었다. 그런데 문의 돌쩌귀에서 예리한 마찰음이 났다. 금연은 한순간 긴장감으로 어쩔 줄 몰랐다. 갑자기 심장이 마구 쪼아대듯이 아파서 금연은 가슴을 움켜잡고 그 자리에 쪼그리고 앉았다.

그때 주임간호사가 달려왔다. 금연이 비틀거리며 일어나자 주임간호사는 어정쩡하게 인사를 했다. 다른 간호사들 역시 다분히 의아하다는 표정이었다.

금연은 이 병원의 소아과 교수였기에 허락을 받지 않고 신생아실에 들어오는 것 자체가 의아한 일은 아니었다. 다만 금연은 아직 분만휴가 중이었고 이 시간은 이미 아기들의 면회가 끝난 시각이었다.

"지나가는 길에 우리 아기 보고 가려고 들렀어요. 잠깐 얼굴만 보고 갈 거니까 저한테 신경 쓰지 말고 계속 인수인계하세요."

금연은 간호사들에게 어색한 미소를 던지고 이내 시선을 돌려서 신생아실 구석에 있는 격리 병실을 향해서 걸어갔다. 간호사들이 여전히 자신의 뒤를 보고 있는 느낌이 들었다. 금연은 힐끔 뒤를 돌아보았지만 다행히 아무도 보는 간호사는 없었다.

　그녀는 태연하게 좁고 캄캄한 유리 상자 속에 홀로 갇혀 버린 아기를 들여다보았다. 아기는 인큐베이터 안에 들어간 지 벌써 한 달이 넘었다.

　제왕절개 수술을 통해서 세상에 나온 딸은 지금까지 금연의 품에 안기지 못하고 있었다. 아기는 열 달이나 그녀의 자궁에 있었지만 아직도 인공호흡기에 가냘픈 생명을 의존하고 있었다.

　더 이상 어찌해 볼까 하는 몸부림을 쳐봐야 다른 방도가 없었다. 자신이 살기 위해서라도 숨통을 죄어오는 공황의 사슬을 이제는 끊어야 한다고 마음을 굳게 먹었다.

　그러나 마음먹은 것을 막상 실천에 옮기기가 그리 쉽지 않았다. 아마도 양심의 저항이 요동치며 육체를 제어했을 것이다. 먼 훗날에 반드시 이 순간을 후회하게 될 것이라는 두려움이 발목을 잡았다.

　어렵게 내린 결정이 옳은 것인지 아닌지는 아직도 판단이 서지 않았다. 당사자의 입장이 된다면 누구라도 어쩔 수 없는 일이 아니겠느냐는 자위의 목소리와 엄마로서 어떻게 그럴 수 있겠느냐는 질책이 마음 속에서 끊임없이 충돌하고 있었다.

　금연은 조심스럽게 인큐베이터의 덮개를 열었다. 열 달 동안 태 안에 품었다가 낳은 혈육임에도 아기의 얼굴을 보면 가슴이 육중한 바위에 눌린 것마냥 답답해졌다. 뼈 위에 살갗만이 살짝 덮인 앙상한 몰골로 잠들어 있는 아기의 흉곽이 일정한 간격으로 들먹였다. 아기는 가슴을 들먹거림으로써 자신이 살아있음을 과시하는 듯했다.

　하지만 규칙적인 흉곽의 움직임이 아기가 스스로 숨을 쉬고 있다는 증거인지 아니면 인공호흡기로 불어넣어 주는 산소가 아기의 흉곽을 밀어내는 힘 때문인지는 불분명했다.

　아기의 가슴에 붙여진 세 개의 전극으로부터 모아진 줄들이 만나서 그려놓는 심전도 곡선이 연속적으로 팔랑이는 것으로 미루어보아 아기가 살아있음은 분명한 사실이었다.

금연은 자신의 배를 가르고 나온 아기가 확실함에도 불구하고 아기에게서 자신의 모습을 찾아볼 수가 없었다. 그렇다고 남편을 닮은 것도 아니었다. 불거진 눈두덩은 대각선으로 치켜 올라가 있었고 코는 뭔가에 눌린 것처럼 구멍만 빠끔했다. 목은 짧아서 어깨가 턱에 붙어있는 것 같았다. 근육을 구성하는 섬유세포들이 낱낱이 와해한 것처럼 축 늘어져 있는 아기의 모습은 전체적으로 균형이 맞지 않았다.

다운증후군으로 태어난 아기들이 갖고 있는 전형적인 모습이었다.

불룩한 배의 오른쪽 윗부분에 배 너비의 절반 길이로 가로지른 수술 자국이 있었고 좌하 복부에 동전 크기만 한 인공항문이 뻘겋게 솟아있었다. 다운증후군으로 태어난 아기는 십이지장과 직장이 각각 막혀 있는 소화기 기형이 동반되어 있었다. 그 때문에 출생한 지 일주일 만에 수술대에 올라가는 운명을 겪어야 했다.

막힌 십이지장을 연결해 주고 임시로 변을 보게 하기 위해서 대장을 복벽 바깥으로 뽑아서 인공항문을 만들어주는 수술이었다. 2킬로그램도 안되게 태어난 아기가 감당하기에는 너무나 큰 수술이었으나 수술은 성공적으로 끝났다. 다행한 일이라고 해야 할까, 아니면 운명의 여신이 시샘하는 탓이라고 해야 할까. 아기의 수술 결과를 듣는 순간 묘한 감정이 교차했다.

한편으로는 아기의 수술이 성공적으로 끝났다는 사실에 대한 안도감이 느껴지면서도 그 사실이 그다지 기쁘게 받아들여지지만은 않았다. 오히려 아기가 살아있다는 사실은 금연의 마음을 더욱 무겁게 했고, 앞으로 아기에게 닥칠 일들을 떠올리면 그저 한숨뿐이었다.

마음은 아프겠지만 차라리 수술을 받는 도중에 죽어버렸으면 하고 바랐던 것이 솔직한 심정이었다. 차라리 죽어버렸으면, 한 번 크게 울고 어쩔 수 없는 일이라며 체념할 수도 있었을 텐데……, 물론 아기 엄마로서 가질 마음은 아닌 줄 알지만 그런 생각을 수없이 했었다.

아기는 수술 후 폐렴까지 악화되어 인공호흡기로 생명을 부지하고 있었다. 아기가 살아서 퇴원하게 될 가능성은 절반에도 못 미쳤다. 설령 살아서 퇴원을 하게 된다고 하더라도 그것으로 시름이 해결되는 것은 아니었다. 아기는 어느 정도 자란 후에 인공항문을 배 안으로 복원해 주고 폐쇄된 직장을 원상태로 만들어주는 근본 수술을 받아야 했다. 면역력이 약한 아기는 자라면서 폐렴을 비롯한 갖가지 감염증으로 인해서 생명의 위협을 받을 것이다.

초등학교에 들어갈 나이가 되어서야 말을 하게 될지도 모른다. 물론 개인마다 정도의 차이는 있겠지만 어느 정도의 정신박약 상태를 보일 것이다. 그렇게 사는 기간이 얼마나 될까? 10년 아니면 20년? 정상적으로 결혼해서 아기를 낳고 살 수는 있을까 하는 여러 가지 생각이 꼬리에 꼬리를 물었다. 어쨌든 아기의 미래는 불투명한 베일로 가려져 있고 장래의 일들을 예측할수록 가슴은 한없이 아팠다.

사람들은 흔히들 모르는 게 약이라고 말한다. 만약 금연이 의사가 아니었다면, 다운증후군으로 태어난 아기의 운명이 어찌 될지 전혀 알지 못했다면 차라리 덜 고통스러웠을 것이다.

금연은 소아과 의사였기에 여러 명의 다운증후군 아기들을 치료했었고, 그 아기들이 어떻게 자라지는가를 보아왔다. 또 연구논문집도 여러 번 출간했었다. 단지 기형아를 낳았다는 죄 아닌 죄 때문에 아기의 엄마들이 얼마나 고통 속에서 눈물겹게 아기를 키우고 있는가를 너무나 가까이에서 보아왔다.

다운증후군의 아기를 데리고 오면 진료실에서 아기엄마들에게 담배를 피우느냐고 물어보았다. 대부분의 엄마는 담배를 피운다고 대답했다. 금연은 이 시대 인공공해가 나쁜 데다 담배까지 피운다면 임신부에게 치명적으로 좋지 않고 아기가 기형아가 될 수 있다고, 아기를 위해서는 담배를 끊어야 한다고 말했다.

때로 어떤 임산부들은 의사선생님은 담배를 안 피우세요? 하고 묻기도 하지만 그녀는 절대로 피우지 않는다고 거짓말로 답변해 주곤 했다. 다운증후군 아기의 부모가 아기에 대해서 물어볼 때면, 금연은 부정적인 측면보다는 긍정적인 측면을 강조해서 설명해 주었다. 또 용기를 심어주려고 애썼다.

어떤 엄마는 아기를 포기하겠다고 모든 치료를 중단해 달라고 호소하기도 했다. 하지만 그 뜻을 따라줄 수는 없었다. 더러는 자의퇴원서에 각서를 쓰고 막무가내로 아기를 데려가는 엄마도 있었다. 그런 아기의 운명이 그 후에 어떻게 되었는지는 알 수가 없었다. 별 탈 없이 잘 크고 있는지 아니면 죽었는지 모르겠지만, 그 후 병원에서 그들을 다시 만난 적은 없었다.

물론 모든 엄마가 그런 것은 아니었다. 정기적으로 병원에 아기를 데리고 와서 검진을 받고 언어 치료와 재활훈련을 시키는 엄마도 있었다. 때론 눈물을 흘리면서 고충을 토로하는 엄마와 상담할 때는 같은 여자로서 측은한 마음도 들었지만, 그것이 엄마로서 당연한 도리라고 생각했었다. 그러나 그것은 어디까지나 제 삼자의 위치에서 객관적인 시각으로 보았을 때 가졌던 사치스러운 감정에 지나지 않았다.

현실의 상황에서 그러한 일이 실제로 자신에게 일어나자 그녀는 감당하기 어려웠고 도무지 아기를 키워낼 자신이 없었다. 아기를 뒷바라지하다 보면 그동안 애써 쌓아온 소중한 모든 것들이 허물어지지는 않을까 하는 두려움도 들었다. 어쩌면 정상적인 병원근무를 계속하기가 힘들어 일을 그만두어야 할지도 몰랐다. 생각할수록 아찔했다. 아기를 키우게 된다면 처음에는 인내하면서 불편함을 감수하겠지만 그 기간이 길어지면 지치고 결국에는 가정이 붕괴될 수도 있을지 모른다고 생각하지 않을 수 없었다. 그래서 두려움이 앞섰다.

자신에게 닥칠 운명이 어찌될지 모르고 잠들어 있는 아기의 얼굴을 바라보니 금연은 가슴이 북받쳐 왔다. 불쌍한 아기는 담배를 심하게 피워댄 엄마를 잘못 만난 것이다. 왜 담배를 배워 가지고 중독되어 끊지도 못하고 있는지 그녀는 자신을 힐난했다. 끊으려고 노력도 해 보았다. 그러나 쉽지 않았다. 한 번은 금연 3일째 운전하다가 금단증세로 사고가 났었다. 그래서 다시 피웠는데, 지금까지 이런 고난에 허덕이게 된 것이다.

금연은 바닥에 쪼그려 앉았다. 그녀는 부유한 가정에서 풍요롭게 자랐다. 담배는 중학교 3학년 때부터 학원에서 남학생들과 어울리면서 호기심에 피워본 것으로 시작되었다. 딸이 담배를 피우는 줄도 모른 채 부모님은 그저 공부와 일류대학만 부르짖었다. 자신의 딸은 어떤 고초에 있든 말든 그저 일류대학만 고집하면서 공부를 시켰다. 그건 자식들이 잘 되라는 기대보다는 남들의 의식과 체면 때문이라는 생각에 한때는 공부와 대학을 포기했었다. 아니나 다를까. 부모님은 일단 2년제 대학에 입학시켜 놓고, 2학년 때 의대에다 편입시켜 놓았다. 물론 듣기 좋게 기부금 편입이라고 했지만 엄청난 거금을 주고 편입에 성공한 것이었다.

본과 2학년에 올라가서 해부학 실습실의 포르말린 찌든 냄새에 서서히 적응되어가던 즈음이었다. 3학년 선배를 알게 되었다. 그것도 담배 한 개비 얻어 피면서 알게 되었는데 그것을 계기로 술집과 여행을 자주 하면서 사랑을 확인하곤 했었다.

금연은 3학년 때, 선배에게 결혼하자고 제의했다. 선배는 결혼할 상대자는 담배를 안 피우는 여자라고 했다. 이유는 2세에게 기형아가 태어날 위험도가 높아서 담배를 피우는 여자와는 결혼을 하지 않겠다고 강력하게 말했다. 담배를 끊을 수 없어 그 선배와 헤어졌다.

홧김에 미국으로 유학을 갔다. 미국에서 친구들과 어울려 담배를 더 피워댔다. 그곳에서 한국의 명문대학 경제학과를 나온 대기업의 기획조정실장을 알게 되었다. 그 남자는 촉망받는 회사의 브레인이었다. 남자는 금연을 무척이나 다정하고 따뜻하게 대해 주었다. 자유롭게 술과 담배를 나누며 포근한 분위기로 정담을 나누곤 했었다.

금연은 남자와 무척 행복한 시간을 보냈다. 그러던 어느 날, 호텔방에서 함께 밤을 보냈다. 그런데 다음 날 새벽녘 남자가 갑자기 배가 아프다면서 객실바닥에 나뒹굴었다. 구급차로 대학병원으로 옮겨졌을 때 그는 이미 의식이 혼미해지고 있었다.

진단 결과 남자는 폐암 말기였다. 암세포가 이미 배 안에 깊숙이 퍼진 상태이고 갑자기 배가 심하게 아프게 된 것은 폐암 덩어리가 터지면서 복강 내로 출혈이 일어났기 때문이라고 했다. 수술을 하더라도 암 조직을 모두 제거하지는 못한다고 했다.

단지 출혈을 멈추게 하려고 수술을 하는 것이었다. 마지막으로 수술 중에 환자가 사망할 가능성이 높은 위험한 상태라는 것과 담배를 너무 자주 피운 탓이라는 말도 조심스럽게 덧붙였다.

금연은 담당의사가 하는 말을 믿을 수가 없었다. 남자는 이동 침대에 실려서 수술실로 들어갔는데, 나올 때는 하얀 포에 덮인 채로 영안실로 옮겨졌다. 남자가 죽고 나자 그의 부인이 제일 먼저 달려왔다. 그제야 금연은 남자가 유부남이라는 사실을 알게 되었다. 금연이 죽은 남자를 위해 할 수 있는 것은 아무것도 없었다.

담배가 무서워진 것은 그 즈음이었다. 자신도 담배를 피우고 있기에 그런 일을 당하지 않으리라는 보장이 없었다. 금연은 이후 열심히 공부에만 전념했다. 남자도 멀리했다. 화장도 거의 하지 않았고 쇼핑도 중단했다. 예쁘게 보이려고 치장하는 따위에 신경 쓸 겨를이 없었다.

의대 본과 8학기 때까지 걸핏하면 코피를 흘리면서도 이비인후과에서 코점막에 있는 작은 혈관들을 태워가면서 참아냈다. 그렇게 어렵다는 본과 수업을 마치고 인턴을 거쳐 레지던트 과정도 마쳤다. 그리고 다시 2년 동안 소아과 전문의에서 전임의 과정을 보낸 뒤 전임강사로 임용되고, 의대 교수라는 명찰을 달았다.

독하게 노력한 결과 30대 초반 나이에 금연은 명예와 지위를 한꺼번에 가질 수 있었다. 물론 여기까지 오기에는 금연 자신의 노력도 있었지만, 많은 돈을 가진 부모의 뒷바라지도 큰 몫을 차지했다. 누가 보아도 금연은 열심히 살아왔고 남들이 부러워할 만한 위치에 올라 있었다. 그러나 단 하나, 아직도 담배를 끊지 못했다. 의지와 달리 이미 중독된 담배는 끊기가 쉽지 않았다.

서른두 살에 전임의사가 되자 어머니가 사진 한 장을 내밀었다. 법률회사 변호사였다. 금연은 겉으로 보기에 훌륭한 신붓감이었고 남편도 금연과 비교해 뒤처지지 않았다. 결혼은 생각했던 것보다 빨리 진행되었다.

결혼하기 전에는 담배 피우는 것을 감출 수 있었으나 결혼한 이후 함께 있는 시간이 많다 보니 자연스럽게 금연이 담배 피우는 것을 들키게 되었다. 처음에 남편은 금연이 중독되어 있는 것은 생각지도 못한 듯 담배를 끊는 게 어떠냐고 종용하였다.

결혼 후 남편은 아이를 가지고 싶어 했다. 남편은 2세를 위해서라도 담배를 끊으라고 했다. 전임강사로 임용 받고 6개월 후, 박사학위 논문을 준비하느라 정신이 없었다. 금연은 박사학위 논문이 통과될 때까지 아이를 갖지 않을 생각이었다. 일단 논문이 통과되면 시간을 두고 담배를 끊고 그 다음에 아이를 가질 계획을 나름대로 세워놓고 있었던 것이다.

그런데 생각보다 빨리 계획하지 않은 임신을 하게 되었다. 처음에는 그냥 임신한 것이 좋아 기뻐했다. 그러나 금연은 의사였다. 아니 의사가 아니더라도 임산부가 담배를 끊지 못하는 것은 태아에게 얼마나 나쁜 영향을 미치는지 모르는 게 바보였다. 남들보다 결혼이 늦었고, 늦은 임신이었기에 한 번 배부르고 아파서 2세를 얻을 수 있다는 사실에 기뻐하던 것도 잠시, 걱정이 되기 시작했다.

임신 초기 검사 때 산부인과 담당의사는 건강한 아이를 낳게 위해서라도 담배부터 끊으라고 권했다. 금연은 당연하다고 생각했고 그날부터 담배를 끊었다. 끊고 3일째 되는 날이었다.

자신도 모르게 몸이 뒤틀리고 답답하고 불안했으며 불면증에 시달렸다. 도저히 참을 수가 없어 담배를 한 대 피우자 깊은 잠을 청할 수 있었다. 설마 뱃속의 아기에게 무슨 일이 생기랴 하는 생각과 함께 참고 또 참던 담배를 피워 물었다.

하루에 한 갑씩 피워대던 담배를 하루 두 개비 정도로 줄였다. 그것도 손이 떨리고 다리가 후들거릴 때까지 참다가 겨우 한 대 피웠을 뿐이다. 그런데 임신 중반으로 넘어가면서 초음파 검진에서 아기의 발육이 다른 아기에 비해서 뒤떨어진다는 사실이 발견되었다. 특히 대퇴골의 발육부진이 현저하게 나타났다. 고민 끝에 양수천자를 시행 받았고 약 3주간을 기다려서 결과가 나왔다.

설마했는데 상염색체 중에 21번 염색체가 하나 더 많은 다운증후군이었다. 이제 어떻게 해야 하나? 금연은 하늘이 무너지는 것 같았다. 자신의 안위보다 뱃속의 아기에게 너무 미안했다. 하필이면 담배를 피우는 엄마에게 잉태되어 고통을 준 것만 같아 괴롭기 그지없었다. 설마 이런 일이 자신에게 일어나리라고는 생각조차 하지 않았는데, 그제야 담배를 끊을 걸 하고 가슴을 치며 후회했지만 이미 돌이킬 수 없었다.

그렇다고 아기를 지울 시기도 이미 놓친 상태여서 할 수 있는 일이 없었다. 막막한 상황이었지만 현실을 받아들일 수밖에 다른 도리가 없었다. 어떻게든 낳아서 키워야 했다. 그때까지만 해도 키우면 되지 않겠느냐는 막연한 자신감도 있었다.

금연은 임신 초기만이라도 담배를 끊었어야 했다며 때늦은 후회를 하면서 한없이 울었다. 그러나 오만 가지 걱정 속에서도 아기는 무럭무럭 자랐고 9달 만에 진통을 느껴 조기 분만을 했다.

태어난 아기는 금연이 생각했던 것보다 더 심한 상태였다. 이 아기를 어떻게 키워야 하나? 힘들게 키워도 사람구실을 하기 힘들 것 같았다. 너무 괴로워 몇날 며칠을 고민하다가 금연은 아기를 없애기로 독한 마음을 먹고, 신생아실 앞에서 서성대며 기회를 엿보았다.

금연은 무릎을 펴고 몸을 일으켜 세웠다. 곧 교대한 간호사들이 환자를 둘러보러 올 것이다. 더 이상 망설일 시간이 없었다. 신생아는 아무것도 모르고 자고 있었다. 금연은 딸의 얼굴을 말없이 바라보았다. 선뜻 손이 움직여지지를 않았다. 눈동자를 가린 눈물 탓이었다. 희미한 아기의 얼굴 위에 폐암으로 죽었던 남자의 모습이 겹쳐 보였다.

금연은 흐르는 눈물을 닦고 창밖을 내다보았다. 병원이 서 있는 언덕 아래로 동네 불빛이 눈에 들어왔다. 평상시에 눈여겨보지 않았던 동네였다. 불빛이 유난히 새로워 보였다. 불빛이 타는 용으로 변해서 자신에게 달려드는 것만 같았다. 무슨 짓을 하려는 거냐고, 천벌이 두렵지 않으냐고 질책하면서……

신이 있다면 과연 용서받을 수 있을까? 금연은 자신이 없어 고개를 내저었다. 자신은 죽어 지옥에 갈 것이다. 금연은 그렇게 생각하며 떨리는 손을 움직였다. 그 손은 인공호흡기로 가서 노란 불빛이 깜박이는 알람 스위치를 오프로 내렸다.

이 스위치는 아기가 호흡을 하지 못하면 심하게 움직였다. 그 움직임으로 삽관 튜브가 빠져 버리면 산소가 유입되지 않아 튜브 선의 분비물로 인해서 산소공급이 중단되었고 곧 경고음을 울려주는 스위치였다.

순간 아기는 심하게 움직였다. 금연은 재빨리 아기의 입 주위에 삽관 튜브를 고정시켜 놓은 종이 반창고를 떼어내고 튜브를 살며시 뽑았다. 아기는 호흡하겠다고 버둥버둥거렸다. 어디선가 '살인자'라고 말하는 소리가 들리는 것 같았다. 금연은 귀를 감싸쥐고 재빨리 신생아실을 빠져 나왔다. 정신없이 뛰어나온 금연은 다리에 힘이 풀려 승강기 앞에서 허물어지고 말았다. 어지럽고 토할 것만 같았다. 이제 다 끝났다는 생각과 함께 다시 한 번 살인자라는 소리가 귀에서 웅웅거렸다.

"아가야 너를 위해서야. 미안해. 벌은 엄마가 다 받을게."

그녀는 중얼거렸다. 솔직히 아기가 죽은 것이 아기를 위한 것인지 자신을 위한 것인지 알 수는 없었다. 어쨌든 그렇게 팽팽한 줄다리기 같았던 선택의 금을 넘어섰다. 이제는 더 이상 후회할 수도 돌이킬 수도 없는 일이 되었다. 금연은 이 선택이 옳은 것인지 옳지 않은 것인지는 생각하지 않기로 했다.

사람들의 발걸음소리가 다급하게 들려왔다. 잠시 후 신생아실에서 날카로운 비명이 정적을 깨뜨렸다. 아기의 입에서 튜브가 빠진 것을 간호사가 발견한 모양이었다.

금연은 정신을 추스르고 일어나서 계단을 힘없이 내디뎠다. 신생아실에서 응급상황이 발생했다며 소아과 당직 레지던트는 신생아실로 빨리 출동해 달라는 다급한 원내 방송을 뒤로하고 병원 밖으로 나섰다.

금연은 거리를 방황했다. 매몰차게 부딪치는 바람에 몸을 맡긴 채 담배를 물었다. 필터만 남아버린 담배를 물고 있는 금연의 모습은 아름답지 않았다. 금연은 방향도 없이 비틀비틀 걸었다. 그때 주머니에서 진동으로 해놓은 휴대폰이 요란하게 떨렸다. 금연은 떨리는 목소리를 애써 가라앉히며 전화를 받았다. 병원이었다. 아기가 잘못 되었으니 빨리 병원으로 와 달라는 전화였다.

잠시 후 다시 휴대폰이 요동쳤다. 이번에는 남편이었다. 남편은 지금 병원으로 가고 있으니 당신도 빨리 병원으로 오라고 빠른 목소리로 말했다. 이제 금연은 다시 병원으로 달려가 아기를 잃은 엄마의 참담함을 연기해야 한다는 사실이 겁이 났다. 눈 밑에 자리 잡은 어두운 그늘이 금연의 얼굴을 더욱 창백하게 만들었다. 갈라진 입술도 마찬가지였다. 맑은 눈과는 어울리지 않는 초췌한 모습으로 금연은 병원을 향해 발걸음을 돌렸다.

가끔씩 입술을 오므리며 뭔가에 몰두하고 있다는 것을 알려주던 금연의 눈은 빠르게 움직이고 있었다. 자신은 사회적으로 성공했으나 결국 담배 때문에 인생을 망쳤다. 도대체 담배는 왜 배웠으며 기회가 주어졌을 때 왜 끊지 못했을까? 온갖 후회와 원망이 뒤섞여 자신을 질책했다.

금연은 초점 없는 눈을 먼 곳으로 고정시켰다. 다시는 담배를 피우지 않으리라 맹세하고 또 맹세했다. 아기를 위해 속죄하는 것은 연초를 끊는 것이었다. 연초를 끊으려면 강제적이어야 했다. 금연이 아무리 담배를 끊으려 해도 자율적으로는 이미 담배를 끊을 수 없었다.

아기의 사인은 병원의 과실로 남을 수도 있지만 병실과 복도와 계단의 CCTV는 금연을 범인으로 지목하기에 충분했다. 금연은 터덜터덜 거리를 걸으면서 날이 선 칼날처럼 단호하게 각오를 했다. 그 각오는 중독된 연초를 끊는 것이었다. 연초를 끊으려면 감옥에 가면 끊을 수 있을 것이다. 자의로 할 수 없다면 타의에 맡겨야 한다.

그녀는 심호흡을 한 번 크게 한 후 병원으로 발걸음을 돌렸다.

그 사람

7 / 고 짙은 어둠 속에 그 사람이 있었다. 왜 하필 이 시간에 그 사람이 여기에 있는지 이유는 알 수 없었다. 그는 가로등 하나 없는 깜깜한 길목에 쭈그려 앉아 있었다. 얼핏 보기에도 술에 취한 모습이었다. 술에 취해서 이렇게 깜깜한 골목에 쭈그려 앉아있는 모습은 매우 위험한 일이었다.

그러나 나는 못 본 척 그 사람을 지나쳤다. 안 그래도 어두운 골목길을 걷느라 긴장되기도 했고 괜히 아는 척했다가 골치 아픈 일이 생길지도 모른다는 생각에서였다.

"이봐."

정적 속에서 그 사람의 목소리가 들렸다. 나는 얼른 지나치려고 했던 걸음을 잠시 멈추었다. 그러나 아무리 생각해도 이런 상황은 일단 피하는 것이 상책이었다. 나는 조금 더 빠른 걸음으로 걸었다.

"제윤아!"

그 사람이 내 이름을 불렀다. 나는 깜짝 놀라 가던 길을 멈추고 그 사람을 바라보았다. 내 이름을 불렀다는 것은 그 사람이 나를 잘 알고 있다는 것이었다.

"사람 잘못 보신 거 아닌가요?"

나는 혹시나 해서 한 마디 던져보았다.

"넌 불쌍한 사람을 보고도 그냥 지나치기냐?"

"저, 죄송하지만 누구신지?"

"내가 누구인지 몰라?"

"……."

"너, 나 모르냐고?"

"모르는데요."

"○○방송 경영국 2년차 차제윤, 차장을 보고도 모른 척 내빼기냐?"

나는 깜짝 놀라 그 사람을 자세히 들여다보았다. 이제 더 이상 도망칠 구실이 없었다. 귀찮은 일은 딱 질색이어서 웬만하면 얽히고 싶지 않았지만 상사를 보고도 도망을 칠 수는 없는 노릇이었다. 상대는 간부 중에서도 가장 까다롭기로 유명한 '유 차장'이었다.

"유 차장님? 이게 대체 어떻게 된 일이에요? 차장님 혹시 술 많이 드셨어요? 아니 그것보다 이 동네엔 무슨 볼일이세요?"

나는 한꺼번에 많은 말을 쏟아놓았다. 솔직히 유 차장이 하필이면 우리 동네에서 이렇게 몸을 못 가눌 정도로 바닥에 주저앉아 있었다는 사실이 성가시다는 생각뿐이었다.

"나, 도움이 필요해."

"네? 못 일어나세요?"

"좀. 힘들어서 그래, 부축 좀 해 줘."

"119 부를게요. 조금만 기다리세요."

"아니, 119 필요 없어. 그냥 나 좀 일으켜 줘."

유 차장은 내게 손을 내밀었다.

"네. 정 도움이 필요하시다면."

"그게 도와주는 사람의 표정이야? 방금 보고도 못 본 척 지나가려고 했지?"

"설마요……."

나는 속마음을 들킨 것 같아 유 차장이 내민 손을 잡았다. 손을 쭉 뻗으며 엄살을 떠는 유 차장의 모습이라니. 방송국 직원들에게 이 사실을 알리면 아마 놀라서 기절할지도 모를 일이었다.

유 차장은 경영국 뿐만 아니라 방송국 평직원도 모두 알고 있는 유명 인사였다. 일단 잘 생긴 얼굴도 한몫 했지만, 그보다도 더러운 성격 때문이었다. 특히 여자와 관련된 일이라면 눈에 불을 켜고 반대를 했고, 살짝 닿기만 해도 역정을 낸다는 무시무시한 그런 사람이었다. 간부들 중에 유일하게 여자를 벌레같이 본다고 들었는데, 그런 그가 내게 손을 뻗으면서 도와달라고 하다니, 아이러니한 일이었다.

"차장님, 제가 남자들이랑 많이 어울려서 착각하시나 본데. 저 여잡니다."

"뭐?"

"손 잡아들여요? 전 상관없는데."

평소 나는 짧은 머리칼에 항상 헐렁한 티셔츠를 입고 다녔다. 치마를 입는 횟수는 일 년에 몇 번 손에 꼽을 정도였다. 일을 할 때 그게 편했고 이제는 남자 취급을 받는 게 익숙해져서 아무렇지도 않았다. 그렇지만 여자 기피증이 있는 유 차장의 소문을 들은 터라 미리 언질을 해 두어야 할 것 같은 생각이 들었다.

"지금 내가 남자 여자 가릴 상황이냐? 얼른 부축 좀 해 줘."

어쩔 수 없이 손을 뻗어 유 차장을 부축해 일으켰다. 유 차장은 꽤 많이 다친 것 같았다. 어디서 다친 것인지 모르겠지만 여기 저기 피가 묻어 있기도 했고 다리를 절뚝거리는 걸 보니 누구한테 맞았나? 하는 의문이 들기도 했다.

"병원 싫으시면 집이 어디에요? 콜택시 부를까요?"

"뭐?"

"아, 집에 가셔야 될 거 아니에요?"

"환자를 봤으면 먼저 치료부터 해 주는 게 도리 아냐?"

"설마 저한테 치료까지 바라시는 거예요?"

그 어둠 속에서도 그 사람의 표정은 제대로 읽을 수 있었다. 완전히 황당하다는 표정으로 나를 바라보면서 '얘 도대체 뭐야?' 라고 말하는 듯싶었다.

"후배, 내가 방송국 차장인 거 몰라?"

"잘 아는데요."

"혹시 내가 유민식이라는 거 몰라?"

"잘 알아요."

"그런데 어떻게 같은 방송국, 같은 경영국 간부에게 이럴 수 있는 거지? 아픈 환자를 두고 콜택시 불러줄 테니 집에 가라고?"

"그럼 어떡해요? 병원에 데려다 달라고요?"

"집에 구급상자 있어?"

"있어요."

"나 좀 치료해 줘."

나는 어이가 없었다. 평소 말 한 마디 섞어보지 못한 무시무시한 간부가 대뜸 반말을 하는 것도 모자라 귀찮은 부탁까지 하다니, 나는 다른 사람이 내 인생에 끼어드는 게 질색인 사람이었다.

그런데 이 사람의 고집스러운 태도가 왠지 내 삶을 흩뜨려 놓을 것 같다는 생각이 들어 썩 내키지 않았다. 누구든 간에 내 공간을 마음대로 헤집고 들어오는 건 용서할 수가 없었다.

"알았어요, 할 수 없죠. 그럼 병원까지 모셔다 드릴게요."

"병원 가지 말고 너희 집에서 치료 좀 해 주면 안 될까?"

"안 되는데요."

"부탁해. 병원엔 가면 안 돼서 그래."

"저도 정말 안 됩니다. 여자 혼자 사는 집에 어떻게 남자를 들여요?"

"후배님, 정말 아무 짓도 안 해. 우리 방송국 직원이면 다 알고 있잖아. 내가 여자라면 얼마나 치를 떠는지."

"그렇긴 한데. 저도 정말 곤란하거든요."

"치료만 받을게. 상처에 피만 멎으면 바로 집으로 돌아갈게. 새벽에 응급실에 간 거 들통나는 날엔 정말 끝장이거든."

"후."

나는 한숨을 내쉬었다.

"부탁해, 제윤아."

그때 그 사람의 입에서 '제윤'이라는 이름이 또 불쑥 나왔다. 처음 나를 불렀을 때도 이상했지만 지금 그 사람 입에서 또 내 이름이 거론되는 것이 나는 신기했다. 아니 그보다 의문이 앞섰다. 어떻게 내 이름을 부른 것인지, 나를 본 적도 없을 텐데 이상하다는 생각이 들었다.

깊게 생각하다 보니 유 차장이 이 동네에서 이 꼴로 서성거리는 것도 궁금했다. 여기저기 얻어맞고 쓰러져서 피를 흘리며 주저앉아 있는 것도 이상했다. 아무튼 이상한 것 투성이였다.

"그럼 저희 집, 요 앞이니깐, 그쪽으로 가시죠. 걸을 순 있겠어요?"

"다리가 좀 불편하긴 한데. 괜찮을 것 같아."

"누구한테 맞은 거예요?"

"……."

"어떻게 하면 이 꼴이 되도록 맞나요?"

"궁금한 것도 많다. 원래 잘 생기면 시비에 잘 휘말리게 돼 있어."

"얼굴 때문에 그런 건 아닌 것 같은데."

"하고 싶은 말이 뭐야?"

"차장님 성격이 꽤 유명하시더라고요."

"쳇."

그 사람은 짤막한 말을 내뱉으며 절뚝거리는 다리를 한 걸음씩 천천히 옮겼다. 여자와는 말도 잘 섞지 않는다고 들었는데 이렇게 가까이서 부축하다 보니 어쩐지 그 말이 다 거짓이라는 생각마저 들었다.

'그나저나 이 사람, 나를 어떻게 알고 있는 걸까?'

"근데요, 차장님."

"또 뭐?"

"제 이름 어떻게 아셨어요?"

"……."

"전 거의 투명 인간처럼 살아가는데. 부서회식엔 별로 나가지도 않고."

"신입 환영회 때 왔었잖아."

"아아, 그때 빼고는 다른 모임에 참석한 적도 없는 걸요."

"알아."

"네?"

"그냥 후배님을 알고 있다고."

"……."

"그게 그렇게 중요하니?"

"그건 아니지만."

"말할 때마다 늑골이 쑤신다. 그냥 말하지 말고 부축만 해 줘."

"아, 네."

술을 많이 마셨는지 술 냄새가 심하게 났다. 하지만 깊이 숨을 쉬면 술 냄새보다도 남자 향수 냄새가 짙게 풍겨 왔다. 나는 여자지만 향수를 싫어하는 편이었다.

특히나 진한 향의 남자 향수는 질색하는 편인데도 왠지 이 사람에게서 나는 향기는 좋았다. 시원하고, 금방이라도 냄새에 취할 것만 같았다.

'어디서 이런 향수를 산 거지?'

나는 속으로 생각했다. 집 앞에 다다랐을 때 그 사람은 주위를 둘러보면서 대뜸 질문을 던졌다.

"혼자 사는 거야?"

"네."

"그럴 것 같았어."

"왜요?"

"이미지가 강해 보였거든. 혼자 살 것 같은 이미지랄까."

"그런 이미지가 어디 있어요? 숏 컷하고 바지 입고 다니면 다 혼자 사나요?"

"무섭지 않아?"

"혼자 사는 거요?"

"응."

"무섭지 않아요. 정말 무서운 건, 이번 달 월세를 못 내면 어쩌나, 다음 월급 타서 부모님께 돈 보내고 나면 또 돈이 부족하면 어쩌나? 뭐 그런 거죠. 어둠이 무섭다고 생각해 본 적은 없어요."

"부모님이 연로하셔? 돈을 보낼 만큼 어려운가?"

"네. 어려워요. 지금 강원도로 귀농해서 농사를 짓고 계신데 번 돈은 다 날리고 빚도 많아요. 그리고 내 대학 학자금 대출 받은 것도 있고 해서,

이자라도 보태시라고 많이 보내요."

"아, 그렇구나."

"누추하지만 들어오세요."

나의 집은 원룸에, 8평도 채 안 되는 답답한 반지하방이었다. 친구들도 내 집에 들인 적이 없었다. 그런데 최초로 내 방에 온 사람이 유 차장이 될 줄이야. 그것도 이렇게 다친 사람을 데려올 줄은 꿈에도 생각지 못했던 일이었다.

그 사람은 신발을 가지런히 벗어 놓은 채 집안으로 들어섰다. 피투성이가 된 셔츠나 옷과 달리 구두는 새것처럼 먼지 하나 얹혀 있지 않았다.

"셔츠는 어떡하죠? 피투성인 채로 집에 갈래요?"

"나중에 친구한테 빌릴 테니까 일단 치료부터 해 줄래?"

"네, 조금만 기다리세요."

서랍에서 구급상자를 찾고 있을 무렵 그 사람은 전화기를 꺼내 들더니, 이 새벽에 누군가에게 전화를 걸었다. 우리 동네 이름을 말해 주면서 주변에 편의점과 또 뭐가 있다며 옷가지를 가지고 데리러 와달라고 했다. 이상했다. 처음부터 전화를 해서 저 사람한테 부탁하면 될 것을, 뭣 하러 귀찮게 나를 불러 세우기까지 했나 싶은 생각이 들었다.

"여기요, 구급상자."

그 사람 앞에 구급상자를 내려놓았다. 그는 커다란 눈으로 나를 멀뚱멀뚱 쳐다보더니 인상을 팍 구겼다. 뭔가 마음에 들지 않는 표정이었다.

"지금 나더러 상처를 치료하라는 말이야?"

"그럼요?"

"치료해 줘. 치료해 달라고 부탁했잖아. 나 등에 있는 상처도 꽤 깊다고. 손이 닿질 않잖아."

"근데 치료하려면 선배님 옷을 벗으셔야 하는데……."

"벗을게, 벗으면 되잖아."

유 차장은 혼자 끙끙대면서 아픈 팔을 휘두르며 티셔츠를 벗으려 애썼다. 조금만 스쳐도 아픈지 연신 신음소리를 내면서 유 차장은 겨우 입고 있던 티셔츠를 벗었다. 까만 구릿빛 피부에 군데군데 피 묻은 상처가 드러나고 있었다. 잔 근육으로 다져진 탄탄한 상체에는 안쓰러울 정도로 깊게 패인 상처가 보였다. 나는 놀라서 물었다.

"이거 칼자국 같은데요? 누가 칼을 휘둘렀어요?"

"어, 큰칼은 아니고 커터 칼 같은 거였어."

"경찰에 신고하셨나요?"

"신고? 걔들이 경찰인데."

"네? 경찰이요?"

"아, 그럴만한 이유가 있어."

그제야 나는 고개를 끄덕였다. 그래서 병원에 가자는 것도 집으로 가라는 것도 싫다고 했던 거였구나. 아무튼 무슨 연유가 있는 것은 확실했다. 나는 상처가 난 부위를 먼저 소독하고 연고를 발랐다. 상처 부위에 연고가 닿을 때마다 유 차장은 아픈지 신음소리를 냈다.

"조금만 참으세요."

나는 상처 부위를 붕대로 감았다.

"살살 해 줘."

손가락이 닿았다. 그의 맨살에, 여자라면 경기를 일으키는 사람의 몸을 아무렇지도 않게 만지고 있었던 것이다. 난생 처음 보는 남자의 맨살은 여자와의 차이점을 확연히 느낄 수가 있었다.

탄탄한 느낌이었다. 골격이 넓고 어쩐지 단단해 보였다. 잠깐 넋을 잃고 상처를 치료하는 사이 그는 뚫어져라 나를 바라보고 있었다. 계속 내 시선을 쫓고 있었는지 피식 웃으며 나를 흘깃 쳐다보았다.

"남의 몸을 더듬거리며 생각에 빠지면 어떡하나?"

"아, 아니에요."

"상상한 거야?"

"네?"

어쩐지 분위기가 싸해져서 뒤로 흠칫 물러나며 나는 유 차장을 노려보았다. 이런 분위기를 바란 건 아니었는데, 애초에 이래서 도와주고 싶지 않았는데, 이 사람 뭐지? 정말 여자를 벌레처럼 보는 건가? 그런 생각으로 나는 다시 상처 치료를 위해 소독약을 바르고 연고 바르기를 되풀이했다. 시간이 지날수록 유 차장의 눈빛이 빛나고 있었다. 마치 짐승이 목표물을 발견한 것처럼 눈동자가 묘하게 빛을 발했다.

"이상한 말씀하실 거면 가주세요."

"알았어, 알았어. 농담이야. 너무 아파서 그랬다고."

"전 그런 농담에 익숙하지 않으니까 그런 말하지 말아주세요."

"알았어, 제윤 후배님."

"누가 오신다면서요. 그분은 언제 도착하신대요?"

"10분 뒤에 도착할 거야."

"붕대 감아드리고 그러면 시간이 딱 맞겠네요."

"응, 근데 나 이따 세수 좀 해도 돼?"

"그러세요."

정말 웃겼다. 유 차장은 내 집에 처음 왔으면서 마치 계속 이 집에 살았던 사람인 것처럼 편안해 보였다. 그는 원룸이 전혀 불편하지 않은 듯 편안한 자세로 앉아 있었고 간혹 나랑 눈이 마주치면 눈웃음까지 치면서 하얀 치아를 드러내며 썰렁한 농담을 던지기도 했다.

상처 부위에 연고를 다 바른 다음에 붕대로 다친 부분을 칭칭 감아주었다. 어렵지 않은 일이라서 아무 생각 없이 감고 있었는데, 문득 유 차장의 깊은 숨소리가 들려왔다.

너무 가까이에 있었기에 숨소리가 들리는 건 어쩌면 당연한 일일지도 모르는데, 귓가에 들리는 그 생생한 숨소리 때문에 잠깐 멈칫하며 생각에 잠겼다.

'이 사람은 숨소리조차도 매력적이구나.'

나는 어느새 통상적인 여자들이 하는 생각을 하고 있었다. 이목구비가 잘 생긴 그를 보면서 절대 그 얼굴에 빠지진 않을 거라고 생각했었는데, 유 차장의 숨소리에 금방 이상한 생각을 하고야 말았다. 어쩐지 이런 생각을 하는 나 자신이 창피하게 느껴졌다.

"왜 그래?"

"아니에요."

"그럼 나 잠깐 세수 좀 하고 올게."

붕대를 칭칭 감은 채로 지금은 거동이 좀 편해졌는지, 자리에서 일어나며 여전히 절뚝거리는 발을 옮겨 화장실로 향했다. 그가 문을 닫고 세면대에 물이 흐르는 소리가 들려왔다.

이 집에 있으면서 단 한 번도 세면대에서 흐르는 물의 소릴 들어본 적이 없었는데 이런 식으로 듣게 되는구나. 기분이 묘했다. 나 아닌 다른 사람과 이 좁은 공간에 있다는 게, 아무리 위급상황이라고 해도 어쩌자고 저 사람을 여기까지 데려올 생각을 했을까?

유 차장은 씻었는지 앞머리까지 젖어 물방울이 뚝뚝 떨어졌다. 흐르는 물방울은 얼굴에서 그의 목선을 타고 흘러내렸다.

"수건은 선반에 있는데요."

"아아, 괜찮아. 가만히 있으면 마르니깐."

씻고 나온 뒤 유 차장은 벽만 쳐다보며 시간을 죽이고 있었다. 수건으로 닦으면 간단할 것을, 정말 물기가 마르길 기다리는 건가.

'저 사람은 왜 이렇게 사람을 긴장하게 만드는 거지? 진짜 아무것도 아
닌 그인데, 얼굴만 번지르르한 게 나와는 너무 거리가 먼 사람인데…….'

그런 생각을 하며 나는 가만히 앉아 있었다.

"아, 됐다."

"네?"

"물기 다 말랐어. 후배님, 나 스킨 좀 빌려줘."

"저 여자스킨 밖에 없는데요."

"여자스킨이라도 괜찮으니 좀 빌려줘."

"네."

나는 화장대로 가서 스킨을 가지고 왔다. 평소 화장을 안 하고 다닐 때
도 많은 나는 기초화장품조차 변변치 않았다. 스킨도 시장에서 파는 최저
가를 사서 썼다. 고급 향수를 쓰는 유 차장이 스킨 냄새가 좋지 않다고 하
면 어쩌나, 그런 생각을 하면서 나는 스킨을 내밀었다.

"여기요."

"땡큐."

유 차장은 뚜껑을 열었다. 그리고 스킨을 조금 덜어내어 얼굴에 바르고
몇 번 두드린 뒤 뚜껑을 닫았다. 유 차장은 다시 내게 스킨을 건네주면서
씨익 하고 웃었다.

"어때?"

"예?"

"같은 향이 나지?"

"……."

"너랑 나랑."

그 말에 나는 픽 웃었다. 그 사람이 입꼬리를 말아 올리며 매력적인 미
소를 지었다.

'의도적으로 내게 접근하는 건가. 아니, 그보다도 왜 이렇게 달콤한 말을 하는 거지?'

말 한 마디 한 마디가 달콤한 사탕 같았다. 그의 말은 녹여서 사람의 심장을 애태울 것만 같았다.

"그런 얼굴 할 필요 없어."

"네?"

"빨개져서는 난처하다는 표정 짓지 말라고. 그냥 한 말이니깐."

"저기 치료도 다 했는데, 이젠 집으로 가보세요."

"사거리까지 데려다 줄래? 친구가 그쪽으로 오기로 했거든."

"바로 앞이니깐. 그럴게요."

"후배님."

"네?"

"오늘 정말 고마웠어. 은혜는 꼭 갚을게."

"됐어요. 뭘 이 정도 가지고."

"남자를 방에 들이기 싫었잖아."

"어쩔 수 없었잖아요. 차장님이 박박 우기시는데."

"후배님 말빨이 정말 장난이 아니네. 방송국에서 만나면 밥 한 끼라도 사 줄게."

"방송국에선 아는 척하지 말아주세요. 차장님이 꽤 눈에 띄어서 다른 여자직원들의 표적이 되기라도 하면 곤란하거든요."

"후배님도 표적이 되나?"

"남자 같은 스타일이라고 표적이 안 되는 건 아니죠. 일단은 저도 여자이니까요."

"그래, 알았어. 그래도 이 은혜를 꼭 갚을게."

"예, 알겠습니다."

유 차장은 절뚝거리는 다리로 현관까지 가서는 긴 한숨을 내뱉으며 구두를 신었다. 이 집에 있었던 20분간의 기억을 뒤로하고 나는 그 사람을 부축하여 사거리로 나왔다.

새벽녘 가로등도 적은 이 거리에서 맡을 수 있는 거라곤 오로지 그의 향수 냄새뿐이었다. 아무리 내 스킨을 썼다 해도 그에게 배인 그 깊은 향기는 지워지지가 않았다.

"후배님."

"예?"

"내 이름 알고 있지?"

"네."

"다음에 만나면 이름도 같이 불러줘."

"부를 일이 없을 텐데요."

"부르면 밥 사줄게."

"아뇨, 됐습니다."

"지독히도 애교가 없네. 그래도 결국 사달라고 하게 될 거야. 오늘 밤엔 고마웠어, 제윤아."

"그럼 조심히 가세요."

"그리고 너 말이야."

"……?"

"첫눈에 봐도 여자인 거 알 수 있어. 충분히 여자다운데 남자 같다고 착각하는 것 같아서. 선이 무척 고와."

"예?"

"보통 여자보다도 선이 더 곱다고 말한다면, 변태처럼 보일 수도 있겠지? 아무튼 후배님 다음에 보자고."

커다란 손이 내 머리를 쓰다듬었다. 짧은 머리카락이 그 사람의 손에 놓아나 이리저리 흩어지며 방향을 잃어버린 것처럼 부스스해졌다.

'누가 저 사람에게 여자기피증이 있다고 했을까? 대체 누가 그런 헛소문을 퍼뜨린 거지? 웃을 줄도 알고, 달콤한 말을 하는 인기 많은 남자인 것 같은데, 대체 그 소문의 근원지는 어디서부터 시작된 걸까?'

그런 의문이 들었다.

"친구가 차를 가져오면 난 타고 갈 테니까 어서 들어가."

"가시는 것 보고 갈게요."

"만약에 안 오면 나 재워 줄 수 있는 거지?"

"아니요. 들어가겠습니다."

꾸벅 인사를 하고 나는 그에게 등을 보이고 걸음을 옮겼다.

"그래 잘 들어가."

나는 못 들은 척하고 한 건물의 모퉁이에 몸을 숨기고 서서 그가 서 있는 곳을 바라보았다. '정말 그의 친구가 올까? 안 오면 어떡하지?' 그런 생각을 하고 있는 사이, 어디선가 검정 승용차 한 대가 미끄러지듯 다가와 유 차장 앞에 서는 것이 보였다.

친구가 잘 나가는 사람인가? 생각하고 있었는데 운전석에서 내린 사람은 그의 친구나 또래가 아니라, 거의 아버지뻘 되는 60대쯤 되어 보이는 남자였다. 운전자는 뛰어내려서 그의 앞에 서는가 싶더니 허리를 90도 각도로 꺾어 인사를 했다. 운전사가 승용차 뒷자리 상석의 문을 열어주자, 그가 몸을 구겨 넣는 모습이 보였다.

차가 출발하자 나는 집으로 돌아왔다. 정말 아리송한 사람이었다. 혹시 그 사람이 재벌의 아들쯤 되는 거 아닌가? 저런 사람이 오늘 밤 내 영역에 있었다니, 마치 내가 동화 속 신데렐라 공주라도 된 듯한 기분이 들었다.

다음날 방송국 구내식당에서 나는 생각보다 빨리 그 사람의 소식을 접할 수 있었다.

"어떤 여자가 조직폭력배들을 데리고 와서 때렸대."

지난밤의 상처는 불량배에게 다친 것이 아니라, 그 사람을 쫓아다니는 여자가 데리고 온 폭력단에게 당했다는 것이었다.

"사랑한다고 고래고래 소리 지르더니 그 여자가 지시하자 폭력배들이 미친 듯이 밟았다던데. 유 차장님 오늘 보니깐 또 괜찮아 보이시네. 그래도 다리는 좀 심하게 다쳤나 보더라. 절뚝거리던데."

그 사람의 모든 행동 하나하나를 생중계하는 듯 여직원들은 멀리 떨어져서 관찰하기 시작했다. 이 방송국 내에는 그 사람의 골수팬들이 많았다. 물론 앞에서 대놓고 접근은 하지 못하지만 여직원들은 멀리서나마 그를 지켜보며 애틋한 사랑을 키워나갔다.

그런데 생각보다 그 수가 꽤 많았다. 성격이 아무리 개차반이라고 소문이 돌아도 그 사람의 골수팬들은 지칠 줄을 몰랐다.

"그렇게 좋으면 좀 더 앞에 가서 보든가. 그 사람이 그렇게 무섭냐?"

"제윤이 너, 유 차장님이라고 불러야지. 하늘 같은 차장님한테."

"대체 누가 하늘 같은 차장이래. 잘 생기면 다 하늘 같은 차장이 되는 거야?"

"당연하지. 다가갈 수 없어서 더욱 아름다운 거잖아. 더러운 벌레들이 꼬이지 않잖아. 난 그냥 이렇게 멀리서 지켜보는 것만으로도 족해. 우리의 아름다운 왕자님이 한 여자의 것이 되는 걸 원치 않는다고."

어젯밤에 있었던 이야기를 할까 말까 망설이다가 나는 그냥두기로 했다. 유 차장이 우리 집에 왔다는 걸 얘기해 봤자, 입방아에 오를 것이 뻔한 일이다.

친한 직장동료에게 유 차장의 일을 털어놓는 것도 그렇고, 그 사람의 몸에 패인 깊은 상처까지 봤다는 걸 누구에게도 말하고 싶지 않았다.

유 차장은 내겐 너무 먼 존재였다. 뜬구름 위에 서 있는, 우상처럼 바라볼 수는 있지만 닿을 수는 없는 그런 사람이었다. 그리고 그는 한 사람의 것이 아니라 모든 사람이 공유해야 하는 우상이었다. 저 사람을 우리 집에 들인 것은 그저 하룻밤의 꿈이라고 치부하는 게 차라리 속 편할 것만 같았다.

점심시간에 구내식당에서 그 사람과 마주쳤다. 끝과 끝, 얼굴이 보이지도 않는 자리에 서 있었는데 어쩐지 그 사람과 눈이 마주친 것만 같은 착각이 들었다.

그는 먼 곳에 서서 내 얼굴을 몇 초 동안 보고 있는 것 같았다.

'나만의 착각일까?'

그런데 어젯밤에 그 사람이 고급 승용차를 타고 가던 모습이 자꾸 떠올랐다. 사장급이라면 몰라도 방송회사의 차장급이 그런 승용차를 탈 수 있는 건지 의문이었다. 하기는 원래 집안이 부자라면 그럴 수도 있었다. 또 친구가 부자라도 가능한 일이었다.

"제윤아, 뭐 골랐어?"

같은 부서에서 근무하는 친한 동료가 내 이름을 불렀다.

"어, 난 그냥 라면."

"그래? 그럼 우리 어디서 먹을까? 저기 어때?"

우리는 식당의 맨 구석으로 갔다. 이곳은 남은 반찬을 수거하는 음식물 쓰레기통이 있는 곳이라 항상 자리가 비어있는 편이었다. 그러나 쓰레기통을 등지고 앉는다면 이보다 좋은 명당도 없었다. 나와 동료는 음식물 쓰레기통을 뒤로 하고 나란히 앉았다.

우리는 아무 말 없이 각자 가지고 온 점심을 먹었다. 그런데 비어 있는 앞좌석에 누군가가 식판을 들고 와 앉았다. 우리처럼 비위가 좋은 사람이 또 있구나, 하는 생각을 하면서 고개를 들었는데 그는 다름 아닌 유 차장이었다. 나는 유 차장과 눈이 마주치자 얼른 목례를 했다. 그것은 어디까지나 같은 회사 상사에게 보내는 경의의 표시였다.

'왜 이런 데로 와서 먹는 거지? 얼마든지 다른 자리로 갈 수 있었을 텐데……'

그런 생각이 들었다. 사실 구내식당에서 빈자리는 언제든지 찾을 수 있었다. 다만 동료와 나는 좋은 자리를 따지는 스타일이 아니어서 이 자리에 앉는 것이다. 내가 인사를 하자 유 차장도 형식적으로 끄덕 고개를 숙이더니 바로 밥을 먹기 시작했다.

우리는 갑자기 상사가 앞에 앉자 밥 먹는 것이 불편해져서 조심스럽게 밥을 먹었다. 밥을 먹다가 유 차장과 또 눈이 마주쳤는데 그 사람은 못 본 척했다. 애초에 나를 모르던 사이처럼 내게는 눈길도 주지 않았다.

우리 두 사람은 겉으로 보기에는 어제 저녁에 정말 아무 일도 일어나지 않은 것처럼 행동했다. 유 차장이 어제 우리 집으로 와서 상처를 치료했다는 것을 내가 말하지 않는 한 그것은 영원한 비밀이 될 터였다.

그런데 조금 괘씸하다는 생각이 들기도 했다. 어제 저녁에는 그렇게 도움을 요청하더니 오늘은 나를 본체만체하는 것이 얄미웠다. 옆자리 동료가 밥을 먹으며 아주 작은 소리로 말했다.

"유 차장님이 우리 앞자리에 앉았어. 어떡하지? 와, 밥 먹는 모습도 예술이다."

그녀는 수저를 내려놓은 채 내게 가까이 다가와 귓가에 대고 환호성을 지르며 좋아했다. 그녀의 맞은편에 바로 그 사람이 앉아 있었으니 좋아할 만도 했다. 오래도록 해바라기하던 연인을 바로 코앞에서 보는 절호의 기회이니 별로 이상할 것도 없었다.

그런데 나는 왠지 기분이 나빴다. 차라리 아까 그 먼 곳에서 눈을 마주치고 서로 못 본 척했더라면 그럭저럭 괜찮았을 텐데, 이렇게 가까이에 있으면서도 아는 척을 하지도 않고 태연하게 점심을 먹고 있으니 기분이 좋지 않았다.

우리의 식탁은 공기가 미묘했다. 그 사람이 들이쉬는 공기를 나 또한 이 자리에 앉아서 같이 들이마시고 있는 것이 괜히 싫었다.

'공기조차도 이 사람이랑 공유하는 건 싫어, 엮이면 골치 아파. 빨리 밥을 먹고 이 자리를 뜨자.'

나는 그렇게 생각하고 라면을 빨리 먹었다.

"제윤아, 천천히 먹어."

"나 급해. 너도 얼른 먹어."

"으이그, 알았다."

그 사람은 아무런 말을 하지 않았다. 어제 보니 입이 그렇게 무거운 사람도 아니던데 한 마디도 하지 않는 것이 오히려 이상해 보였다. 나는 라면을 먹으며 흘깃흘깃 그 사람을 바라보았다.

그는 철저하게 나를 무시하고 있었다. 도무지 이해할 수 없는 행동이었다. 어제는 얄궂은 미소를 지으며 달콤한 말들을 내뱉더니, 오늘은 모르는 사람이 되어서 앞자리에 앉아 밥만 먹어댔다.

온몸에서 힘이 쭉 빠져 나가는 느낌이었다. 어제 이 사람과 엮이고 나서부터 왠지 지친다는 생각이 들었다. 나는 원래 복잡하게 생각하는 것도 싫어하고 귀찮은 일에 엮이는 것도 싫어했는데 간밤에는 잠까지 설쳤다. 아무튼 어색한 식사는 우리가 먼저 식판을 들고 일어나면서 끝이 났다.

그로부터 며칠 후 나는 출근해서 휴게실로 갔다. 자판기에서 커피를 한 잔 뽑아 마시기 위해서였다. 커피를 뽑아 뒤돌아서는데 언제 왔는지 유 차장이 내 뒤에 서 있었다. 나는 깜짝 놀라 인사를 했다.

"까뮈의 이방인 읽어봤어?"

유 차장은 대뜸 내게 물었다. 생뚱맞은 그의 질문에 당황스러워 내가 말했다.

"아니요, 읽어보지 않았는데요."

"이방인을 보면 태양이 눈이 부셔 살인을 했다, 이런 대목이 있거든. 거기에 대해서 어떻게 생각해?"

"예?"

"네 생각을 묻고 있는 거야."

갑자기 웬 뜬금없는 질문이지? 태양이 눈이 부셔 살인을 했다니, 그런 말도 안 되는 글을 쓴 책도 다 있었나, 그런 생각이 들었다.

"잘 모르겠는데요. 그런 상황을 겪어보지 않아서."

"그럼 읽어봐."

그 사람이 내게 책을 내밀었다. 내가 얼른 받지 않자 빨리 받으라는 듯 눈짓을 했다. 나는 기분이 나빴다. 책을 추천하는 것도 아닌 강요하는 말투로 읽어보라니, 애초에 관심이 없어서 읽어보지 않았던 건데, 이렇게 불쑥 책을 내미는 건 도대체 무슨 경우인지 알 수 없는 노릇이었다.

"싫어요."

"궁금하지 않아?"

나는 인상을 찡그린 채 그 사람을 노려보았다. 유 차장은 한층 부드러운 표정을 지으며 조곤조곤한 목소리로 내게 말했다. 그렇게 부드러운 목소리는 처음이었다.

"뭐가요?"

"이 책의 주인공인 뫼르쏘가 태양이 눈부시다는 이유로 왜 살인을 저질렀는지. 마지막까지도 그런 궁금증을 남기면서 이야기가 끝나 버렸어. 방금 읽으면서 내가 내린 결론이 있는데, 근데 네가 이 책을 읽는다면……."

"……?"

"나와 같은 결론을 내릴 것 같아."

"왜죠?"

"그냥 그럴 것 같은 느낌이 들어. 내 이름으로 빌렸는데, 집에 가서 읽어보도록 해."

"저기요, 차장님."

"왜요, 후배님."

"전 이 책에 관심이 없어서 저한테 주셔도 읽지 않을 거예요."

"과연 그럴까?"

"네."

"후배님은 읽을 거야."

"그런 자신감은 도대체 어디에 근거를 두고 있는 거죠?"

"네가 나한테 조금이라도 관심이 있다면, 내 관심을 받아보려고 어떻게든 읽을 테니까."

'도대체 이건 무슨 경우지, 내가 자기를 좋아한다고 착각이라도 하는 건가? 내가 왜? 다른 세계에 사는 당신 따위 전혀 관심도 없다고.'

"착각하지 마세요. 모든 여자가 차장님을 좋아한다고 착각하시는 것 같은데."

"착각 안 해. 네 말이 맞아. 모든 여자가 날 좋아하는 건 아니거든."

"근데 왜 절 물고 늘어지시는 거죠?"

"그걸 몰라서 묻는 거야?"

"……?"

"네 눈이 말하고 있잖아."

"네?"

"나 좀 쳐다봐 달라고."

'이 사람 대체 왜 이렇게 무례한 거지? 쳐다봐 달라니, 그런 생각 따윈 해본 적도 없는데……'

왜 예상치도 못한 방향으로 빠지게 하는 것인지 모를 일이었다.

"그런 적 없어요."

"쳐다봤잖아. 식당에서부터 쭉 쳐다봤어."

"눈 몇 번 마주친 걸로 그러시는 것 같은데. 전 아니거든요."

"후배, 거울 앞에 서서 네 눈을 똑바로 바라본 적 있어?"

"없어요."

"봐봐. 네 눈이 어떤지. 남자든 여자든 네 눈을 보고서 가만히 있다면, 그 사람이야말로 정말 감정 없는 동물일 거야. 본인이 자꾸만 갈구한다는 눈빛을 보낸다는 걸 모르나 보지?"

"몰라요, 차장님의 헛소리이신 것 같은데요."

"네 눈을 보면 숨이 턱 막혀 와."

"……."

"그래서 가만둘 수가 없어."

사뭇 진지한 표정으로 그 사람은 나를 쭉 훑어보았다. 깊은 한숨을 내리쉬더니 카뮈의 이방인을 내 손에 쥐어주며 낮은 목소리로 귓가에 대고 속삭였다.

"오늘은 여기까지. 다음번에 만날 땐 꼭 이방인을 다 읽어 놓도록."

낮은 음성. 잠이 덜 깬 듯한 나긋나긋한 목소리였다. 그토록 매력적인 목소리는 처음이었다. 그의 목소리는 한참 동안 내 귓가에 메아리처럼 남아있었다. 들리기만 하던 목소리가 이제는 가슴 깊숙한 곳으로 찾아와 감정을 일깨우는 것 같았다.

그 사람의 소리의 울림, 향수 냄새는 간신히 쥐고 있던 이성을 잃어버리게 만들었다. 내 의사와 상관없이 나의 영역에 들어오려 하고, 밀어낼수록 그 사람은 점점 더 나를 향해 돌진해 오고 있다는 생각이 들었다.

'그 사람은 어젯밤부터 내가 자기 때문에 잠을 설쳤다는 걸 알고 있었을까? 물줄기가 흐르던 그 목선이 생각이 나서, 깊게 패인 상처가 각인처럼 남아있는 널찍한 등이 생각나서, 까무잡잡하게 그을린 피부가 시선을 잡아두어서, 이런저런 생각들이 꼬리를 물고 내 잠을 방해하고 있었다는 것을.'

오랜만에 한 사람 때문에 괴로움에 떨며 잠을 이루질 못했다. 손에 남아있는 감각들이 그 사람의 모습을 떠올리게 했다. 생각을 떨쳐 버릴 수 없다는 건 정말 괴로운 일이었다. 그런 감정이 완전히 식어버리기도 전에 자꾸만 마주치니 감정의 혼란은 더해져만 갔다. 미칠 것 같았다. 그 사람이 자꾸만 나를 미치게 만들었다.

며칠 후, 저녁에 퇴근하려고 1층 로비를 지나 입구를 통해 밖으로 나왔다. 그런데 저만치 앞에 며칠 전 밤에 보았던 고급 승용차가 세워져 있는 것이 보였다. 나는 뛰어가서 운전석 창문을 두드렸다. 이어 창문이 내려지고 운전석의 운전자 얼굴이 드러났다. 그 얼굴은 그날 새벽에 그 사람을 데리러 왔던 나이 60대의 그 얼굴이었다.

"미안한데요, 유 차창님을 모시러 온 분이시죠?"

"네."

"유 차장님 안 내려오신대요?"

그는 내 말을 잘라 먼저 물었다.

"네."

나는 거짓말로 그렇게 대답했다.

"회장님께서 꼭 모시고 오라고 했는데……."

"회장님이요?"

"미치겠네. 회장님께서는 아들이 집에 들어오지 않으니, 무척 화가 나 있는데……."

그제야 나는 그 사람이 어떤 사람인지 알 것 같았다. 회장님이라면 어떤 회장일까? 나는 내친 김에 유 차장의 비밀을 알고 싶었다.

"유 차장님 아버님을 말씀하시는 건가요?"

"네, 우리 방송국 회장님 말고 또 누가 있습니까?"

우리 방송국 회장이라, 방송회사 유 회장이면 같은 유 씨였다. 결국 유 차장은 우리 방송국 회장의 아들이었다.

나는 다음날 점심시간에 이방인이라는 책을 가지고 지하구내식당에 내려갔다. 그런데 맨 구석 쪽, 늘 우리가 앉던 쓰레기통 근처에서 그 사람이 점심밥을 먹고 있었다. 나는 그 사람이 앉은 식탁 근처로 가서 이방인 책을 식탁 위에 올려놓았다.

"안 읽었구나."

"어떻게 알았어요?"

"네 눈을 보면 알아. 결론을 내리지 못했다고."

"네, 저따위가 어떻게 감히."

나는 몸을 돌려 그 사람을 뒤로하고 돌아섰다.

"같이 마주하고, 밥 같이 먹을 줄 알았는데……."

그 사람 말이 들렸지만, 나는 뒤도 돌아보지 않고 구내식당을 나왔다.

애초에 안 되는 것은 아예 싹을 키우지 않는 것이 좋았다. 왜냐하면 나는 내 분수를 너무나 잘 알고 있었기 때문이다.

나는 씩씩하게 구내식당을 나와 사무실로 돌아왔다. 조금 아쉬운 마음이 들었지만 나중에 생각해 보면 정말 잘한 일이었다고, 나는 나 자신을 칭찬할 수 있기를 바랐다.

설화

・・・・・・・・・・・

설화雪花가 피었다. 흐릿한 바람이 들어오는 창문 틈의 갈라진 데를 타고 서리가 맺혀 길고 연약하게 꽃잎이 퍼져 나가듯 찬란하게 피어났다.

나는 철제 카트에 실린 저주파 치료기의 플러그를 콘센트에 꽂다 물끄러미 창문을 바라보았다. 설화는 마치 한 폭의 수묵화 같았다. 혈관처럼 가느다랗고 창백한 잎맥이 꽃송이 전체로 뻗어 나가 있었다.

나는 한참을 더 쳐다보다가 눈을 돌렸다.

K는 교복을 입은 채 침대 위에 누워 있었다. 가슴과 배를 덮은 담요가 유난히 희었다. 그 아래로 인근 여고의 감색 치맛자락과 검은색 스타킹을 신은 다리가 뻗어 나와 있었다. 플러그를 콘센트에 꽂은 나는 K의 어깨에 놓인 핫팩을 한쪽으로 치웠다. K는 부스스 일어나 앉았다. 블라우스를 벗어 소매로 가슴 위에 묶어 어깨만 드러낸 채였다. 나는 전선으로 치료기에 연결된 패드를 비닐에서 떼어냈다.

K의 흰 어깨에는 피멍 같은 검푸른 자국이 있었다. 부어오른 듯한 어깨

가 묘하게 기형적이었다.

나는 이제 놀라지도 않고 그것을 가만히 바라보았다.

멍들은 징검다리처럼 줄을 지어 점점이 박혀 있었다. 나는 그 멍들을 따라 패드를 하나하나 붙였다. 치료기의 스위치를 올리자, 패드가 뚝뚝 소리를 내며 진동했다. K의 어깨 근육이 날갯짓하듯 퍼뜩 퍼뜩 튀어 올랐다. 나는 강도를 낮추었다. K는 가슴 위로 담요를 끌어올렸다.

잠시 후 나는 정수기로 다가가 종이 잔을 봉지 속에서 꺼냈다. 정수기 옆에 비치된 바구니에서 커피믹스 한 봉지를 집어 종이잔 속에 털어 넣고 온수를 그 위에 부었다.

희뿌연 먼지처럼 거품이 일어났다. 나는 커피믹스 봉지로 커피를 저어 한 모금 마셨다. 이어 컴퓨터 앞으로 다가가 음악 플레이어를 빤히 바라보았다. 언제나 흘러나오는 상투적인 뉴에이지였다. 유명한 일본인 피아니스트의 음악이었다.

나는 컴퓨터 의자를 빙 돌려 책상 위에 발을 걸치고 커피를 마셨다. 간호사가 철제 카트를 밀고 물리 치료실에서 나오다 깔깔 웃었다.

"명훈 씨, 그게 뭐야?"

나는 픽 소리 내어 웃고 다리를 내렸다.

"원장한테는 비밀."

내가 입술에 검지를 대며 장난스럽게 말하자 그녀는 킥킥 웃으며 정수기 쪽으로 다가가 녹차를 타서 마셨다.

한참이나 흘러나오던 음악은 곧 다음 트랙으로 넘어갔다. 같은 피아니스트의 조금 빠른 음악이었다.

K는 속눈썹이 길고 얼굴이 창백한 소녀였다. 그녀는 잦은 어깨 결림과 근육통으로 고생했다. 그녀는 견갑골 부근의 뭉친 근육과 덩굴지듯 척추를 타고 올라가는 통증을 십자가처럼 지고 있었다.

그녀가 처음 이 통증의학과에 온 것은 작년 4월 말쯤이었다. 그녀는 인근 M여고의 교복을 단정하게 입고 있었다. K는 여자치고는 다소 크고 흰 손에 기록철을 들고 와 내 옆의 여자 물리치료사에게 내밀었다.

"3번방으로 가세요."

동료는 물리치료 3호실을 가리키며 말했다. K는 고개만 끄덕이고 그 안으로 들어갔다. 나는 차트를 들여다보았다. 이름 밑에 가벼운 처방이 쓰여 있었다.

어깨와 팔 부분의 근육통 때문에 온 듯싶었다. 나는 철제 카트에 핫팩 두 개를 싣고 3호실로 들어갔다. K는 물리치료실용 목제 침대에 앉아 나를 말끄러미 바라보았다.

"누우세요."

내가 말하자 K는 얌전히 누웠다. 감색 교복 치마가 구깃구깃해졌다. K는 무심하게 침대에 누웠다. 나는 그녀의 상체를 일으키고 어깨와 팔에 핫팩을 놓아주었다.

그러다가 무심코 건드린 그녀의 손가락 끝이 놀랍도록 차갑다는 것을 깨달았다. 그녀는 덥다고 투정하지도 않은 채 힘없이 누워있었다.

"뜨거우면 말하세요."

나는 다소 사무적으로 말하고 카트를 끌고 물리치료실을 나섰다.

그날은 환자도 적어 한산한 날이었다. 나는 뉴에이지 음악 몇 개가 돌아갈 때까지 있다가 K가 누워 있는 방 앞으로 갔다.

"교복 블라우스를 벗어서 소매를 겨드랑이 밑에다 묶고 가슴만 가리세요."

나는 침대 둘레를 커튼을 당겨 둥그렇게 가려주고 잠시 기다렸다.

K가 침대에서 일어나 희미하게 부스럭대는 소리가 났다. 나는 저주파 치료기를 실은 카트를 앞에 놓고 K가 준비를 마칠 때까지 기다렸다.

"다 됐습니까?"

내가 묻자 희미한 대답이 들려왔다.

"네."

나는 커튼을 젖히고 물리치료실 안으로 들어갔다. K는 블라우스를 가슴 위에 묶어 어깨만 드러낸 채 등을 돌리고 앉아 있었다. 무심코 그녀의 어깨를 보던 나는 놀라서 숨을 들이켰다.

파랗게 멍든 자국이 흰 피부 위에 꽃잎처럼 점점이 흩어져 있었다. 나는 저주파치료기의 콘센트를 플러그에 꽂으며 물었다.

"혹시 부항 떴어요?"

"아니요."

K는 고개를 흔들었다. 자세히 보니 어깨도 한쪽이 혹처럼 부어올라 기형적이었다. 나는 접착패드를 비닐에서 떼어 그녀의 어깨에 피멍이 든 자국에 붙이며 물었다.

"그럼 왜 이렇게 멍이 든 거예요?"

K는 대답하지 않았다. 나는 다시 물었다.

"말하기 싫어요?"

"아니요."

그녀의 목소리는 낮고 조용하고 희미했다. 안개를 한 줌 움켜잡을 수 있다면 그 빛깔이 바로 K의 목소리 빛깔이었을 것이다.

"너무 아파서……, 세게 눌렀는데 이렇게 됐어요."

그녀는 작게 대답하고 고개를 숙였다. 그녀의 길고 숱 많은 머리칼이 어깨로 흘러내렸다. 그것은 마치 검고 축축한 바닷말 같았다.

그녀는 천천히 손을 올려 머리칼을 한쪽으로 정리했다. 나는 피멍을 따라 패드를 붙였다. 여덟 개의 패드가 그녀의 어깨 위로 죽 늘어섰다.

나는 치료기의 스위치를 올렸다. 붙은 패드에서 충격을 받아 K의 어깨가 날갯짓하듯 퍼득퍼득 튀어 올랐다.

나는 또 물었다.

"아파요?"

그녀는 고개를 저었다. 그러나 통증이 심한지 그녀는 쓰러지듯 침대에 누웠다.

나는 담요를 그녀의 가슴 위로 덮어주었다.

"더우면 벗어도 돼요."

내 말에 그녀는 다시 고개를 끄덕였다.

K는 물리치료가 끝나자 교복을 단정히 입고 돌아갔다.

그녀가 치료실 문을 나서자, 나는 간호사에게 소리쳤다.

"유진 씨, 3호실 환자 나왔어."

간호사는 화이트보드에 써 놓은 환자 명단을 지웠다. 나는 무심하게 돌아보다 물었다.

"그런데 아까 그 여학생 이름이 뭐야?"

간호사가 나를 돌아보았다.

"누구?"

"왜 아까 3호실 여학생, M여고……."

간호사는 잠시 고개를 갸웃했다.

"기억이 안 나는데, 김…… 뭐였던 거 같은데."

옆에 있던 다른 간호사가 끼어들었다.

"아냐, 강 뭐였어."

나는 고개를 끄덕였다. 어쨌든 기역으로 시작되는 이름은 확실한가 보았다. 이름이 뭐든 나는 처음부터 그녀를 K라고 불렀으니 앞으로도 그렇게 부르면 되겠다고 생각했다.

K는 첫 번째 치료 이후 언제나 이어폰을 귀에 꽂고 왔다. 그녀의 손에

는 항상 은색 시디플레이어가 들려 있었다. 음악을 듣는 그녀의 눈은 말 없이 먼 곳을 바라보고 있었다.

그녀가 문득 정신을 차린 듯한 표정을 지을 때는 어깨에 붙인 충격 패드가 거칠게 요동쳐 그녀의 어깨가 소스라치듯 퍼덕거릴 때뿐이었다.

나는 그럴 때마다 그녀의 어깨가 흙처럼 부스러져 내릴 것 같다는 생각을 했다. 그 움직임은 새싹이 땅을 뚫고 돋아날 때 들썩이는 흙더미의 그것 같았다.

나의 아버지는 탄광촌의 광부였다. 어머니는 초등학교 교사였고, 막냇삼촌은 그 학교의 6학년 학생이었다. 학교가 폐교되고 어머니가 갈 곳을 잃었을 때, 아버지는 어머니에게 청혼해 결혼했다.

아버지가 일하던 태백탄광이 문을 닫았을 때 어머니는 그나마 남아 있던 재주인 피아노 강습으로 생계를 꾸렸다. 그러나 피아노 선생은 탄광촌에서 가장 고상하고 사치스러운 직업이었다. 피아노를 치는 어머니의 손은 백합처럼 희었다.

창문을 열어 놓으면 하얀 피아노 건반에 시커먼 먼지가 날아와 앉았다. 나는 학교에서 돌아오면 걸레를 깨끗이 빨아 피아노 건반을 닦았다. 시커먼 재 때문에 피아노는 자주 고장이 났다.

어머니는 피아노를 잘 쳤지만 정작 당신이 스스로 피아노를 연주하는 적은 없었다. 원래 몸이 약했던 어머니는 아이들의 엉터리 연주를 봐주는 것만으로도 힘에 겨워했고, 곧잘 어깨가 아픈 듯 주먹으로 툭툭 두드렸다. 그럴 때 나는 슬그머니 어머니의 뒤로 다가가 어깨를 꼭꼭 눌러 주물러주곤 했다.

아버지는 폐광 이후 걸핏하면 술을 마셨다. 나는 그런 아버지가 싫었다. 어머니는 폐인이 된 아버지를 잘 돌보라고 내게 신신당부했다. 나는 어머니의 말을 듣는 둥 마는 둥 술 취한 아버지를 집에 버려두고 아이들과 눈싸움을 하고 놀았다.

내가 저녁 어스름 황혼녘에 집에 들어갔을 때 아버지는 집에 없었다. 나는 아버지의 부재에 대해 별반 마음을 쓰지 않았지만, 아버지는 자정이 넘고 그 다음 날 정오가 넘도록 돌아오지 않았다.

결국 아버지는 죽은 채 발견되었는데 그곳은 가스가 새고 있는 폐광이었다. 그로부터 얼마 후 어머니까지 나를 남겨 두고 돈 많은 어느 남자와 태백탄광을 떠났다. 나는 어린 나를 두고 간 어머니가 원망스러웠다.

나도 더 이상 이 탄광촌에 있을 필요가 없었다. 어디든 떠나서 먹고 살 길을 찾아야 했다. 그곳이 바로 강릉이었다. 나는 강릉에 있는 한 수산업 공장에 들어갔다. 공장에서 일하며 산업체 야간고등학교를 다녔다.

그리고 고등학교를 졸업한 후에는 짬짬이 돈을 벌어 모아둔 돈으로 이 지역에 있는 보건전문대학 물리치료학과에 입학했다.

학비를 벌면서 힘들게 대학을 졸업한 후 대학선배의 소개로 서울의 한 작은 정형외과에 취직하게 되었다. 내가 하는 일은 물리치료였다. 첫 월급을 받은 후 나는 조지 윈스턴의 피아노연주곡 앨범을 구입했다.

"물리치료실에 뉴에이지 음악을 틀어놓는 것은 어떨까요?"

내가 원장에게 말했을 때 그는 시큰둥한 반응을 보였다.

"명훈 씨 마음대로 해."

그날부터 나는 물리치료실 앞의 접수대에 내 노트북 컴퓨터를 가져다 놓고 스피커를 연결했다. 그리고 그동안 모아두었던 시디를 가져와 음악을 틀었고 환자가 없을 때는 그 앞에 멍하니 앉아서 피아노 음악을 들었다.

어느 날 동료가 임신과 출산으로 사직서를 냈다. 그러자 조그만 병원에 물리치료사라곤 나 혼자 남게 되었다. 원장은 여러 가지 경로를 통해 물리치료사 모집광고를 냈지만 지원자가 별로 없었다.

나는 눈코 뜰 새 없이 바빠졌다. 동료는 없는데 환자의 수는 여느 때와 같았다.

언제나 사흘 혹은 일주일 걸러 오곤 했던 K가 이번에는 한 달 만에 왔다. 얼굴은 어느 때보다도 수척해 보였다.

"오랜만이에요."

나는 예의상 인사를 하며 5호실로 들어가라고 말했다. 그녀는 기운 없이 안으로 들어갔다. 그녀의 어깨에 얼룩진 멍은 검푸른 빛깔을 띠었고 한쪽으로 강렬하게 모여 벌레떼처럼 우글거리고 있었다. 비뚤어진 어깨에 기형적으로 뭉쳐진 근육은 마치 무언가 그 속에서 터져 나올 것처럼 부어 있었다. 평소처럼 K가 돌아가고 난 뒤 나는 다음 환자를 위해 자리를 정리하고 있었다.

그때 내 눈에 K가 두고 간 은빛 시디플레이어가 내 눈에 들어왔다. 시디플레이어에는 직접 구운 듯한 시디가 한 장 들어 있었다. 시디 표면에는 매직으로 02라는 번호가 쓰여 있었다. 나는 그것을 들고 밖으로 나갔다. 돌려주려고 했으나 K는 어느새 계산을 마치고 병원을 나간 뒤였다.

나는 접수대 앞에 앉아 컴퓨터에 시디를 넣고 플레이어를 재생시켰다. 마침 환자도 없었기 때문에 스피커 음량을 높였다. 아주 귀에 익숙한 피아노곡이었다.

탄광촌에 살 때 어머니께서 좋아했던 라흐마니노프의 음악을 하루 종일 틀어놓았다. 02번인 것을 보니 협주곡 2번인 듯싶었다. 처음에는 조용하고 우울한, 단조로운 음으로 시작되던 음악이 이내 점점 생기를 띠더니 묘한 힘을 담고 울려 나왔다.

"어떤 피아니스트가 친 곡일까?"

나는 혼자서 중얼거렸다. 책상 위에 다리를 얹고 무심히 음악을 듣던 나는 문득 모니터를 넘겨다보았다.

'Unknown Artist.'

트랙 이름도 쓰여 있지 않았고 아티스트명도 익명이었다. K도 복잡한 외국인 이름을 타자로 치고 싶지 않았나 보다. 나는 대수롭지 않게 생각했다. 라흐마니노프가 러시아 음악가이니 피아니스트도 어쩌면 러시아 사람일지도 몰랐다.

나는 멍하니 트랙이 넘어가는 것을 지켜보았다. 묘하게 박력이 있는 음악이었다. 나는 플레이어의 음악을 끄고 인터넷에 라흐마니노프를 검색했다. 몇 개의 곡이 떴다.

나는 네이버 블로그에 링크되어 있는 음악을 틀었다. 무심코 듣고 있던 나는 시디에 들어 있던 곡이 편곡된 곡이라는 것을 깨달았다.

나는 라흐마니노프 리메이크를 검색했다. 아무 음악 링크도 뜨지 않았다. K는 이 음악을 어디에서 구한 것일까? 나는 K가 놓고 간 시디를 재생했다. 피아니스트가 누구일까? 나는 다시 궁금한 생각이 들어서였다.

바로 그때 병원 문이 열리고 K가 고개를 들이밀었다. 나는 음악을 멈추고 흠칫 놀라 그녀를 바라보았다. K는 어쩐지 평정을 잃은 듯한 표정으로 들어와 두리번거리다 내게 물었다.

"혹시 시디플레이어 하나 못 보셨어요?"

"이거 말입니까?"

나는 무심하게 시디플레이어를 내밀었다.

K는 그것을 낚아채듯 받아들었다. 나는 조금 기분이 나빠져서 그녀를 바라보았다. 플레이어 뚜껑을 열던 그녀는 다시 나를 바라보았다.

"속에 시디 같은 거 없었어요?"

"없었는데……, 뭐가 들어 있었어요? 혹시 청소하다가 나오면 찾아드릴게요."

"아니에요, 됐어요."

K는 잠시 입술을 한일자로 굳게 다물고 몸을 돌려 밖으로 나갔다. 나는 모른 채 돌려주지 않았던 음악을 재생했다.

K가 다시 온 것은 그로부터 2주가 지난 뒤였다.

"오랜만입니다."

내가 인사를 하자 그녀는 무심하게 고개만 돌렸다.

"시디는 찾았습니까?"

그녀는 대답 대신 도리질을 했다. 나는 서랍을 열고 시디를 꺼내 K에게 내밀었다.

"혹시 이거 맞아요? 치료실 침대 위에 떨어져 있었는데……."

그녀는 찾아서 다행이라는 얼굴 표정으로 인사를 했다.

"고맙습니다."

그녀는 손에 들고 있던 차트를 나에게 넘겨주었다. 나는 지나가듯 한마디 했다.

"이 씨디 나도 한 번 들어봤는데, 좋던데요."

"정말로요? 고맙습니다."

그녀는 무심하게 대답했다. 그녀는 시디를 든 채 멀뚱히 서 있었다. 나는 마우스를 만지작거리다 그녀를 바라보았다.

"몇 호실로 들어가면 돼요?"

나는 그제야 내가 그녀에게 어디로 들어가라고 말하지 않았다는 것을 깨달았다.

"4호실로 들어가세요."

K는 가볍게 고개를 숙여 인사하고 4호실로 들어갔다. 나는 차트를 간호사에게 건네주고 K에게 핫팩 찜질을 해 주었다.

K는 내가 이끄는 대로 식물처럼 가만히 있었다. 나는 그녀에게 블라우

스를 걸어 올리게 하고 어깨에 붙일 패드를 비닐에서 떼어냈다.

"저기요……."

그녀가 희미한 목소리로 나를 불렀다.

"창문 좀 닫아주세요."

나는 창가로 시선을 돌렸다. 창문은 닫혀 있었다.

"창문 닫혀 있는데요."

"찬바람이 들어오는데요."

K가 웅얼거리듯 말했다. 나는 창문을 바라보았다. 갈라진 틈새로 바람이 들어오는 듯싶었다. 파리한 설화가 덩굴을 뻗어 갈라진 틈새를 타고 올라가 피어나 있었다. 나는 잠시 그것을 들여다보다 K를 돌아보았다.

"창문이 갈라져서 그래요. 좀 있다 담요 덮어줄게요."

K는 힘없이 고개를 끄덕였다. 나는 패드를 K의 어깨에 붙였다. 그리고 그녀가 눕자 담요를 덮어주었다. 다시 무심히 철제 카트를 밀고 나가려다 나는 문득 물었다.

"그 시디 말인데……."

멍하니 있던 K가 나를 돌아다보았다. 나는 조금 무안해져서 물었다.

"피아니스트가 누구에요?"

그녀의 눈이 깜박였다. 희미한 빛이 스친 듯도 했다.

"전데요."

"네?"

나는 멍하게 되물었다. 그녀가 대답했다.

"전데요. 피아노 친 거."

그녀를 내려다보았다. 여자치고는 크고 흰, 마디가 붉어진 손이 다시 보였다.

"피아노 치세요?"

K는 대답이 없었다. 나는 그녀의 손을 물끄러미 바라보았다. 나는 그제
서야, 그녀가 어째서 피멍이 들게 어깨를 누를 정도로 고통스러워했는지
알 듯했다.

"좋던데요, 연주가."

K는 감사하다는 듯 고개를 가볍게 숙였다. 나는 그녀의 어깨에 마지막
패드를 붙이고 치료실을 나서다 지나가듯 물었다.

"라흐마니노프 좋아하세요?"

그녀를 흘끔 돌아보았다. 그녀가 눈을 들어 나를 바라보았다. 나는 머
뭇거리다 말을 이었다.

"우리 엄마도 전에 피아노 치셨거든요. 그래서 나도 좀, 등 뒤에서 이것
저것 들었습니다."

K는 대답하지 않았다. 나는 머쓱해져서 치료실을 나섰다.

다른 환자를 보고 있던 도중 다 끝났다는 비트음이 울렸다. K의 것이었
다. 간호사가 들어갔을 터였지만, 나는 신경이 쓰여 환자가 말하는 것조
차 제대로 듣지 못했다.

"저기요."

환자가 짜증스럽게 소리쳤다.

"창문 좀 닫아주세요."

창문을 닫아주고 치료실에서 나와 보니 K는 이미 돌아간 후였다. 나는
왠지 섭섭했다. 퇴근할 무렵 원장이 농담처럼 말했다.

"명훈 씨, 이제 슬슬 결혼할 나이 되지 않았어? 아는 아가씨가 하나 있
는데, 소개시켜 줄까?"

나는 웃으면서 대답했다.

"저 아직 기반도 덜 잡혔고요, 거기다 가족도 없어요."

이럴 때 어머니라도 있었으면 하는 생각이 들었다. 사실 지금까지 어머

니 없이 결혼을 할 생각 같은 건 해 본 적이 없었다.

 어렸을 때 살던 탄광촌에서는 석탄과 무연탄 가루먼지 때문에 꽃잎도 새까맸다. 어머니는 백합을 좋아했지만 석탄 가루가 날아와 앉은 백합은 조금도 희지 않았다. 까맣고 더러웠지만 나는 그 꽃이 좋았다.

 백합에서는 어머니의 냄새가 났다. 나는 그것이 좋아서 마당 한 켠에 백합을 심어놓고 근처를 맴돌았다.

 사실 나는 백합 꽃봉오리와 잎을 잘 구분하지 못했다. 칼처럼 자라난 잎 사이에서 무언가 혹 같고 뭉친 근육 같은 것이 부풀어 오른다 싶으면 그곳에서 꽃이 피어났다.

 백합의 꽃봉오리는 꽃봉오리라기보다는 오히려 기형적인 잎 같았다. 나는 뒤틀린 것 같은 꽃봉오리에서 아름다운 꽃이 피어난다는 것이 못내 신기하고 좋았다.

 혹처럼 솟아난 꽃봉오리가 점점 벌어져 풍선처럼 터질 때까지 자꾸자꾸 들여다보았다. 꽃이 피어나는 동안 꽃봉오리는 아프지 않을까? 그러나 기다리다 보면 어김없이 커다란 혹에서 꽃이 터지듯 피어나오곤 했었다.

 그런데 어머니는 왜 지금까지 나를 찾지 않을까? 나 역시 어머니가 죽었는지 살았는지 모른 채 살고 있었다. 나는 어머니가 너무 행복하게 잘 살고 있어서 나를 찾지 않는다고 믿고 싶었다.

 채용광고를 본 물리치료사 하나가 새로 들어왔다. 갓 대학을 졸업한 신출내기 여자였다. 그녀가 환자를 보러 들어간 사이 K가 들어왔다.

 "웬일이에요? 어제도 왔었는데……"

 평소 K는 일정한 간격을 두고 치료를 받는 편이라 이틀 연속으로 오는 것은 드문 일이었다. 그러나 반갑게 묻는 내 물음에 그녀는 무심하게 대답했다.

"학원 발표회 준비 때문에 선생님이 몸 관리를 좀 하라고 하셔서요."

나는 그녀에게서 차트를 받아들었다.

"3호실로 들어가세요."

그녀가 돌아섰다. 나는 잠시 그녀의 뒷모습을 물끄러미 바라보다 물었다.

"다른 선생님 오셨는데, 그분한테 받을래요?"

K는 잠깐 들어가려다 말고 나를 돌아보더니 천천히 고개를 저었다.

카트를 밀고 나는 안으로 들어갔다. 평소처럼 핫팩 찜질을 해 주고 그녀의 어깨에 패드를 붙였다. 처음 왔을 때 어깨 전체에 퍼져 있던 피멍은 오른쪽 어깨로 서서히 모여드는 추세를 보였다.

오른쪽 어깨의 피멍은 새파랗고 또 선명했다. 나는 패드를 붙이다 말고 그 멍에 손을 가져갔다.

"여기가 많이 아프지요?"

K는 머리를 끄덕였다. 나는 그녀에게 물었다.

"이렇게 아픈 게 얼마나 됐지요?"

"1년 좀 안 됐어요."

"언제부터 아팠어요?"

"작년 삼월이요."

K의 목소리는 나직하고 희미했지만 미묘하게 강렬했다. 그녀의 목소리는 피아노 소리와 닮아 있었다. 그녀의 연주와 비슷한 음색이었다.

"피아노는 언제부터 치기 시작했어요?"

그녀는 잠시 대답이 없었다.

나는 마지막 패드를 붙이고 그녀의 대답을 기다렸다.

그녀는 잠시 꿈지럭거리다가 희미하게 대답했다.

"다섯 살 때부터요."

"학원 다니면서요?"

"엄마가 피아노학원을 해요."

"엄마가 원장님이네요."

그녀가 흐릿하게 실눈을 뜨고 나를 바라보았다.

"피아노 치실 줄 아세요?"

"옛날에 조금 쳤는데 지금은 다 까먹었어요."

K는 잠시 말끄러미 나를 바라보았다. 그녀의 눈은 유난히 검었다.

피아노의 검은 건반 같은 색깔이었다.

"피아노 좋아하세요?"

나는 고개를 끄덕였다. K는 머뭇거리다 주머니에서 꾸깃꾸깃한 초대권을 꺼냈다.

"저 발표회 하는데 피아노 좋아하시면 여기 오실래요?"

K가 건네준 노란색 초대권에는 'H피아노학원 연주발표회' 라고 쓰여 있었다. 나는 그것을 받아들었다.

"문화예술회관에서 하는데요."

K는 천천히 눈을 감았다. 나는 어설프게 웃으며 말했다.

"웬일로 오늘은 말이 많네요."

K가 다시 눈을 떴다.

"시끄러우세요?"

"아니, 그런 건 아니고요."

나는 우물거렸다. K는 다시 눈을 감았다.

나는 머뭇거리다 짐짓 밝게 말했다.

"꽃 사 들고 갈게요. 무슨 꽃 좋아해요?"

K는 다시 말이 없었다. 나는 그녀를 내려다보았다.

그녀의 창백한 입술이 천천히 열렸다.

"백합이요."

"백합?"

"엄마가 백합을 좋아해서, 나도 좋아하게 됐어요."

"그래요? 백합은 나도 좋아하는데……."

나는 그녀에게 담요를 덮어주고 초대권을 들고 치료실을 나왔다. 초대권은 여러 장이었다. 나는 그 중에서 한 장만 남기고 나머지는 접수대에 올려놓았다. 간호사들은 오며가며 초대권을 보고는 호기심을 보였다.

"명훈 씨, 이게 뭐야?"

그녀들이 물을 때마다 나는 무심하게 대답했다.

"그 있잖아. M여고 다니는데 맨날 어깨랑 팔 때문에 치료받는 여학생. 그 여학생이 발표회를 한대."

간호사들은 고개를 끄덕였다.

"그 여학생 피아노를 너무 열심히 쳐서 근육이 아픈 거였구나. 그런데 그렇게 아픈데도 피아노 칠 마음이 날까? 하긴 좋으니까 하는 거겠지."

그녀들은 한 마디씩 하면서 초대권을 집어갔다.

원장은 은근 슬쩍 내게 맞선을 볼 의향을 다시 한 번 타진했다. 내가 모른 척 빠져 나가려 하자 원장은 정색하고 말했다.

"상사가 권하는데 그러면 안 되지……."

나는 미안해서 하겠다고 말씀드렸다.

"언제쯤 만나게 해 주실 건데요?"

원장이 슬며시 웃었다.

"글쎄, 다음 주 토요일쯤."

나는 마지못해 고개를 끄덕였다. 나를 가엾다는 듯 바라보던 간호사가 같이 퇴근하며 슬쩍 말했다.

"원장님 조카가 성질이 더러워서 나이 서른이 넘었는데 시집도 못 가고 있대요. 자기한테 떠넘기려고 하는 거 같으니까 적당히 빠져 나와요."

나는 그저 하하 웃었다. 손가락으로는 K의 시디가 들어 있는 가방을 만지작거렸다.

원장은 멋대로 시간과 장소를 잡아 놓고 나올 것을 종용했다. K의 발표회가 겹쳐 있는 토요일이었다. 다행히 발표회는 오후 1시였고 약속 시각은 7시였다.

아침부터 싸락눈이 그치질 않고 자꾸 내렸다. 나는 잘 입지도 않는 양복을 세탁소에 맡겼다. 이발소에 가서 머리를 다듬고 세탁소에서 옷을 찾아 입었다. 발표회에 먼저 가기 위해 꽃집에 들러 백합을 한 다발 샀다. 제철이 아니라 값이 비쌌다.

나는 한 손으로 우산을 들고, 남은 한쪽 팔로는 꽃다발을 안았다. 그리고 귀에 이어폰을 꽂고 MP3에 넣어 둔 K의 연주를 재생시켰다.

문화예술회관 앞에는 'H피아노학원 연주발표회'라는 현수막이 붙어 있었다. 나는 중강당으로 발걸음을 옮겼다. 안에서는 희미한 피아노 소리가 흘러나오고 있었다.

밖에는 화려한 화환이 리본을 달고 늘어서 있었다. 나는 우산을 접어 우산꽂이에 꽂고 잠시 문 앞에 서서 망설였다. 한쪽 귀에 꽂힌 이어폰을 빼고, 천천히 문을 열었다.

무대에는 백합처럼 하얀 드레스를 걸친 채 피아노를 치고 있는 여자가 보였다. K였다. 나는 꽃다발을 안고 문턱에 서서 그녀를 바라보았다.

너무나 근사하고 아름다워 보였다. 손에 안고 있는 백합 향기는 알싸했다. 라흐마니노프 피아노 협주곡 2번, 내 한쪽 귀에 꽂혀 있는 이어폰에서 흘러나오는 음악이었다.

K의 손이 피아노 건반 위를 춤추듯 가로질렀다. 그녀의 두 손이 동시에

건반을 내리치는 순간 무대 안쪽에 한 여인이 눈에 띄었다. 그 여인은 K가 피아노를 치는 걸 지켜보면서 지휘를 하고 있었다.

순간 그 모습을 보고 나는 숨도 쉬지 못한 채 그대로 굳어버렸다.

어머니, 어머니였다. 나는 어머니와 마주칠까 봐 등을 돌려 밖으로 뛰어나왔다. 바람에 날리던 눈이 내 얼굴에 사정없이 부딪혔다. 나는 방향도 없이 무작정 어디론가 달리다가 백합꽃을 떨어뜨렸다.

백합꽃다발은 바람에 날려 하얗게 쌓인 눈 위에 굴러가다 모습을 감추었다. 나는 가던 길을 멈추어 서서 한 손으로 입을 틀어막고 어린애처럼 울었다. 어머니를 만나 나의 존재를 밝혀야 한다는 생각뿐이었다.

나는 나왔던 길을 다시 되돌아가 무대 뒤 출연대기실로 갔다.

대기실에는 감색 양복을 차려입은 50대 중반의 남자가 서 있었다. 나는 그 남자가 물어보지 않아도 어머니의 남자이며 K의 아버지라는 걸 알아차렸다. 사내가 잠시 자리를 뜨자 나는 엄마에게 다가가 나지막이 불렀다.

"엄마."

여인은 전기에 감전이라도 당한 듯 몸을 돌려 나를 말끄러미 바라보았다. 나를 찾지 않던 어머니였다.

"엄마, 나야. 나 엄마 아들 명훈이."

그러나 내 말을 들은 어머니의 표정은 싸늘했다. 어머니의 시선은 다시 어머니 곁으로 오고 있는 한 사내에게 가 있었다. 어머니의 표정에서 곤란함이 역력히 떠올랐다. 나는 마치 보지 말았어야 할 장면을 목격한 듯 발걸음을 멈췄다.

어머니의 눈에서 설화가 피어올랐다. 어머니는 나를 안는 대신 등을 돌렸다. 그 등에서 냉기가 느껴졌다. 나는 더 이상 그 자리에 있을 수 없어서 뒷걸음질을 쳤다. 밖에는 여전히 눈보라가 날리고 있었다.

그러나 나는 추위도 느낄 수 없었다.

"너 정말 피아노 잘 치더라. 멋있었어."

나는 치료를 받으러 온 K에게 반말로 말했다. K는 조금 머쓱한 표정으로 나를 바라보았다.

나는 먼저 다가가 그녀의 손에서 차트를 받아들었다. 차트에 쓰인 이름은 '송나영'이었다. 무대대기실에 그 남자가 송 씨였구나. 나는 혼자서 고개를 끄덕였다.

"제 연주회 오셨어요?"

그녀의 팔에 대어진 핫팩의 위치를 고치며 대답했다.

"어, 응."

"라흐마니노프 협주곡이었던가?"

그녀의 입술에 희미하게 미소가 맺혔다. 나는 고개를 돌렸다.

"뜨거우면 말해."

내가 카트를 밀고 밖으로 나가려고 할 때 그녀가 할 말이 있는 듯 잠시 나를 빤히 바라보았다. 나는 그녀를 마주 바라보았다.

그녀의 입술이 작게 달싹였다. 그리고 바로 그때 그녀의 입에서 믿을 수 없는 목소리가 튀어 나왔다.

"오빠? 명훈오빠 맞지요?"

느닷없이 K가 나를 오빠라고 부르는 바람에 나는 대답을 하지 못했다.

"명훈오빠!"

K는 다시 내 이름을 불렀다. 나는 대답 대신 카트를 밀고 나왔다. 마음이 어지러워서 도저히 일을 할 수가 없었다.

"나 몸이 좋지 않아서 오늘은 조퇴하고 싶어요."

나는 원장의 허락이 떨어지기도 전에 병원을 나섰다. 그날, 연주회장 대기실에서 만났던 어머니의 싸늘한 시선이 다시 나를 쳐다보고 있는 것 같았다.

나는 갑자기 오소소 팔에 소름이 돋았다. 나는 어머니를 이해할 수 없었다. 아니 어머니를 이해하지 않기로 했다. 아무리 혼자 잘 살겠다고 어린 아들을 버리고 떠났다 해도, 그리고 그 아들이 나타나 곤란한 처지가 되었다고 해도 사람이라면 아들을 보듬어 안았어야 옳았다. 아니 백번 양보해서 따뜻하게 맞이할 입장이 아니었다면 전화번호라도 쥐어주며 따로 만날 수도 있었다.

그러나 어머니는 그 어떤 노력도 조치도 취하지 않았다. 그동안 홀로 외롭게 크면서 얼마나 많은 세월을 어머니를 그리워하며 살아왔는지, 만약 어머니가 그 마음을 만분의 일이라도 알게 된다면 결코 그날과 같은 행동은 하지 않았을 것이었다.

나는 주머니에 손을 넣고 하염없이 거리를 걸었다. 목적지는 없었다. 다리가 아파서 주저앉을 때까지 나는 걷고 또 걸었다. 어차피 버려진 인생이었다. 어머니는 내 평생 만나지 못했다고 생각하고 살면 그만이었다.

그러나 마음 저 깊은 곳에서 소용돌이치는 분노를 나는 주체할 수가 없었다. 나는 어머니를 용서하지 않을 생각이었다. 물론 그럴 리는 없겠지만 이제라도 어머니가 찾아와 무릎을 꿇고 잘못을 사죄한다고 해도 결코 어머니를 받아들이지 않을 것이다.

내가 어머니에게 바랐던 것은 어머니의 사과도 아니었고 이제 와서 어머니가 나를 거둬주기를 바라는 것은 더더욱 아니었다. 다만 조금이라도 어머니의 따스함을 느꼈다면 그 온기로 남은 날들을 외롭지 않게 살아갈 수 있을 것 같아서였다.

그러나 나는 어머니에게서 보지 말아야 할 것을 보았다. 어머니의 눈에서 차디차게 피어오르던 설화, 그 설화가 이제는 내 눈에서도 피어오르고 있었다.

유리병 하얀 새

해 가 지는가 싶었는데 어느새 밤이 되었다. 똑똑, 방문을 노크하는 소리에 그는 피우던 담배를 재떨이에 비벼 껐다. 사이를 두고 방문이 열리며 아내가 방으로 들어왔다.

"아휴 담배 냄새."

아내는 자욱한 담배 연기를 한 손으로 휘저으며 다른 한 손으로는 코를 막았다.

"창이나 열어놓고 태우시던가."

어둡게 그늘진 그의 표정을 살피며 말끝을 흐리던 아내는 창쪽으로 다가가 창문을 활짝 열었다.

"차 한 잔 드릴까요?"

아내가 다가와 살포시 미소를 지으며 그의 옆에 쪼그리고 앉았다.

"좋지."

그의 목소리는 무겁고 한숨이 섞여 있었다.

"그럼 거실로 나오세요."

"그럴까?"

"오랜만에 둘이서 오붓하게 찻잔을 마주해 봐요."

"그러지 뭐, 곧 나갈게."

아내가 무슨 말인가 하려는 듯 머뭇거리다 자리에서 일어나 문으로 향했다.

"찻물이 다 끓었어요. 빨리 나오세요."

방문을 닫기 전, 아내가 돌아서 하는 말에 그는 시선도 건네지 않고 고개를 끄덕였다.

아내가 나가고 문이 닫히자 그는 앉은뱅이 테이블 위에 어지럽게 널브러진 서류를 주섬주섬 모아 한쪽으로 밀어놓았다. 양어깨가 맥없이 내려앉는, 땅이 꺼지도록 깊은 한숨이 저절로 흘러나왔다.

어찌해야 좋을까? 회사는 좀처럼 호전의 실마리가 보이지 않았다. 시간이 흐를수록 오히려 악화되는 조짐만 역력히 드러나는 현실이 그는 무엇보다 안타까웠다.

회사 내 분위기 역시 그 어느 때보다 칙칙하게 가라앉아 있었다. 언제 부도 위기에 내몰릴지 모른다는 초조한 불안감에 휩싸여 모두가 하루하루를 겨울날 살얼음판 위를 조심스럽게 더듬어 걷는 듯 아슬아슬한 위기의식을 느끼고 있었다. 극도의 긴장감은 날이 갈수록 더욱 팽배해졌다.

그는 굳어있는 안면 근육을 풀며 일어났다. 서재를 벗어나고 싶었다. 무겁게 짓눌리고 팽창된 숨 막히는 침묵의 늪에서 잠시라도 벗어나고 싶었다.

한 발 뒤로 물러나 있는다고 모든 일이, 근심이 사라질 리 없겠지만 잠시 잠깐이라도 폐부 깊숙이 신선한 공기를 들이마시고 싶었다.

"애들은?"

그는 거실 소파에 앉아 주방에서 나오는 아내에게 무심하게 물었다.

"벌써 잠든 지가 오래예요. 지금 시간이 몇 신데."

아내는 찻잔을 내려놓으며 책망하듯 곱게 눈을 흘겼다.

그는 손목시계를 보았다. 시간은 어느새 11시 40분을 지나고 있었다. 서재에 틀어박혀 2시간이 넘도록 애매한 담배 연기만 연신 토해낸 것이었다.

"당신 요즘, 힘들죠?"

아내가 부드러운 눈길로 그를 바라보았다.

"다들 그렇지 뭐, 어디 나만 힘든가?"

그가 찻잔을 집어 들었다.

"힘들면 잠시 짐을 벗어 버리세요."

"나도 그러고 싶지. 하지만 그런다고 일이 근본적으로 해결되는 것은 아니잖아. 오히려 평생 겁쟁이라는 자책과 무거운 죄책감에 시달릴 텐데. 하긴 그게 두려워 이러지도 저러지도 못하는 것은 아니지만……."

아내는 안쓰러운 눈길로 그를 바라보았다.

조금만 짐을 내려놓으면 지금보다는 수월하게 세상을 살아갈 수도 있으련만, 남편은 등을 떠밀어도 꿋꿋이 자신의 길을 걸어갈 것이기에 아내의 마음은 아리고 착잡했다.

"당신 요즘 얼굴이 말이 아네요. 꺼칠하니……."

"조만간 다 잘 될 거야."

"그래야겠죠. 당신이 이렇게 힘쓰는데 아마 하늘도 무심하지는 않을 거예요."

아내는 찻잔을 테이블에 내려놓았다.

"어디 봐요."

아내는 그에게 손을 내밀었다.

"뭘?"

"손요, 생각난 김에 진맥 한 번 해 봐야겠어요. 어서요."

장난기 어린 아내의 태도에 그는 훗 하고 웃음을 흘리며 손을 내밀었다.

"얼마 만에 잡아보는 손인지 모르겠네요."

아내는 그가 내민 손을 두 손으로 가만히 감싸쥐었다.

"미안해, 여보."

최근 들어 언제 부도 위기에 내몰릴지 모르는 불안한 회사 문제로 그의 신경은 온통 회사에 가 있었다.

그러나 아내는 조금도 서운한 내색을 하지 않았다. 그동안 아내에 대한 배려, 지속적인 애정 어린 관심은 아닐지라도 따뜻한 시선 한 번 제대로 던져주지 않는 그에게 서운한 감정이 많았을 텐데 아내는 조금도 동요하지 않고 그저 바라만 보고 있었다.

"괜찮아요. 당신 맘 다 아니까. 지금 당신한테 투정부리는 거 아네요. 솔직히 당신 손길이 그리웠어요. 이렇게 억지 춘향격으로 당신 손이라도 잡아보니 좋네요. 이왕 말이 나온 김에 내일 당신과 한방병원에 한 번 가야겠어요. 당신 요새 너무 위태로워 보여요."

"탈도 없는데 병원엔 뭐 하러. 아직은 견딜 만한 나이야."

"너무 자만하지 말아요. 당신 속 아프다고 호소하기 시작한 지가 언제부턴지 아세요? 나중에 큰 병 될까 겁나요. 정작 당사자 모르게 조용히 자리 잡는 병이 겁나는 병이라잖아요. 통증을 호소할 땐 이미 늦은 거라구요. 요즘 속은 어때요, 괜찮아요?"

그녀는 노르스름하게 우러난 그의 녹차 잔에 잠겨 있던 티백을 건져 쟁반에 꺼내놓았다.

"걱정하지 마, 요즘은 아무렇지 않으니까. 나보다 당신이 더 걱정이야. 여자들 갱년기 때 건강에 신경 써야 한다잖아. 골다공증도 체크해야 하고.”

“또 말끝을 이상하게 돌리시네. 좋아요. 그럼 우리 같이 종합검진 받기로 해요.”

“그래, 언제 시간 봐서……”

그녀의 성화에 그는 얼버무리듯 말끝을 돌렸다.

“너무 무리하지 마세요. 당신 혼자서 하는 일도 아니고, 오너와 이사진이 잘 알아서 대책을 강구하겠지요.”

그는 아내의 시선을 마주보았다.

“그래야겠지. 하지만 세상 모든 근심 걱정이 죄다 제것인 양 걸머지고 억눌린 채 헤매고 다니는 것도 문제지만, 난관을 피해 약삭빠르게 돌아서서 줄행랑을 치는 것도 옳은 처사는 아니야.”

“그렇긴 하지만……”

그녀는 꿀꺽 말끝을 삼켰다.

그는 고지식하고 원리원칙을 중요시했다. 항상 가정보다 회사가 우선이었고 회사를 제 몸처럼 위하고 충성했다. 그런 그를 아내는 누구보다 사랑했다. 때로는 여유라고는 눈곱만큼도 없는 꽉 막힌 사내라고 혼자 넋두리로 불평을 털어놓기도 하지만 그녀에게 있어서 남편이란 존재는 더없이 믿음직스러운 단단한 기둥이었고 그녀의 든든한 보호막이며 울타리였다.

“우리 여행 갈래요?”

“여행?”

불쑥 내뱉는 아내의 말에 반문하듯 짧게 되물었다.

“왜요, 싫어요?”

“싫긴.”

“그럼, 언제고 날 좀 잡아 봐요.”

그는 마시던 찻잔을 내려놓았다.

"가끔 그런 생각이 들어요. 당신하고 둘이서 어디론가 여행을 떠나고 싶다는 충동."

"시간적인 여유가 좀 생기면……."

"그게 언제나 가능할까요?"

"글쎄. 곧 올 테지."

"여름이 오기 전에 모든 일이 잘 해결됐으면 좋겠어요. 회사 일이 잘 수습되고 나면 그땐 제게 모든 걸 맡겨 주셔야 해요?"

"그러지."

그는 한숨을 내쉬었다. 그는 올해로 마흔을 넘겼고 아내는 마흔을 바라보고 있었다. 아내는 아직 어려 보이고 고왔다. 청바지에 티셔츠를 걸치고 손에 책을 들고 있으면 대학생이라고 해도 믿을 정도였다. 텔레비전 쇼 프로에 등장하는, 소위 관리가 잘 되어 있는 30대 초반의 동안 연예인들하고 다를 바가 없었다.

아내는 잠시 말문을 닫았다. 떼를 쓰려는 게 아니라 남편의 처진 기분을 추슬러 주는 것이 목적이었다. 요즈음 부쩍 자신의 몸도 힘에 겨워 휘청거리는 남편이 안쓰러울 뿐이었다.

"어디가 좋겠어요?"

"당신이 가고 싶은 산이나 바다, 어디든지."

"음."

아내는 탁자 위에 팔꿈치를 올리고 손바닥으로 턱을 괴었다. 그리고 지긋이 남편을 응시하며 반짝이는 눈동자를 굴렸다.

"어머, 이게 뭐예요?"

턱을 괸 손을 화들짝 떨치며 아내가 동그랗게 놀란 눈으로 호들갑을 떨었다.

"왜?"

"이리 가까이 와 보세요."

아내가 탁자를 사이에 두고 상체를 바짝 그에게로 기울이며 머리를 더듬었다.

"당신 머리에 새치가 생겼네요. 이를 어째."

아내는 그의 머리카락을 살펴 더듬으며 눈에 보이는 새치를 뽑아내기 시작했다.

"됐어, 그만해. 새치야 나이를 먹으면 자연스럽게 생기는 현상인데, 뭘."

그는 태연하게 말했지만 아내의 놀란 외침을 들었을 때 마음 한구석에 소멸된 지 오래된, 잃어버린 기억 하나를 찾아서 정신없이 줄달음을 쳐댔다. 지금 아내의 행동이 아니었다면 영원히 기억 저편에서 잊혀질지 모를 옛날의 한 기억이 어슴푸레 떠올랐다.

아내와 신혼여행을 다녀온 이후 15년을 살아오는 동안 여행이라고는 입에 담기조차 민망한, 일박이일 코스로 관광지를 몇 번 다녀온 것이 고작이었다. 다행히 아내는 여행에 별 의미를 두지 않았다. 만약 그녀가 투정 어린 요구를 해 왔다면 회사 일이 아무리 정신없었다 해도 보채는 아내를 달래기 위해 시간을 쪼개서라도 여행을 떠났을 것이다. 만약 그렇게 했다면 그에게도 지금보다는 여유롭게 생활을 즐길 줄 아는 새로운 변화가 생겨났을지도 모른다.

며칠 전의 일이었다. 회사를 공포의 도가니 속으로 몰아붙였던 초비상 사태가 발생했다. 그것은 분명 불의의 사고였다. 세계경제의 어려움이 장기화하면서 수출 의존도가 높은 국내 사정은 심각성을 뛰어넘었다. 국내외 안팎으로 어려움이 밀려들자 어느 기업을 막론하고 자금경색이 표면적으로 급부상했다. 생명줄인 자금 확보, 더 많은 여유분 유동성 자금 확보를 위해 혈전 아닌 혈전 상태가 지속되었다.

주식회사 공공은 자체 내 공공경제연구소에서 작성해 올린 '앞으로 다가올 세계 경제의 불황' 이란 분석 보고서를 신중히 받아들여 그룹차원에서 구조조정을 해 왔으나, 불황의 늪이 예상보다 깊었고 장기화로 접어들면서 어려움을 벗어나지 못했다. 좀 더 강도 높은, 실효성 있는 구조조정을 실행해 왔더라면 지금보다는 어렵지 않았을 것이다.

그러나 오너의 신속 정확한 판단, 결단력 부재, 설마 지금까지도 잘 굴러 왔는데, 라는 안이하고 방만한 경영이 그룹 전체를 뒤흔드는 가장 큰 어려움을 가중시키는 원인이 되어 버렸다.

그렇다고 하루아침에 심각한 부도가 발생해 꼬리에 꼬리를 물고 늘어지는 연쇄도산이란 도미노 현상이 발생할 만큼 겉껍질뿐인 회생불능의 상태는 아니었다. 그럼에도 불구하고 그룹 전체가 공중분해될 심각하고도 어이없는 사고가 터져 나왔다.

그가 회사에 출근해 1시간도 채 되지 않아 공공증권이 최종부도 처리가 되었다는 소식이 전해졌다. 그 잘 나가던 회사가? 워낙 나라 안팎이 경제적으로 어려운 상황인지라 누구도 장담하고 마음을 놓을 수 없는 상태였지만, 공공증권의 최종부도 소식은 엄청나고 충격적인 파장을 몰고 왔다. 그렇잖아도 증시는 세계경제의 불황과 국내 경기의 장기 불황과 맞물려 20년 전의 종합주가지수로 뒷걸음질쳐서 벼랑 끝에 내몰린 상태였다.

이후 찬 서리로 장기 침체에 빠진 증권가는 공공증권이 최종부도 소식으로 회생불능의 상태로 떨어질 것이란, 단 몇 푼이라도 건질 수 있을 때 던지자는 투자가들의 위축된 심리가 투매를 불러일으켜 종가는 연일 생각할 수도 없었던 연중, 아니 몇 십 년만의 최저치라는 종합주가지수를 기록 경신해 나갔다.

그 뒤 차츰 심리적 불안감이 해소, 희석되고 외국 자본이 밀려들었다.

지금이야말로 한국의 알짜기업을, 그룹 차원에서 흑자 도산할 수밖에 없는 속수무책인 기업과 그나마 어떻게 해서든 명맥이라도 유지하자는, 부도를 막아보자는 최후의 몸부림, 자금 확보를 위해 기업들이 헐값에 내놓은 돈 될 만한 계열사, 부동산을 외국 투자가들이 사들이기 시작했다.

지금까지 살아남은 기업은 믿을 수 있는 기업이란 얄미운 꼬리표를 달아주고, 외국인 투자가들은 무차별적이라고 지적할 수 있을 만큼 공격적인 투자형태로 돌변해 헐값인 국내 주식을 갈퀴로 긁어모아 갔다.

주가는 연일 수직 급상승을 시도했고, 어느 정도의 궤도에 올라섰다. 이를테면 회사의 경영 상태와 회사가 지닌 근본 가치보다 팽배해진 심리적 불안감으로 평가절하된 기업들이 얼마쯤 제 모습으로 가치를 회복한 것이다.

표면상 공공과 공공증권은 전혀 무관한 관계였다. 공공증권은 업계 상위 그룹에 속한 전통과 우수한 인력, 실속 있는 회사였다. 그간 적자로 간신히 운영되는 몇몇 계열사 보증 문제로 흉흉한 소문이 돌기는 했으나 공공증권 자체만 놓고 볼 때는 전혀 하자가 없는 회사였다.

그런데 그처럼 잘 나가던 공공증권이 그룹차원에서 회생불능의 직격탄을 맞은 것이다. 대를 위해서 소를 희생시키는 것이라면 그나마 조금은 위안 받을 일이겠으나 차원이 달랐다.

공공그룹으로서는 굴욕적인, 더는 피할 수 없는 위기에 직면한 것이다. 공공그룹이 해체되고 지주회사 역시 팔다리가 잘려져 나가는, 그저 공공이란 명목만 유지시키는, 이를테면 그룹 자체가 공중분해되었다고 보아도 과언이 아닐 정도였다.

공공은 만기도래한 어음을 막기 위해서 그동안 회사에서 오래 전에 투자 차원에서 보유하고 있던 유가증권과 오너, 대주주들의 지분을 무상지원 받아 일부는 유가증권 대주주와 일부는 투자신탁과 직거래를 했고, 일부는 공공증권사의 창구를 통해 전날 매각을 했던 것이다.

그렇게 만기도래해 온 어음을 막기 위해서 엄청난 손해를 감수하며 팔아치운 주식자금이 공공증권의 최종부도로 당분간 회수불능인 그림의 떡이 되어 버린 것이다. 이에 공공은 말할 나위도 없었고 그룹 전체가 초비상사태에 빠져들었다.

공공증권의 부도, 그 엉뚱한 불똥이 어이없게 공공에 떨어졌고, 파멸의 불꽃이 되어서 활활 타 버릴지도 모를 위기에 직면한 것이다. 이제 어음 결제일은 단 하루 남아 있었다. 전혀 여유가 없는 촉박한 시간이 회사에 심적으로 엄청난 부담감을 안겨주었다. 당장 끌어 쓸 수 있는 사채란 사채는 죄다 쓸어 모아 적잖은 손실을 감안하고도 끌어안을 수밖에 없는 분명한 위기였다. 최종부도를 가까스로 모면한 뒤에도 사내의 분위기는 초조한 불안감에서 쉽게 벗어나지 못했다.

그는 이틀 동안 발바닥이 부르트도록 정신없이 자금 마련을 위해서 동분서주한 후유증으로 심적인 허탈감이 찾아들었고, 극도로 위축된 긴장감에 억눌려 있던 신체에 자연 생리현상인 리듬이 깨지면서 변비가 찾아왔다. 화장실에서 인내를 곱씹으며 괴로운 시간을 보낸 후 어렵게 뒤처리를 하고 나온 그는 세면대에서 손을 씻다가 거울을 통해 바라보이는 자신의 모습을 멀거니 바라보았다. 검은 머리에 흰 머리카락, 새치가 하나둘 눈에 띄었다.

자신도 이제 늙어가는 건가? 그는 혼자서 중얼거리다가 어릴 적 아버지의 모습을 떠올렸다. 뜨거운 뙤약볕 아래서 밭고랑 논두렁에서 굵은 땀방울을 흘리시며 검게 그을린 아버지는, 서산에 해가 묻히고 어둑어둑한 밤을 등에 짊어지시고 집으로 돌아오셨다. 아버지는 허기진 배를 적당히 채우곤 힘든 하루 일과에 지친 육신을 방바닥에 아무렇게나 뉘이고 이내 코를 드르렁거리며 곤한 잠에 빠지셨다. 어린 그의 눈에도 그런 아버지가 가엾다는 생각이 들었다. 아마도 철이 들 무렵이었기 때문일 것이다.

그는 베개를 가져다 가만히 아버지의 머리를 뉘어드렸다. 그리고 머리맡에 앉아 부채질을 해 드리다 희끗희끗 어린 시선 속으로 클로즈업 되어 보이는 아버지의 흰 머리카락을 발견했다. 그는 작은 두 손으로 조심스럽게 아버지의 머리카락을 더듬어 뽑아드렸다. 아버지가 늙으셨다는 생각과 아버지의 이마에 굵은 주름이 패인 것이 보였고 움푹 파인 두 볼이 어린 그의 시선을 뜨겁고 눅눅하게 만들었다.

"이제 그만해."

그는 머리카락 속을 부드럽게 누비는 아내의 손을 잡아내렸다.

"당신도 이젠 늙나 봐요."

서글픈 아내의 눈길 속에서 자신의 어린 시절 아버지를 내려다보았던 시선을 찾아내고 그는 헛기침을 해댔다.

"나이를 먹으면 다 그렇지 뭐, 나중에 어디로 여행을 떠날 건지 생각이나 해 봐."

그의 말에 아내의 표정이 살며시 풀렸다.

"어디가 좋을까요. 음."

아내의 예쁜 눈동자가 그의 얼굴을 맴돌았다.

"당신하고 단 둘이 있을 수 있는 곳이라면 좋을 텐데. 아, 그러네요. 겨울 바다, 그래요. 겨울 바다가 좋겠어요. 사방이 바다로 뒤덮인 무인도에서 당신과 단 둘이 몇몇 날을 지내는 것도 나쁘진 않을 거예요. 괜찮죠? 그럴 듯하다는 생각 안 들어요?"

아내는 생각만 해도 들뜬 기분이 드는지 흥에 겨워 상큼한 웃음을 지어보였다.

"여름이 좋지 않을까?"

"운치야 겨울이 제격이죠. 아름다운 지난 일을 회상하며 감회에 젖어들 수도 있으니까요."

"그렇기는 하지만, 우리네는 여름이 더 어울릴 거 같아."

"왜요, 겨울이 안 될 이유라도 있나요?"

아내가 짧게 되물었다.

"풋풋한 정열, 젊음이 없으니까. 한물가는 길목에 접어든 중년의 사랑으로 추운 겨울을 화끈하게 녹이기엔 힘에 겨워. 그러니 뜨거운 여름을 택하자구, 매일 홀랑 벗고 있어도 뭐랄 사람이 없을 테니까."

풋, 아내가 터져 나오는 웃음을 참지 못하고 웃었다.

"당신두 그런 농담을 하실 줄 아시네요."

"왜 내 소리가 실없는 헛소리 같아? 나두 늙어가나 보군."

"당신이 뭐가 늙어요. 이제 겨우 사십을 넘은 나인데……."

그는 찻잔을 비웠다.

"당신 알아요?"

아내가 빈 찻잔을 만지작거렸다.

"뭘?"

"당신이 요즘 날 외롭게 만든다는 거."

"내가?"

뜬금없이 불쑥 던져오는 아내의 말에 그는 가슴이 뜨끔해 왔다. 은근하게 몰려드는 죄책감, 미안한 마음이 부담스러운 무게로 느껴졌다. 회사 일에 정신을 빼앗긴 사이사이로 문뜩문뜩 떠오르는 환영, 아내를 제치고 그의 사색 속으로 겁 없이 홀쩍 뛰어든 환영은 쉼 없이 그를 당혹스럽게 만들었다.

"알아요, 당신 요즘 힘들다는 거. 하지만 요즘 내 기분도 좀 그래요. 말로 표현하긴 뭣하지만……."

아내의 엷은 웃음이 피어오른 눈가에 서글픔이 맺혀져 있었다. 원래 아내는 사소한 볼멘소리조차 내색하는 법이 없었다. 더욱이 요즈음 남편이 어려움을 겪는 이 시점에서 자신의 사소한 불만을 털어놓기에는 전후 사정이 여의치 않다는 것을 누구보다 잘 알고 있었다.

그런데 오늘 따라 아내가 그냥 지나치는 말투로 한 마디 툭 던진 말이 그의 가슴에 싸하게 와 닿았다.

"미안해, 늘 내 쪽에서 바빠 당신을 일방적으로 희생시킨 거 인정해. 빈 말이 아니라 언제고 가까운 시일 내에 여행표 선물할게. 그만 맘 풀어."

"그 거짓말 진심이에요?"

"글쎄, 두고 보면 알 일이지."

아내는 남편을 바라보았다. 무뚝뚝하긴 하지만 가끔씩 텔레비전을 보는 그녀에게 다가와 어깨에 팔을 두르고 넓은 가슴에 묻어주곤 했었다. 그러나 요즘은 온통 그의 신경이 위기에 처한 회사에 쏠려 그녀가 스며들 틈조차 없었다.

"가슴만 잔뜩 부풀려 놓는 건 아니시겠죠?"

"자꾸 못 미더워하면 보증수표 반납하고 계약기간이 무한정인 어음으로 마구 남발할 거야."

"알았어요, 알았다구요."

아내는 찻잔을 들고 일어났다. 환한 웃음, 활짝 핀 모습으로 주방으로 향했다.

저렇게도 좋을까. 그동안 소원해진 그의 모습에 심적인 외로움을 주워 삼키던 그녀가 언제일지 모를 여행을 떠나자는 남편의 한 마디에 단단하게 굳어 있던 응어리가 봄눈 녹듯 녹아버리다니.

어디선가 귀에 익은 멜로디가 들려왔다. 그는 자리에서 벌떡 일어났다. 서재 테이블 위에 놓아둔 전화기가 울리는 소리였다. 그는 전화를 받기 위해 서재로 다가갔다.

꽤 늦은 시간에 전화가 걸려오자 갑자기 불안한 마음이 엄습해 왔다. 그는 서재로 들어가서 빠르게 전화기를 잡았다.

"네, 정재훈입니다."

굵직한 그의 음성이 상대편에 전해질 충분한 사이가 지났는데도 상대는 전혀 반응이 없었다.

"여보세요?"

그가 재차 조심스럽게 억양을 높였다. 전화기 너머로 희미하게 낮은 신음소리가 들려왔다. 그리고 잠시 사이를 두고 대답 대신 낮은 신음소리가 다시 들리더니 이내 전화가 뚝 끊겨 버렸다.

누굴까, 그의 호기심이 갸우뚱 한쪽으로 기울여졌다. 이 늦은 시간에 회사와 관계된 일로 걸려올 전화일 리는 만무했다. 혹, 시골집에서 걸려온 전화일까? 그는 생각이 그쪽으로 치닫자 은근히 밀려드는 불안에 가슴이 움찔 내려앉았다. 그는 휴대전화에 찍혀 있는 번호를 살폈다. 이름이 없는 것으로 보아 그가 알고 지내는 사람은 아니었다.

그런데 이상하리만치 갑자기 어머니의 모습이 선명하게 떠올랐다. 작은 상자를 열고 흰 머리카락을 담아두시던 어머니의 모습이.

아마 아니겠지, 그는 마음 속으로 강하게 도리질을 했다. 그가 서울에서 어느 정도 자리가 잡혔을 무렵, 이제는 편안하게 부모님을 모실 효도할 기회를 주십사 말을 했을 때, 당신들은 번거로운 도회지보다 비록 고향은 아니지만 반평생을 살아온 이곳이 더 마음이 편하다며 마다하셨다.

광주 민주화운동 당시 아버지는 개천가 밭둑이 무너져 수리를 하신 적이 있었다. 그런데 이장이 허락도 받지 않고 하천을 건드렸다는 이유로 하천을 불법 훼손했다며 고발을 하는 바람에 아버지는 삼청교육대에 끌려가 고된 훈련을 받았다. 교육대 훈련을 마치고 집에 돌아오신 아버지는 이미 의식이 없는 상태였다. 그렇게 5년을 버티다 아버지는 돌아가셨다.

아버지가 억울하게 세상을 뜨시자 어머니는 '내가 옆에 계시지 않으면 얼마나 외로움을 타는 분이신지 너도 잘 알잖니?' 하시면서 그가 함께 살자는 제안을 거절하시고 지금까지 동생 내외와 함께 지내고 계신다.

  작년 추석 고향 시골에 내려갔을 때, 어머니는 거실 창쪽에 앉아 사각진 거울을 소파 옆에 세워놓고 참빗으로 머리를 빗어내리고 있었다.

  "어머니 제가 해 드릴게요."

  며느리인 아내가 욕실에서 나오며 머리를 빗는 어머니를 발견하고 젖은 손을 행주치마에 닦으며 어머니 뒤로 다가섰다.

  "어머니 가급적이면 참빗을 사용하지 마세요. 촘촘한 빗살에 머리카락이 자꾸 빠져요."

  "어쩌겠냐, 안 그럼 참하게 빗어지질 않는 걸."

  어머니는 넓고 듬성듬성한 요즘 플라스틱 빗살로 이루어진 빗질은 당신 마음에 영 들지 않는다고 하셨다.

  아내는 두피가 훤하게 드러난 얼마 남지 않은 어머니의 은빛 머리카락을 빗살이 촘촘한 참빗으로 조심스럽게 중앙 가르마를 타 빗어내리고는 뒤로 쪽을 틀어 은비녀를 꽂아주었다.

  "맘에 드세요?"

  어머니는 거울에 비친 모습을 바라보며 주름투성이이며 앙상하게 야윈 손으로 양쪽 귀 언저리를 쓸어 올리고 고개를 끄덕이시곤 돋보기를 꺼내셨다. 그러고는 신문지 위로 빠져 떨어진 은빛 머리카락을 손으로 훔쳐서 한 곳으로 모으더니 오른손으로 집어 왼손에 한 올 한 올 모았다.

  "어머니, 뭐 하시려구요?"

  아내가 옆에 앉아 어머니를 따라 머리카락을 모았다.

  "그냥……."

  어머니는 말끝을 흐렸다.

"머리카락이 참 곱네요."

"예전엔 정말 고왔고 숱도 많았었지, 그놈의 몹쓸 세월만 아니었어도……."

어머니의 눈가에 슬픈 어둠이 몰려들었다. 그때 주방에서 나오던 제수씨가 안방 어머니 거처에 들어가 작은 상자를 들고 나오더니 두 사람 곁으로 다가와 상자 뚜껑을 열었다. 열린 상자 안에는 검은 머리카락부터 희끗희끗한 반백의 머리카락, 은빛 머리카락이 한 묶음씩 잘 정리되어 있었다. 놀란 아내가 어머니에게 물었다.

"어머니, 이게 다 뭐예요?"

어머니는 아내의 동그래진 두 눈을 외면하고 묵묵부답이셨다. 아내가 난처한 기색으로 시선을 그에게 돌렸다.

그는 아내의 시선을 외면하고 신문을 펼쳤다.

"어머니, 제가 알면 안 되는 일인가요?"

아내가 조심스럽게 어머니께 묻자, 어머니가 아내를 힐끗 보더니 말씀하셨다.

"내 업보란다. 내가 죽어서도 짊어져야 할 씻지 못할 업보……."

아내는 더 짙어진 의혹어린 눈길로 이해할 수 없는 어머니의 말에 표정이 난처하게 일그러졌다. 그러나 그는 어머니가 무얼 회상하시는지, 무엇을 말씀하는 것인지 잘 알고 있었다.

어머니가 가슴에 품은 한은 바로 전란이었다. 세상을 다시는 씻어 내릴 수 없는 처참한 피비린내, 혈육의 피로 벌겋게 물들인 역사, 남북을 뚝 분질러 두 동강 낸 참담한 6.25사변. 당시 전란의 아픔을 겪지 않은 이가 어디 있었겠는가마는, 어머니에게도 품 안에 두 무덤을 안고 평생을 살아야 할 업보를 심어주었다.

전란이 터지자 할아버지 할머니는 조상이 지켜온 고향을 등지고 떠날

수는 없다며 피난을 포기하셨다. 그러나 젊은 너희들은 살아갈 날이 구만리니 앉아서 허무하게 죽게 내버려둘 수 없다며 서둘러 피난 갈 채비를 챙겨주셨다.

부모님을 등지고 떠나지 않겠다는 자식들에게 등 떠미는 할아버지의 불호령에 어쩔 수 없이 눈물을 머금고 두 형제 내외는 겨우 몸만 추슬러 어린 자식들을 둘러업고 부모와 다시는 만나지 못하는 생이별, 고향인 평양을 떠나 무작정 남으로 남으로 내려오셨다.

그러나 강원도 양양 부근에서 어머니와 어린 두 아들은 당시 만연했던 전염병인 장티푸스에 감염돼 사경을 헤매었다. 어머니는 아버지의 지극정성의 병간호로 정신이 드셨으나 어린 두 자식들은 이미 어머니의 품 안을 떠나 영원히 돌아올 수 없는 강을 건넌 후였다.

자식을 잃은 어미의 슬픔을 어떻게 표현할 수 있을까? 어머니는 그때 심한 스트레스로 머리카락이 빠지기 시작하더니 세월이 흐르면서 머리 두피가 허옇게 드러날 정도로 심하게 빠졌다.

어린 시절 그는 어머니가 머리를 빗으면 빠져 떨어진 머리카락을 정성스레 모아 작은 상자에 보관하는 것을 자주 보았다.

"엄마, 빠진 머리카락을 뭐 하러 모아?"

그가 물을 때면 어머니는 대답 대신 어린 그의 머리를 손으로 쓰다듬어주면서 '네 형들이 살아있었더라면 얼마나 좋겠니?' 하며 눈시울을 붉히셨다.

그때는 어머니의 말이 무엇을 뜻하는지도 몰랐고 어머니의 행동을 이해할 수도 없었다. 철이 들면서 전후 사정을 알게 되었고, 어머니가 빠진 머리카락을 정성스럽게 한 올 한 올 모아 담아두시는 심정을 헤아릴 수 있게 되었다.

"애비야."

어머니가 상자를 닫아 앞에 놓으며 그를 불렀다.

"네, 어머니."

그는 신문을 접어 한쪽으로 밀어놓고 어머니를 바라보았다.

"내가 아버지 곁으로 떠나면 이걸 함께 묻어줬으면 좋겠구나."

그 말이 유언처럼 뼈아프게 그의 가슴을 후벼 팠다.

당신께서 지금껏 품고 사셨던 업보를 무덤에까지 지니고 가시겠다는 어머니, 그는 어머니가 오래 사셔야 한다고 말씀드리고 싶었으나 목구멍까지 나온 말을 꺼내지 못했다.

"네, 어머니. 아무 걱정 하시지 마세요."

아내는 의미를 알아들을 수 없는 대화를 주고받는 두 모자간을 번갈아 바라보았다.

서울로 올라오는 승용차에 올라 아내가 참고 있었던 의문을 캐내려는 듯 물어왔을 때 그는 어머니가 평생을 살아오며 지녔던 아픔을 상세하게 들려주었다.

"누구 전화예요?"

주방에서 나오던 아내가 서재를 나와 거실 소파에 앉는 그에게 지나가는 말처럼 물었다.

"모르겠어. 전화 상태가 좋지 않아 끊겼어. 통화할 용건이 있으면 다시 하겠지."

그는 탁자 위 전화기에 시선을 고정시켰다. 밤이 늦은 시간이었지만 동생 집에 전화를 넣고 싶었다. 그러나 이 밤에 전화를 걸면 동생이 또 얼마나 놀랄까 하는 생각에 도리질을 쳤다. 그는 어머니에게로 치달은 불안을 한시라도 빨리 떨쳐 내릴 성급함을 가까스로 쓸어내렸다.

동생 내외가 한 전화는 아닌 듯싶었다. 늦은 밤이니 혹 큰일이 생겼다면 집전화로 걸어왔을 것이다. 그런 생각을 하자 마음이 한결 가벼워졌다.

　잠시 전화기를 바라보고 있었지만 그 뒤로 전화는 다시 걸려 오지 않았다. 불안을 말끔히 떨쳐내는 다행스러운 일이었다. 그러나 한편으론 상대가 누구일까 하는 의혹이 의문처럼 되살아났다.

　왜일까? 전화를 통해 들려오던 알 수 없는 숨소리. 그 때문인지도 확신할 수는 없는 숨소리, 그것은 적잖이 허탈하게 흘러나온 낮은 한숨소리였다. 그 뒤 단절된 끊김은 통화 상태와는 전혀 무관한 정상적인 두절이었다. 값비싼 통화료를 지불하며 전화에 장난질을 할 리도 없겠지만, 설혹 잘못 걸었다면 사과를 하거나 말없이 뚝 끊었을 것이다.

　상대는 그의 음성을 확인하고 잠시 사이를 두고서 알 수 없는 여운을 남기고 전화를 끊어버렸다. 그렇다면 단순한 장난 전화나 잘못 걸려온 전화가 아니라 어떤 용건이 있어 걸어온 전화인데 그 뒤 그쪽 사정이 여의치 않아 그냥 끊어버린 게 아닐까? 그는 그런 생각을 골똘히 하고 있었다.

　"당신은 어떻게 생각해요?"

　의문스럽게 뚝 끊겨 버린 전화로 줄달음치던 그의 생각을 흐트러뜨리듯 뜬금없이 툭 던져오는 아내의 말에 그는 화들짝 놀랐다.

　"뭐가?"

　"한 이불을 덮고 살아오던 부부가 어느 날 갑자기 서로 다른 길을 택해 훌쩍 돌아서는 거 말예요."

　이건 또 웬 난데없는 물음인가? 전혀 예상해 보지 못했던 말이 아내의 입을 통해 나오자 생소하다는 느낌이 들었다. 그러나 그에게로 향한 아내의 진지한 눈빛이 이유를 알 수 없는 긴장 속으로 그를 밀어붙였다.

　"이혼을 말하는 거야?"

　"그래요, 남남이 되는 거."

　그의 눈이 휘둥그레졌다.

"그건 왜?"

"제가 먼저 물었잖아요."

그는 속으로 고개를 갸웃거렸다.

"호기심이야?"

"아니, 그 이상이에요."

마른 나뭇가지를 뚝 분지른 듯한 아내의 말끝이 단호하게 들려왔다.

"난감하군. 생각해 보지 않았던 곤란한 질문이라……."

대충 얼버무릴 심사였다.

"난 심각해요."

그의 심중을 한눈에 꿰뚫고 정곡을 찔러오는 아내의 시선에 그는 헛기침을 해댔다.

"때에 따라서는 그럴 수도 있겠지. 헌데 왜?"

어정쩡하게 말을 뱉곤 짧게 반문하며 마른침을 꿀꺽 삼켰다.

"그런 성의 없는 말이 어디 있어요? 하긴 부득이한 사태가 벌어지면 누구도 장담할 수 없는 일이겠지만. 속이 상하네요."

휴, 그는 한숨을 내쉬었다. 처음부터 그랬던 것은 아니었을까? 살며시 서재문을 노크할 때부터 여태껏 아내의 심중에 가둬놓았던 아픈 고충들을 털어놓을 심사였는지도 몰랐다. 어쩌면 그랬는지도, 자신을 괴롭혀 온 그 누군가의 갈등을 핑계로 자신의 공허함과 요즘 들어 무섭게 파고드는 왠지 모를 불안함을 떨쳐 내리려는 몸부림인지도 몰랐다.

아마도 그랬을 테지. 누구나가 다 그러하듯이 아내 역시 막연히 형체 없는 황홀한 환상에 젖어 사랑이라는 울타리 너머로 훌쩍 뛰어들었다.

그것만이 최선이라고, 막연한 환상, 두려움을 떨치고 현실화시킬 수 있는 것이란 믿음이 있었기에 줄달음쳐 오던 환상 위에서 망설임 없이 훌쩍 뛰어내릴 수 있었던 것인데, 어찌 알았으랴? 사랑이라며 뛰어든 울타리가 자신을 더는 오도가도 못하도록 꽁꽁 옭아매 놓는 무덤이 될 수도 있다는 것을.

사랑이라는 이름 아래 자신을 던져버린 아내가 지금까지 살아오는 동안 별 어려움 없이, 아쉬움 없는 순탄한 행로를 걸어왔다고 믿었다.

이것이 행복이라며 은근한 자부심과 긍지를 지닐 만큼 여유롭게 살아왔던 아내가 어느 날 갑자기, 그동안 자신이 깨닫지 못했던 새로운 세계를 접하게 되면서 문득 걸음을 멈추고 뒤를 돌아보게 되었을지도 모르는 일이었다.

누군가의 이혼 소식. 아내는 자신이 굳게 믿었던 믿음이 이처럼 한순간에 깨질 수도 있다는 현실이 충격적으로 밀려와 혼돈을 야기시켰다. 그 위에 훌쩍 올라서 휘젓는 가슴 텅 빈 듯한 허전함, 그것은 분명 외로움이었다.

사랑이라며 그녀의 가슴에 온통 화려한 환상으로 가득 채워 주었던 사람의 사랑이 식어버린 것이 아닐까? 하는 막연한 두려움, 한동안 남편의 소원해진 무관심이 아내가 지녀온 모든 것을 한순간에 빛바랜 추억으로 퇴색시켜 놓았고, 쓸쓸한 뒤안길로 밀려나는 슬픔을 느끼게 만들었다.

언제까지고 품 안에 꼭 보듬어 쓰다듬어 주어야만 할 것 같았던 자식들마저 어느새 훌쩍 커버려 그네의 도움이 필요치 않다는, 자신이 그들을 위해 더는 해 줄 것이 없다는 무력감이 그녀를 마구 뒤흔든 것 역시 이유 중의 하나일 테지만, 지금 아내가 품어 안은 불안은 자신에게로 불쑥 찾아온 갱년기 증상, 순순히 스스럼없이 모든 것을 받아들일 여유조차 주지 않고 소리 없이 스며든 두려움의 존재 때문이리라.

아내를 이처럼 심각한 괴로운 고뇌에 잠기게 한 당사자들이 누굴까 하는 의문이 뾰족이 불거져 나왔다.

"아마 당신도 기억이 날 거예요. 우리 결혼식 때 배가 남산만한 몸을 이

끌고 와서 축하해 주던 친구 부부를 생각해 봐요."

먼 기억 속에 아내가 지목해 주는 인물이 어슴푸레 그려졌다.

"유나 씨 아니야? 그래, 어슴푸레 기억나. 아마 두 사람이 캠퍼스 커플이랬지?"

가끔 그들 부부에 대해서 아내가 해 주던 말이 떠올라 쉽게 그들 부부를 기억해 냈다.

"맞아요. 둘이 서로 죽고 못 산다고 요란을 떨며 졸업도 하기 전에 황금마차를 탔던 장본인들, 그동안 원앙부부라고 소문이 자자했었잖아요. 한동안 소식이 끊겨서 궁금했었는데 글쎄, 놀랍게도 두 사람이 이혼했다지 뭐예요."

그랬었구나. 아내가 그처럼 낙심한 표정으로 괴로워한 이유를 알 것 같았다. 그들 부부는 어디를 가도 한몸처럼 붙어 다닌다고 늘 부러워했었던 아내였다.

"정말? 그 두 사람이 이혼을 했다고? 나 역시 놀랄 일이군. 전혀 예상하지 못했던 일이야."

그가 잠시 사이를 두고 말을 이었다.

"충격을 받아 상심한 당신 맘 알 거 같아."

"충격 정도가 아녜요. 한동안 아무것도 할 수 없는 상태로 몰아붙이는 완전 쇼크였어요."

그는 고개를 끄덕였다.

"이유가 뭐래?"

그렇게 묻던 그는 이혼 사유의 뻔한 사연들을 생각해 보았다. 가장 먼저 떠오르는 것은 변심이었다. 너 없이는 죽고 못 산다던 남자 혹은 여자에게 다시금 새로운 세계를 항해할 상대는 아닐지라도 누군가가 개입된 것이 큰 이유가 될 것이다. 그 다음은 흔히들 말하는 성격상 문제거나 극복할 수 없는 경제적 타격 등등이 아니겠는가.

"자세한 이유는 모르겠어요. 당사자에게 직접 듣진 못했으니까요. 삼자의 말을 빌려 말하자면 시발점은 대충 이래요. 언제부터인가 남편이 회사 일로 각방을 쓸 정도로 열중하더래요."

아내의 시선이 따갑게 느껴졌다. 마치 '당신처럼' 이라고 찌르는 아픈 시선이었다.

"처음엔 대수롭잖게 여겼대요. 회사 업무가 밀리고 바빠서라고 무심코 지나쳤는데, 그렇게 각방을 쓰는 횟수가 날이 갈수록 잦아지면서 어느 날 자연스럽게 서로가 각방을 쓰게 되었다고 하더군요."

"흔히들 말하는 권태기가 아니었을까? 그걸 슬기롭게 극복해내지 못하고 그네들 스스로 파멸을 받아들여 자폭했는지도 모르지."

그는 자신이 입에 올린 권태기란 말을 전혀 생소하고 낯설지 않게 뱉어 놓고는 순간 몸이 움찔 움츠러들었다. 스스럼없이 내뱉은 말이었는데 왜 일까? 목구멍을 타고 튀어 오르는 이물질을 자신도 모르게 돋아난 날카로운 가시가 생채기를 입힌 탓이리라.

"처음에는 유나도 그렇게 생각했다나 봐요. 남편을 이해하려고 노력도 나름대로 했었구요. 진지하게 대화도 나눠봤지만, 소용이 없었대요. 서로를 이해하고 사랑하는 깊이가 충만하지 못했기에 등을 돌릴 수밖에 없지 않았겠는가, 라고 쉽게 치부해 버릴 수도 있었겠지만. 그리 간단한 문제만은 아니었나 봐요. 나라도 그랬겠지만."

"혹시 유나 씨 남편, 여자가 있었던 거 아냐?"

성급하게 튀어나온 말이었다.

"네, 그랬다나 봐요."

"……."

말끝을 흐리며 그를 바라보는 아내의 입술이 묘하게 오므라들었다.

"이상하네요?"

"뭐가?"

시침을 떼듯 반문하지만 아차 싶었다. 그렇잖아도 친구 문제로 신경이 예민해져 과민반응을 보이는데, 앞질러 나서는 것은 좋지 않았다.

"여자가 있었다는 사실을 어떻게 추리해 냈을까요?"

아내가 민감하게 반문했다.

"뻔한 일 아냐? 남편이 뚜렷한 이유 없이 아내를 멀리한다고 생각해? 아내 대신 그 누군가가 남편의 비어 있는 가슴 한쪽을 채워주기 때문이지. 뚜렷한 이유 없이, 라는 것은 단지 아내 생각일 거고 대부분 이야깃거리가 그렇게 돌아들 가잖아."

"하긴……."

그를 빤히 바라보던 아내의 눈이 순하게 변하고 있었다. 마치 죄 없는 남편에게 뒤집어씌울 일은 아니라는 눈빛이었다.

"사람 맘을 정말 모르겠어요. 유나 남편이 늦바람이 날 줄 누가 알았겠어요? 늦바람은 무섭다던데, 다들 젊어서 바람은 바람도 아니라고 하잖아요. 그 말이 정말 맞나 봐요."

"뭐 다 그런가? 사람 나름이지……."

"맘이 편칠 않아요."

"잊어. 당신이 아파한다고 좋게 마무리될 일도 아니잖아. 이미 파장난 뒤야. 손을 뻗어도 잡히지 않을 먼 곳으로 벗어났어."

"그럴 테죠."

아내는 고개를 끄덕였다. 평소 밝고 환한 아내의 표정이 오늘 따라 우울하게 비쳐졌다.

"여보."

아내의 목소리가 낮게 착 가라앉았다.

"왠지 자꾸 불안해요. 가슴이 두근거리고. 외롭다구 느껴져요."

외롭다? 아내는 벌써 두 번째 그 말을 되풀이했다.

생각지도 못했던 친구의 이혼 소식. 아무런 여과장치 없이 커다란 파문을 일으키며 충격을 가해 온 압박감이 아내에게 깊은 상심을 안겨주었고, 노파심으로 불거져 나온 불안함이 경각심을 일깨워준 것인지도 몰랐다.

"당신은 마음이 너무 여려, 그러니까 예민하게 받아들이지 마."

그는 켕기는 마음을 싹둑 잘라내듯 내뱉었지만 구린 냄새가 더 짙게 온몸 구석구석에서 진동하는 듯했다. 이래서 사람은 죄짓고는 못 산다고 했던가?

도둑이 제 발 저린 탓일까? 아내 아닌 낯선 여인을 따라 정신없이 쫓아나간 그가 아내를 이처럼 슬픔에 빠지게 했는지도 모른다고 그는 생각했다.

"눈물이 펑펑 쏟아질 정도로 슬프고 허무하구. 아무튼 한동안 기분이 그랬어요. 친구의 이혼 사실을 알고 난 뒤로 당신이 회사 일로 서재에서 주무실 때마다 두려움이 점점 커갔던 것은 사실이에요. 당신을 믿지 못해서가 아니라 자신이 없어진 거죠. 당신이 늙는다고 느끼듯, 나도 점점 나이를 먹나 봐요. 자신감을 상실할 그럴 나이는 아닌데도……."

아내는 띄엄띄엄 사이를 두고 겨우 말을 이어나갔다. 그는 아내에게 다가가 힘없이 내려앉아 오므라든 아내의 어깨를 가슴으로 안았다. 남편의 따스한 체온이 얼굴 살갗에 부드럽게 전해 오자 아내는 소리 없는 안도의 한숨을 길게 내쉬었다. 아내는 남편이 단단한 기둥, 삶의 울타리라고 느꼈다.

"부부가 평생을 함께 살아갈 수 있도록 이끌어주는 게 뭘까요?"

"글쎄."

아내의 심중에 고인 슬픔 때문일까, 오늘 따라 가슴으로 던져오는 언어

들이 낯설고 당황스러웠다.

"당신두, 무슨 뜸을 그리 길게 들여요?"

느슨해진 그의 품에서 아내가 몸을 뺐다.

"서로가 사랑하니까, 평생을 아무 탈 없이 동반자로 살아갈 수 있는 거 아닌가요? 당신 나 사랑하지 않으세요?"

사랑? 그럴 테지. 사랑이 존재하지 않는다면 부부라는 한 몸으로 묶이지도 않았을 테지. 그렇지만, 아직도 처음 그 마음처럼 변함없이 사랑하고 있다고 말할 수 있을까? 순수하고 정열적인 뜨거움은 아닐지라도 그것이 밑바탕에 자리하고 있는 것만은 틀림이 없겠지만.

"싱겁긴."

그는 말문을 짧게 끊었다. 턱없이 부족하고 엉뚱한 말, 뭐라고 말을 이어나가고 싶었지만 굳게 닫혀 버린 입술이 무겁게 침묵을 요구했다. 자신의 어색함을 감추고 싶었을까? 피식 웃음이 흘러나왔다.

"하긴, 힘이 드시겠죠. 당신이 사랑한다는 속삭임을 잃어버리고 살아온 지 얼마나 오래됐는지조차 모르실 테니까요. 아세요? 한 번 생각해 봐요. 빈말이라도 당신이 사랑한다고 나에게 속삭인 그때가 언제였는지. 너무나 까마득해 기억조차 나지 않을 거예요. 아마 모르긴 해도 한 10년은 훨씬 넘었을 걸요. 그러니 새삼스럽게 사랑한단 말을 입에 담기가 뭣하시겠죠. 가시가 돋아 따갑고 껄끄러울 테니까요."

아내가 농담하듯 아무렇지 않게 술술 풀어내지만 와 닿는 느낌은 꽤 무거웠다. 날카롭게 돋친 가시가 가슴에 쿡 박혔다. 정말 아내에게 사랑한다고 속삭여본 적이 언제였던가? 기억이 나지 않았다. 물론 지금이라도 다정하게 품에 안으며 사랑한다고 속삭이고 싶지만, 아내의 말처럼 껄끄럽게 말라붙은 두 입술이 자꾸 안으로 삼키며 밖으로 토해내길 꺼렸다.

"꼭 말로 해야만 아나? 그냥 마주치는 눈과 몸짓으로 서로의 마음을 알 수 있는 믿음, 그게 진정한 사랑 아닐까?"

"당신은 십수 년을 여자인 저와 살아오면서도 여자 맘을 너무 모르는군요. 손 안에 가득히 쥐고도 진짜 내 것인지 확인하고 또 확인하는 게 여자의 본능이에요."

"당신두?"

"난 뭐 여자 아닌가요?"

아내는 뾰루퉁한 표정으로 대꾸했다.

"당신이 원한다면 앞으로 그렇게 해 줄게."

"내가 원해서가 아니라 당신이 진심으로 그렇게 해 주길 바란다고요."

그의 마음이 가시방석 위에서 뒹굴었다. 확실히 오늘은 아내가 낯설었다. 예전에 볼 수 없었던 아내의 변화였다. 아내는 이전의 여유롭고 다소곳하던 부드러움은 간곳없고 강하고 직선적이었다. 믿었던 친구의 이혼 소식이 가져다준 단순한 충격 때문일까? 아니면 회사에 정신을 빼앗겨 그녀에게 무감각해진 그가 원망스러워서인가?

어느새 그녀보다 머리 하나는 더 커버린 자식들이 그녀 품에서 멀어졌다는 그런 소외감이 친구의 이혼 소식과 맞물려서라면, 얼마간 시간이 흐르면 아내는 제 본연의 모습으로 돌아올 것이다. 혹여 그의 미세한 감정의 변화, 헝클어진 실태를 짐작으로나마 바라보았다면 실로 부끄러운 일이 아닐 수 없었다.

"부부 사이에 변하지 않는 사랑이 존재한다면 어떤 난관도 헤쳐 나갈 수 있겠지. 그런데 그 사랑이란 말의 의미가 너무 포괄적이고 막연해. 또 시대의 흐름에 따라 가치관도 변해 가고."

"사랑의 진리가 변질되어 간다는 말인가요?"

아내가 반문하듯 물었다.

"그럴 리가 있겠어? 시대의 흐름에 따라 형태와 색깔이 다양한 변화를 가져왔다는 말이지. 불변의 진리가 변질될 수는 없는 일이야. 과거 한쪽의 일방적인 억압, 무조건적인 헌신, 굴욕적인 인내를 요구했던 관계가 평등의 원리로 급부상하면서 새로운 가치관을 창조해 왔듯이, 그로 인해 파생된 것들, 이를테면 과거에 별로 중요시하지 않았던 부분들이 부부가 살아가는 테두리 안에 새롭게 자리 잡고 비중 높은 영향력을 행사하게 되었어. 변화는 끝없이 계속 연계되어 나갈 것이고 추구하는 물질, 정신적 가치관 역시 그에 걸맞게 간단명료하면서도 복잡 미묘한 새로운 방정식을 요구할 테고."

그는 테이블 위에 놓인 담뱃갑을 집어 들었다.

"당연하잖아요. 케케묵은 조선시대 가치관의 사랑법을 현시대에 끼워 맞출 수는 없어요. 작은 와이셔츠 단추 구멍에 코트의 커다란 단추를 끼워 넣을 수 없듯이 말예요."

"아니."

그는 담배에 불을 붙이고 아내의 말에 단호히 부정하듯 잘라 말하며 고개를 흔들었다.

"전혀 불가능하다고 잘라 말할 수는 없는 문제 아닐까? 부부의 사랑은 서로의 끊임없는 이해와 노력, 희생 없이는 이뤄질 수 없는 공동의 화합, 결정체야. 어느 한 쪽에서 와이셔츠를 포기하고 코트를 선택한다면?"

"서로를 지키려는 방편, 필요에 의한 적절한 타협을 논하는 것이라면 사양할래요."

아내가 고개를 갸웃거리며 다시 말했다.

"그것 역시 한쪽의 일방적인 희생을 요구하는 것이니까요."

그는 고개를 끄덕였다.

"그럴 테지. 나 역시 서로를 지키기 위한 방편, 인위적인 타협을 의미 있는 것이라 논하고 싶지 않아. 사랑이 지닌 진정한 가치는 시대의 변화와는 하등의 관계가 없는 것이라고 말하고 싶은 거였어. 시대의 변화에 걸맞게 고정관념의 틀을 벗어나는 것만이 능사는 아닐 것이란 말이지. 가장 중요한 것은 서로가 조화롭게 융화될 수 있도록 한 걸음씩 물러나 타협할 줄 아는 현명한 이들만이 누릴 수 있는 보상이 사랑이고 진정한 행복이라고 생각해. 서로를 위해 진심으로 행하는 헌신적인 희생이야말로 진정 가치 있는 사랑이 아닐까? 전혀 하등의 관계없는 동떨어진 말을 한마디 덧붙이고 싶군."

그는 손에 든 담배를 입가에 물고 길게 빨아 당겼다가 천천히 연기를 내쉬며 말을 이어나갔다.

"만물의 영장이라고 자청한 우리네가 하찮게 여기는 미물들도 종족을 보호하고, 보존하기 위해 생명을 버리는 본능적인 행동을 취하지. 자신을 희생함으로써 종족을 보존하고, 유지시켜 나갈 수 있다는 본능적이고 맹목적인 믿음이지만, 그 자체가 사랑 없이 가능할까? 물론 하찮은 미물들이 사랑이란 오묘한 진리를 이해하고 하는 것은 아닐 테지만."

한동안 숨죽여 오므라든 아내의 가슴 반쪽이 뭉글뭉글 피어올라 뿌듯한 만족감으로 가득 채워졌다. 아내는 가슴 충만하게 부풀어 오르는 기쁨을 의미 있게 찬찬히 음미해 보았다. 이것이 사랑이고 행복인 것을, 부부의 변함없는 사랑의 진리에 대해 그토록 진지하게 가슴 찡하도록 열변을 토하는 남편에게 아내는 마음 뜨겁게 감사하고 싶었다. 지금 남편은 자신의 변하지 않을 사랑을 고백하고 있는 중이라고…….

친구의 유쾌하지 못한 소식을 접한 뒤 왠지 모를 불안한 우울함이 아내를 괴롭혀댔다. 그런데 내색하지 말아야지, 투정부리지 말아야지 하면서도 감출 수 없었던 아내의 내면 속에 찾아든 불안을 한눈에 척 알아보고 말끔히 씻겨 내려주는 남편이 그렇게 고마울 수가 없었다.

'아, 내 사랑.'

울컥울컥 치밀어 오르는 뜨거운 감동이 아내의 전신을 짜릿하게 전율시켰다.

"당신 말을 정면으로 부정하고 반발하는 차원에서 하는 말은 아니지만 어느 한 쪽의 일방적인 희생만으로 사람이 행복해지는 건 아녜요. 동냥하듯 달랑 믿음 하나 던져주고 마냥 기다리게 내버려두는 것 역시 잔인한 짓이에요. 피멍들 세월이 길어질수록 상대는 그만큼 더 외롭고 깊은 상처를 받을 테니까요."

"말하자면, 당신처럼?"

"잘 아시네요. 이제야 양심에 뭔가가 찌르르 걸리셨나 보네."

아내가 입을 삐죽였다.

그는 상체를 일으켜 아내를 번쩍 안아 올렸다.

"어머!"

아내가 화들짝 놀란 눈으로 그를 밀쳐냈지만 시늉뿐이었다.

"무리하시는 거 아녜요."

아내의 얼굴 가득 환한 웃음이 피어올랐다.

"그동안 당신을 외롭게 내버려둔 죄를 한꺼번에 몽땅 털어낼 수 있다면 뭔들 못하겠어?"

"단 한 번에 치러낼 간단한 문제가 아닌 듯싶은데요."

"그럼 두고두고 갚지 뭐. 당신이 항복하고 두 손 번쩍 치켜들 때까지 앞으로만 돌진하면 되는 거 아닌가?"

"그럼, 난 내내 정신을 차릴 날이 없는 황홀경을 헤매야겠네요."

그는 방문을 향해 성큼성큼 다가갔다. 아내는 목에 두 팔을 두르고 전신의 맥을 가볍게 놓았다. 그의 입가에 번지는 의미 넘치는 미소, 그녀는 사르르 두 눈을 감았다.

새털처럼 가벼운 아득함이 그가 걸음을 옮겨놓을 때마다 물결처럼 넘칠 듯이 출렁거렸다.

훈훈한 입김에서 밀착된 몸짓 사이로 풍겨오는 그만의 살 냄새가 정겨운 체취로 코끝을 자극해 왔다. 얼마 만에 취해 보는 내 남자의 정겨운 향기로움인가. 아내는 부드럽게 물처럼 녹아내려 그의 가슴에 스며들었다. 순간 빠르게 몸을 수축시키며 조여 오는 두 팔이, 목덜미로 하체의 관절 사이로 완강한 힘이 느껴졌다.

들뜬 가벼움에 젖은 아쉬움을 느낄 사이도 없이 허공에 훌쩍 던져지는 찰나적인 아찔함에 그녀는 화들짝 눈을 떴다. 어둠 속에서 반짝이는 그의 시선이 탄력적인 침대 스프링 쿠션에 출렁거리는 아내를 내려다보고 있었다. 그녀는 얼굴이 화끈 달아올랐다. 바르르 떨리는 전율이 전신을 휘감아왔다. 칠흑처럼 캄캄한 어둠 속인데도 그의 뜨거운 시선 아래 적나라하게 나신을 드러낸 것 같은 부끄러움에 못 이겨 두 눈을 감아버렸다.

그는 출렁이는 그녀의 율동 위로 몸을 실어왔다. 아내는 벅차게 부풀어 오르는 가슴과 두 팔로 한 몸처럼 겹쳐 오는 그를 힘주어 안으며 등을 쓸어내렸다.

그가 뜨거운 숨결을 토해내며 그녀의 보드라운 입술을 거칠게 훔쳐왔다. 흡반처럼 강렬하게 빨아 당기며 안으로, 안으로 파고들면서 달아오른 미끈한 해면체를 입안 가득히 채워주면서 숨 막히는 열기를 불어넣었다.

자신도 모르게 흘러내리던 낮은 앓는 소리가 방황하면서 입안 가득히 고여 모였다. 출구를 잃어 분출되지 못한 채 차오르던 환희가 응축된 덩어리로 숨통을 가로막아왔다. 참을 수 없는 아득함을 목울대 아래로 훔쳐 내리자, 그녀의 내부 깊숙한 곳에서 감당 못할 폭발, 굉음이 울렸다. 짜릿한 희열이 빠르게 전신 세세한 곳으로 줄달음치기 시작했다.

무서운 기세로 빈틈없이 한 몸처럼 파고들던 그의 움직임이 이어질 다음 행위를 취하려 멈칫 상체를 들어 올렸다. 순간을 놓칠세라 숨 막히게

막혀 있던 그녀 안의 희열이 벌어진 틈새 사이로 봇물처럼 터져 나왔다. 두 사람은 누가 먼저랄 것도 없이 꺼풀을 벗겨 내리듯 서로의 거추장스러운 허물을 벗겨 내리며 허둥거렸다. 탐닉하듯 부드럽게, 살과 살이 짓이겨지는 거친 몸싸움 속에서 잘게 부서져 튕겨 나오는 파편들, 달뜬 마찰음이 어두운 공간을 누볐다.

쐐기와 버팀목이 제자리를 찾아 맞물리면서 밀고 삼키는 몸부림으로 힘겨루기를 시작했다. 혼신의 힘을 다해 줄달음치는 몸과 몸 사이에서 솟아난 미끈한 분비물이 리드미컬하게 율동의 묘미를 살려주었고 후끈 달아오른 열꽃이 뭉게뭉게 피어올랐다.

그의 얼굴에 땀방울이 송송 맺혀졌다. 격렬하게 맞물리는 부대낌 속에서 약진을 거듭하며 부풀어 오른 희열이 아내의 폐부 깊숙한 곳으로부터 고조된 환희로움으로 울려 나올 때, 그는 허공에 들떠 오르는 뿌연 신기루를 바라보았다. 눈앞에 아른거리는 정상을 향하여 마지막 혼신의 힘을 다해 줄달음쳤다. 절정에 차올라 용솟음치는 환희를 유감없이 만끽할 그 찰나적인 순간 달뜬 아내의 얼굴에서 까만 눈동자, 처연한 여인의 얼굴이 용수철처럼 확 튕겨 올랐다. 가파른 숨결을 토해내는, 벌겋게 달아오른 쇳물 위로 냉기서린 찬물이 사정없이 흩뿌려지자 활짝 열린 땀구멍이 순식간에 닫혀 버렸다. 아내의 살 속 깊이 자리 잡았던 그의 일부분이 본래의 제 모습으로 무섭게 수축작용을 일으켰다.

참담한 절망감이었다. 어이없이 찾아든 기습적인 환영에 그는 망연자실 맥을 놓았다. 지금까지 쌓아올린 공든 탑이 와르르 소리 내어 허물어지는 처참함이라니. 극으로 치닫던 욕정, 절정을 향해 질주하던 본능적인 색욕이 일순간에 거세당한 절망감이 공허한 허허로움으로 그를 주저앉혔다. 욕망을 잃어버린 상실의 아픔이 흩뿌려진 냉기에 오소소 소름이 돋아 더는 합일될 수 없다는, 본연의 제 모습으로 떨어져 나가길 원하는 몸과 마음이 따로 뒹굴었다. 어슴푸레 어둠 속에서 아내가 끈적거리는 땀과 땀이 비벼진 두 몸이 하나가 되기를 원하며 힘주어 부둥켜안아 왔다.

그는 어금니를 꽉 깨물었다. 이대로 허무하게 무너져 내릴 수는 없다고 생각했다. 꺼져가는 불씨에 훅훅 입김을 불어넣었다. 활활 타오르다 꺼져 버린 거무죽죽한 장작개비로 추하게 나뒹굴까 봐, 나약한 존재로 남자라 는 자존심을 세우기 위한 행위가 아니었다. 지금 이 순간 하나가 될 수 있 다는 간절한 바람으로 부둥켜안아 오는 아내에게 실망을 안겨줄 수 없었 기 때문이었다.

그의 몸부림은 패배를 만회하려는 행위는 아니었지만, 그것은 분명 의 식적인 몸부림이었다. 온갖 깊은 생채기를 당해 힘겨운 몸과 마음에 또다 시 모질게 채찍질을 가하며 언덕배기를 기어오르기 시작했다. 짙은 어둠 이 하얗게 타버릴 불꽃은 아니었지만, 한 차례 격렬한 살풀이가 합일점을 찾아 극치를 달렸다. 가둬놓은 봇물이 용솟음치는 환희로 사정없이 터져 나왔다. 휘몰아친 열기가 훈훈한 공간에 하얀 잿가루를 풀풀 날려야 했지 만 그는 희열에 찬 포만감을 느낄 사이도 없이 아내 위에 털썩 주저앉아 늘어진 몸을 싣고 가쁜 숨결을 토했다.

아내는 흥건히 땀이 배어 나온 그의 등줄기를 쓸어내리며 곧게 하체를 뻗었다. 아내는 이제 사라져 버릴 황홀한 순간을 아쉬워하며 마지막 여운 을 즐기고 있었다. 부끄러운 죄책감이 몰려들었다. 이유야 어찌 됐든 아 내 아닌 타인이 그의 정신세계에 그토록 생생하게 살아 숨 쉬도록 빈틈을 열어놓았다는 자책이 아내를 정면으로 바라볼 수 없게 만들었다.

잠시 그렇게 침묵이 흐르도록 아내 위에서 얼굴을 시트에 묻고 가만히 있었다. 등줄기에 솟아난 땀이 식는지 서늘함이 느껴졌다.

그는 아내에게서 떨어져 나오며 풀썩 침대에 등을 뉘었다. 잠시라도 빨 리 어색한 침묵에서 벗어나고 싶었다. 옆 테이블 쪽으로 팔을 뻗었다. 더

듬는 손끝에 스탠드 스위치가 닿았다. 딸깍하는 소리와 거의 동시에 아내의 손이 그의 허리를 휘감아왔다. 갓 스탠드 불빛이 은은하게 주위를 밝혀 주었다. 어둠에 익숙한 눈동자가 빠르게 조리개를 좁혔다.

"행복해요."

허리를 휘감은 아내가 천정을 향해 반듯이 누워있는 그의 가슴에 얼굴을 묻어왔다.

"평생을 당신 옆에서 지금 이 행복을 느끼며 살아갈래요."

이럴 때는 뭐라고 말해야 하나. 사랑한다고. 그래 사랑한다고 가슴에 꼭 품어 안으며 정겹게 속삭여야 하거늘 굳게 닫힌 입술이 쉽게 열리지 않았다. 그는 상체를 틀어 모로 누웠다. 가슴에 기댄 아내에게 팔베개를 해 주며 말없이 천천히 머리카락을 손 빗질해 내렸다.

"이 느낌 아주 좋아요."

아내는 부드럽게 머리카락을 쓸어내려 주는 그의 손길을 즐기고 있었다. 그는 아내를 바라보았다. 지그시 감아 내린 눈, 아직도 열기가 가시지 않아 엷게 상기된 얼굴에 갓 전등 불빛이 겹쳐서일까, 아내의 얼굴은 더욱 붉게 물들어 있었다.

불빛 때문일지도 모르지만 칙칙한 외로움, 불안한 기색은 어디에도 존재하지 않았다. 그의 야속한 무관심이 뼛속 깊이 사무치도록 외로운 슬픔을 심어주었다고, 친구의 이혼 소식을 접한 뒤 못내 불안한 두려움을 감추지 못하며 속내를 훤히 드러내 보였던 아내였다.

그는 여자는 참으로 알 수 없는 존재라고, 영원히 풀리지 않을 복잡 미묘한 의문 덩어리로 뭉쳐진 수수께끼 같은 존재라고 생각했다. 그러나 지금의 아내는 그 말이 무색하도록 단세포적인 단순함을 보여주고 있었다. 잠시의 다독거림에 언제 그랬냐는 듯이 밝고 만족한 표정이었다.

꿈을 먹고 살아갈 것이라 말하지 않았던가? 그는 오래 전 아내가 속삭이듯 들려주었던 잊지 못할 그 말을 또렷하게 기억해 냈다.

신혼여행을 다녀온 지 두 달쯤 지난 어느 날, 퇴근 무렵 아내가 불쑥 회사 근처로 찾아왔었다. 달콤한 신혼의 꿈에 젖어있는 아내의 행복을 깨뜨리고 싶지 않다는 생각에 아내가 이끄는 곳으로 무작정 따라 들어갔었다. 레스토랑이었다. 화려하지는 않았지만 은은한 조명등이 안정감을 심어주는 아늑한 공간이었다. 창가에 앉아 맛있게 저녁 식사를 마치고 그윽한 향기가 피어오르는 따뜻한 커피를 마셨다. 중앙 홀 무대에서 연인들을 위한 노래를 불러주는 무명가수의 달콤한 노래를 들으며 아내가 상체를 앞으로 기울여 그의 귓가에 포근한 입김을 불어넣었다.

"나는 당신의 꿈을 먹고 살 거예요."

그때 그는 빤히 아내의 상기된 얼굴을 바라보았던 기억이 되살아났다.

"때로는 슬프고 궂은일도, 역경을 헤쳐 나가야 할 고난도 있을 테지요. 당신이 언제나 꿈을 잃지 않고 살아간다면 난, 당신의 그 꿈만으로도 더없이 행복할 거예요. 당신의 꿈만을 먹고 살아가는 내가 바로 옆에 있다는 사실을 잊지 마세요."

그는 아내의 두 손을 꼬옥 잡아주었다. 이것이 행복이라며 화사하게 웃음 짓던 아내, 아내는 자신의 말처럼 지금껏 그렇게 살아왔었다. 사랑한다는 말 한 마디에, 다정한 눈길로 말없이 꼬옥 잡아주는 손길이 행복이라며 감동 어린 눈물을 글썽이던 아내, 그에게 관계된 모든 일들이 그녀 자신의 행복이며 불행이라고 운명처럼 받아들이는 모습을 대할 때마다 그는 아내가 속삭이던 그 말을 떠올리곤 했었다.

그의 마음속에 고이 간직되어 참으로 오래도록 함께 살아온 아내의 진심이었다. 그는 가운을 걸치고 방에서 나왔다. 육신이 나른하게 가라앉았다. 그것이 혼신의 힘을 다해 가파른 산길을 뛰어오며 불태운 높은 에너지 방출 뒤에 생겨나는 당연한 후유증이라면, 심적인 여유로움은 충만한 포만감으로 날아갈 것처럼 가벼워야 옳았다. 그러나 머릿속은 육중한 돌덩어리를 눌러 놓은 것처럼 무겁게 압력을 가해 왔다. 그는 주방으로 가 생수 한 잔을 따라 단숨에 마셨다. 목마른 갈증으로 텁텁하게 말라붙었던 목줄기가 시원스럽게 뚫려 내리자 한결 마음이 가라앉았다.

거실로 나온 그는 소파에 풀썩 주저앉았다. 참으로 난감한 순간이었다. 하필 왜 그 순간 낯선 여인의 얼굴이, 눈빛이 튀어 올랐을까? 그는 낮은 신음소리를 흘렸다. 나 좋아라 마파람을 불러일으키며 사랑에 빠졌던 것은 아니었지만, 그의 속내에 감싸인 불결함을 아내가 알게 된다면 심정이 어떠할까? 믿는 도끼에 발등을 찍혀 버린 어처구니없는 처연함이리라.

아내 아닌 타인을 마음에 품고 있었다는 사실 하나만으로도 그는 아내의 간절한 소망에 먹물을 튕겨 오점을 찍는 죄를 범한 것과 진배없었다. 차라리 술집 여인과 하룻밤 풋사랑을 나눴다면 오히려 용서받기가 훨씬 수월할 것이다. 그러나 응당 아내가 있어야 할 자리에 공간을 비워두고 타인의 그림자를 드리운 죄는 아내에게 두고두고 씻지 못할 아픔을 안겨주는 고통이 될 것이다. 혹시 그럴 리는 없겠지만 어쩌면 아내가 예지한 왠지 모를 불안, 그 불안의 불씨가 그의 속내에서 모습을 드러냈던 것은 아닐까, 그런 생각이 들었다.

타인은 그의 존재를 잊었을 것이다. 레스토랑을 나서는 순간부터 그라는 존재는 의미를 상실한 바람처럼 흔적 없이 사라졌을 것이다. 벌써 한 달이라는 세월이 흐르지 않았는가. 섣부르게 가벼이 마음을 풀어놓을 상과는 거리가 먼 정숙한 모습이었다. 지금까지 그는 타인과 연결된 고리 없이 일방적인 혼자만의 의식 속에 타인을 묶어두고 있었다고 인정해 왔다. 그러나 타인을 그 존재 이상 마음에 담아두고 있었던 적도 없노라 마음속으로 완강히 부인했었다.

그런데 가슴 가득히 넘치듯 채워진 아내의 사랑에 극히 미세한 불순물이 침입해 스며든 것이라고, 그렇게 잠시 머물다 사라질 타인은 자연스럽게 희석되고 치유될 것이라고 믿었었다. 그런데 그게 아니었나 보다. 빗나간 자신감. 어쩌면 자신도 모르는 사이에 변화가 생겼던 것은 아닐까? 그는 반문했다. 그저 타인일 뿐이라고, 잠시 머무는 환상에 지나지 않는다고 자신했는데 그게 아니었나 보다. 짙은 호기심으로 시작된 관심이 어느새 아내와의 밀착된 사랑놀이에 뾰족하게 불거져 나왔던 것을 보면.

가슴이 철렁 내려앉았다. 설마했던 두려움, 변화의 움직임을 그 자신만 모르고 있었을 뿐 아내는 이미 느끼고 감지했는지도 몰랐다. 그의 변화가, 예전에 느낄 수 없었던 낯설고 생소한 것이기에 이내 심상찮은 불안감을 느끼게 된 것인지도 몰랐다.

혹은 두려운 불안감을 떨쳐 내리지 못한 아내가 친구의 이혼을 핑계로 넌지시 상황을 살피고 점검하는 의도적인 탐색은 아니었을까. 만약 그게 사실이라면 아내의 노파심이 결코 신경과민 반응이 아닌 것만은 분명했다. 그 자신이 화들짝 놀라는, 아내 아닌 타인을 머릿속에 염두에 두고 있었다는 사실은 아내의 불안한 심중이 전혀 빗나간 것만은 아니었다.

다시는 만날 기회가 주어지지 않으리란 안타까움으로 무작정 뛰쳐나간 그 순간부터 기다리고 있었던 아내라는 의미는 이미 그의 머릿속에 존재하지 않았다. 부인할 수 없는 아내의 상실과 새롭게 담아둔 타인과 낮은 테이블을 사이에 두고 차를 마시며 지녔던 의문과 의혹을, 얽히고설킨 실타래를 풀어 내린 후에야 불현듯 아내를 떠올리지 않았던가.

창사 이래 최대의 위기를 맞이한 회사에 온통 그의 신경이 곤두서 있는 동안, 그는 품 안에 소중히 보듬어 안았던 타인의 존재를 정리하기 시작했다. 그렇게 감정의 잔재를 씻어내기 시작한 지 벌써 달포가 지났다. 더는 마음에 담아둘 이유와 가치가 없는 것이기에 인상 깊게 품어 안았던 흔적들을 지워 내리기 시작했던 것이다.

그렇게 타인에게로 향했던 감정의 덩어리를 모두 지우고 미련 없이 툴툴 털어냈다고 생각했었다. 행여 사소한 티끌이라도 흔적으로 남았을까 하는 것들은 하얗게 표백하듯 서슴없이 덧입혀 놓기까지 하였다.

이제는 백지처럼 투명해졌다고 자신했었다. 그렇게 자신했던 믿음이 깨진 쪽박처럼 흉측하고 처참하게 땅바닥에 나뒹굴었다. 그것은 표백하듯 덧입힌 한쪽 모서리에 얄밉게 박혀서 지워지지 않는 흔적으로 남아 죽은 듯 웅크리고 앉아있었을 뿐이었다. 그의 믿음을, 자만을 통쾌하게 비웃으면서 말이다.

그는 벌떡 일어나 욕실로 향했다. 홀로 침묵의 강가를 배회하면서 부질없는 허상에 골머리를 앓을 필요가 없다는 생각으로 물을 틀었다. 따뜻한 물이 땀이 밴 후줄근한 분비물을 씻어 내리고 나면 한결 마음이 정갈해질 것이라고 스스로를 위로하면서.

그는 지하 주차장 빈칸에 차를 세워두고 승강기 앞으로 다가갔다. 버튼을 누르고 한 발 물러나 문이 열리길 기다리며 하강해 내려오는 상단 숫자판을 바라보았다. 그런데 갑자기 그의 미간에 골이 패이면서 주름이 잡혔다. 속이 더부룩하니 갑갑했다.

또 명치끝이 욱신욱신하게 통증을 몰고 치밀어 오르는 것이 찜찜하게 신경을 건드리고 있었다. 최근 들어 잊힐만하면 뜸하게 도지던 위장병 증상이 요즘 들어 뻔질나게 문턱을 낮추고 그를 괴롭히고 있었다.

아마도 과음을 한 탓일 거라고 그는 생각했다. 나이 40을 훌쩍 뛰어넘었으니 이제는 몸 생각을 해서라도 자제해야 했건만 사정이 여의치 않았다. 회사 사정이 어렵다 보니 관계회사나 금융담당자, 사채업자들을 접대해야 할 일이 더 잦아졌을 뿐만 아니라 직장 선후배와의 회동도 부쩍 늘어났다. 서로를 위로하고 위로받는 위안의 자리에 얌체처럼 혼자 빠진다는 게 마음에 걸렸다.

이른 새벽 속 쓰린 통증에 잠이 깬 뒤, 비치해 둔 위장약을 복용했지만 좀처럼 가라앉지 않았다. 빈 속에 출근하려던 그는 아내의 성화에 위장에 좋다는 녹즙을 받아 마셨다. 그런데 그때부터 통증이 더욱 심해졌다.

출근길에 손은 운전대에 두고 눈은 약방을 찾느라 전방 좌우를 분주하게 살폈다. 흔하게 보이던 약방이 오늘 따라 좀체 눈에 띄지 않았다. 출근 시간인 번잡한 도로 위에서 좌우로 한눈을 팔며 운전하기가 여간 어려운 게 아니었다.

앞차와의 간격유지도 그렇거니와 틈새를 비집고 끼어드는 자동차, 규칙적으로 반복되어 바뀌는 신호등조차 그의 시선을 어지럽혔다.

그는 마음을 고쳐먹고 곧장 회사로 향했다. 회사에 당도해 주변 약국을 이용할 생각이었다. 그러나 회사 지하주차장에서 엘리베이터에 오른 그는 무의식적으로 사무실인 15층 버튼을 눌렀다.

1층에서 내려 약방에 가봐야 한다는 생각은 흘려버리고 1층에서 많은 사람이 밀려들어 오자, 공간을 좁혀주려 되레 뒤로 물러나고 말았다. 위통이 사라진 것도 아니었는데.

총무부에 들어와 먼저 출근한 여직원들의 인사를 받으며 책상 앞에 앉고서야 복부의 통증을 의식해냈고 약방을 떠올렸다. 그렇지만 조금은 쓰린 속이 가라앉는 것도 같고 다시 밖으로 나가야 한다는 번거로움이 그의 인내심을 유도했다.

'이 정도면 참을 만한데 점심때나 가야겠어.'

그렇게 시작된 인내심이 회사의 바쁜 업무에 쫓겨 또다시 기억에서 잊혔고, 대출 문제로 주거래은행 담당자를 만나러 밖으로 나온 뒤에는 약방은 아예 까맣게 잊고 있었다. 통증이 사라진 것인지 중요한 대출건을 원만히 성사시켜야만 한다는데 온갖 정신이 쏠린 탓인지 담당자와 간단한 점심식사를 끝내고 회사로 돌아오기까지 통증을 잊고 있었다.

그는 열린 엘리베이터 안으로 들어가 1층 버튼을 눌렀다. 그때 아침보다 심하게 복부 팽만감이 압박을 가해 왔다. 엘리베이터의 짧은 흔들림 뒤에 1층에서 문이 열리자 그는 망설이지 않고 내렸다. 그는 1층 현관 쪽으로 바삐 걸음을 옮겼다. 몇 해 전에도 처음 명치 근처가 무리하게 아파왔을 때, 그는 식후 체기려니 하고 대수롭지 않게 여겼었다. 약방을 뻔질나게 들락거렸지만, 증세는 좀처럼 가라앉지 않았다. 며칠을 가슴앓이로 고생하다 병원을 찾았다.

"신경성 위궤양입니다."

"네?"

진찰을 끝낸 젊은 여의사가 개인 병문 기록지에 전혀 알아볼 수 없는 영문을 빠르게 휘갈겨 써 내렸다. 그로서는 전혀 생각지도 못했던 병명이었다. 돌을 씹어도 거뜬히 소화해낼 잡식성인 그가 위장병이라니 믿기지 않을 수밖에 없었다.

"일종의 스트레스성 위장병입니다. 요즘 직장인들이 이 신경성 위궤양으로 자주들 오십니다. 거기에 장염 증세도 겹쳐 있구요."

선무당이 사람 잡는다더니, 자가진단의 병명을 체기라 못 박고 약사에게 체기약을 제조해 달라고 했던 어리석음을 범했으니 효과가 있을 리가 없었다.

오히려 독한 신약에 위장이 더 덧나지나 않았으면 다행한 일이었다.

"증상이 좀 심한 거 같네요. 위벽이 잔뜩 부은 데다 헐고 염증까지 생긴 걸로 판단되는군요. 정확한 진단치료를 위해 내시경 검사를 받아보셔야겠어요."

그때도 그는 며칠 치료를 받아보고 경과를 보아가면서 그때 결정하겠노라고 얼버무리고 도망치듯 병원 문을 빠져 나왔다. 잠자리 눈같이 생긴 작은 렌즈가 달린 긴 호스가 목구멍을 타고 내려간다는 사실이 생각만으로도 울컥거려 속의 내용물을 죄다 토해 올릴 것만 같았다.

그 후 2주일을 꼬박 병원에 다니면서 겨우 통증을 가라앉혔다. 그렇게 시작된 위장병이 1년에 두어 번쯤 뜸하게 찾아오더니, 해를 거듭하면서 횟수가 점점 잦아졌다. 그때마다 그는 병원 치료를 받기보다 약방을 택했다. 번거롭게 병원까지 다녀야 하는 불편함 때문이 아니었다. 체기 약을 삼킬 때와는 달리 약방에서 제조해 주는 하루, 이틀분의 약을 복용하고 나면 거짓말처럼 깨끗하게 통증이 사라지는 신통함 때문이었다.

"오셨습니까?"

약방 안으로 들어서는 그를 약사가 먼저 알아보았다. 그가 멋쩍게 증상을 털어놓았다.

"이달에 벌써 세 번쨌데, 병원에 가서서 정밀검사를 한 번 받아보시는 게 좋겠습니다."

약사는 이틀분의 알약봉지와 물약을 건네주며 우려의 목소리로 말했다.

"아무래도 그래야 할까 봅니다."

"진찰을 받으시고 증상의 정도에 따른 근본적인 치료를 받으시는 게 좋습니다. 더 악화되기 전에."

그는 물약 병마개를 따 한 모금 입안에 물고, 약 한 첩을 털어 넣고 꿀컥 삼켰다. 물약의 씁쓰레한 뒷맛이 그리 유쾌한 것은 아니었지만 서너 시간쯤 지나면 효과를 발휘해 위통이 서서히 가라앉을 것이다.

그는 약방을 나왔다. 요즘 들어 부쩍 아픈 횟수가 잦아들자 슬그머니 걱정이 앞섰다. 더 악화되기 전에 병원에서 근본적인 치료를 받아야 할 텐데, 언제 한 번 병원에 다녀와야겠다고 그는 혼자 중얼거리다 실없는 웃음을 웃었다. 다 부질없는 생각일 뿐이었다. 매번 아플 때마다 병원에 쫓아가 정밀검사를 받고 근본적인 치료를 받아야 한다고 생각은 하면서도 늘 생각에 머물렀을 뿐 행동으로 옮긴 적이 없었다. 그리고 약을 먹은 뒤 통증이 사라지고 나면 병원은 아예 떠오르지도 않았다.

아내는 그가 위장병으로 아프다고 할 때마다 병원에 가보자며 닦달했지만 잠시 있으면 괜찮아질 거라는 말로 그는 아내의 염려를 피해 갔었다.

그러던 어느 날 동료들과 점심식사를 하러 회사에서 나오는 데 아내가 불쑥 그 앞에 나타났다. 그는 얼떨결에 아내의 손에 이끌려 병원 진찰실로 들어갔다.

의사가 현재 상태에 대해 묻자, 그가 더듬거렸고 옆에 서 있던 아내가 그를 대신해 증상을 설명했다. 어제저녁부터 통증이 생겨 아직까지 식사도 하지 못한 상태라고, 속 시원히 위내시경검사를 한 번 받아보았으면 한다고 말했다.

의사가 진찰대로 그를 안내하고 간호사가 뒤따라 들어왔다. 간호사는 진찰대에 누운 그의 입 안에 고통을 줄여주는 마취제인 스프레이를 넣었다. 잠시 사이를 두고 다시 스프레이를 품더니 그를 모로 누이고 고개를 위쪽으로 틀도록 자세를 잡아주었다.

"이 렌즈가 목 안으로 들어갈 때 역겨운 고통만 참으면 이후부터는 수월합니다. 마음을 편안히 가지세요. 뒤는 우리가 진행할 테니까요. 아셨죠?"

화상을 살펴볼 수 있게 화면이 부착된 바퀴 달린 기계를 앞에 끌어다 고정시키고 렌즈 달린 호스를 그의 입안에 가져다 댔다. 그러나 그의 입 안에 호스를 삽입하려고 무던히 애쓰던 의사는 중도에서 진료를 포기했다. 그가 호스가 목구멍을 내려가기도 전에 구토를 시작했고 참지 못하고 이를 악물어 내시경 호스를 물어버린 것이다.

의사는 내시경을 다음으로 미루고 대신 초음파 검사를 권했다. 모니터에 흑백의 거친, 선명하지 못한 움직이는 뭔가가 보였고, 의사는 부위를 짚어가며 걱정할 정도는 아니라고 말해 주었다.

며칠 치료를 받으면 괜찮을 것이란 의사의 말과는 달리 이후로 잊었다 싶으면 가슴께로 통증이 치밀어 올랐다. 아내는 누가 위장병에 무엇 무엇이 좋다더라 하는 말을 하면 기를 쓰고 그것들을 구해 왔다.

"당신 없이 나 혼자 살란 말예요. 아님 병원으로 가서 완치될 때까지 치료를 받으시던지."

먹기 싫다는 그에게 반강제적 압력을 가해 꼬박꼬박 챙겨 먹이곤 했지만, 시도 때도 없이 제발 하는 것으로 보아 아내가 공수해 온 것들은 별 신통한 효과는 없는 듯했다.

"이 부장!"

누군가 부르는 소리에 그는 고개를 돌렸다. 성 과장이었다. 성 과장은 그와 입사 동기였다. 나이는 동갑이었지만 부장 타이틀은 그가 먼저 달았다. 그러나 단 둘이 있을 때는 지금처럼 서로가 편하게 말을 놓고 부담 없이 지내고 있었다. 성 과장과는 부서가 달라서 업무상 일 관계로 자리를 동석하기보다 사석인 퇴근길에 둘이서 술잔을 기울이는 때가 더 많았다. 성 과장은 직장 생활의 응어리진 스트레스를 서로 풀어주고 쓸어 내려주는 믿음직한 동료였다.

"식사는 해결했어?"

성 과장이 다가와 발걸음을 맞추며 말했다.

"적당히 때웠어."

"그럼 커피나 한 잔하고 들어가지."

"그럴까?"

성 과장이 걸음을 멈추고 건물 지하 입구에 걸린 간판을 힐끗 보면서 말했다.

"회사 지하 커피숍은 눈들이 많아 불편해. 여기루 들어가지."

성 과장이 앞서 지하 커피숍으로 걸음을 옮겼다.

지하계단을 내려가 출입문을 열자, 매캐한 곰팡이 냄새가 민감하게 후각을 자극했다.

"회사 분위기가 영 시원찮지?"

자리에 앉기가 바쁘게 성 과장이 그의 의중을 물었다.

"성 과장도 잘 알다시피, 아직 이렇다 할 조짐은 없잖아."

"매스컴에서야 신중을 요하고 정확한 보도를 생명으로 하니까, 확실한 근거자료가 없으니까 함부로 대놓고 까발릴 처지가 못 되지만, 뒤꽁무니로 흘러나오는 정보들이 그리 썩 호의적이지 않던데……."

그는 입을 다물었다. 그렇다고 회사에 대해서 이렇다 저렇다 할 말도 없었다. 그도 답답하기는 매한가지였다.

"큰손들은 뭔가 심상찮은 냄새를 맡았는지 분주하게 움직이고 있다는 소문이야."

"그게 사실이라면 심각하군."

"심각성을 저만치 앞선 상태 아닐까?"

"글쎄."

"소문이 무성하게 가지를 펴면 그땐 소문이 아니네, 진실이지. 지금 공공에 대한 소문이 줄기를 폈어."

"그들이야 은행보다 한 발 앞서 예민하게 움직이는 속물들이잖은가. 노파심에서 호들갑을 떠는 것이라고 봐야 하지 않을까?"

그는 무거운 신음소리를 흘러내렸다. 굳이 성 과장의 말을 빌리지 않더라도 심적인 버거움, 위기감은 회사원 모두가 공통적으로 느끼고 있었다. 안타깝게도 그들이 알고 있는 잣대는 자금 사정이 여의치 못하다는 정도

일 뿐 진의를 알 수 없었다.

　성 과장이 흘려주는 말을 그가 간과하지 않고 새겨듣는 것 역시 그런 이유 때문이었다. 정작 당사자들이 모르는 사실을 외곽에서 먼저 알고 있는 경우가 있었다. '모회사가 조만간 부도가 날 것이다' 라는 식의 루머는 그냥 헛소문이 아닌 확실한 정보이기도 하다는 것을 그도 잘 알고 있었다. 사실 주거래 은행보다 그쪽에서 먼저 문을 닫기 시작했다는 것은 그만큼 상황이 절박하다는 증거이고 회생 가능성이 희박해졌다는 파산선고와 다를 바 없다는 말과 같았다.

　"순진하긴, 벌써 종쳤다는 말까지 나돈다네."

　"아무리……."

　성 과장은 소리 내어 한숨을 토해냈다.

　"사실이라니까 그러네."

　"그렇담 정말, 심각한 일인데."

　"난 앞으로 살 길이 막막해."

　푸념처럼 성 과장이 한숨을 내쉬었다.

　"그런 일은 없어야겠지만. 회사를 떠나야 한다면 다들 힘들 거야."

　종업원이 다가와 찻잔을 내려놓았다.

　"자네야 웬만큼 자리를 잡았으니 회사가 어찌 돼도 생활엔 별 지장이 없겠지만, 난 어쩐다지? 이 나이에 어디서 받아주기나 할는지, 거기다 아내가 이혼까지 하자고 하니 말이야. 요즘 영 잠을 이룰 수가 없다네."

　"마누라한테 들켰어?"

　"응. 그 여자가 이혼했다면서 찾아와서 마누라한테 책임지라는 바람에."

　"그래도 가능하면 이혼은 하지 말아야지."

　"나야, 하고 싶지 않지. 지금 같아서는 회사라도 잘 돌아가면 마누라를 붙들고 이혼만은 막아보겠는데……."

집안의 장남인 성 과장의 딱한 처지를 그는 잘 알고 있었다. 몇 년 전, 팔순 노모가 치매 증상에 빠졌고, 엎친 데 덮친 격으로 막내 동생이 뺑소니 교통사고를 당해 근근이 마련한 보금자리를 처분해 병원비로 날리고, 정신요양원에 보내는 금전적인 고통이 지속되었다.

아들딸 교육비도 만만치 않았다. 맞벌이 부인의 도움이 없었다면, 아마 진즉 파탄이 났을 것이다. 성 과장은 늘 착한 아내에게 감사한다며 언젠가는 호강시켜 주겠노라고 큰소리를 쳤다.

처갓집에서 반대하는 결혼을 무릅쓰고 빼앗다시피 데려온 남의 집 귀한 여식을 고생만 질펀하게 시킨다며 술잔을 기울이다 눈물을 짓고는 했었다. 그런데 어쩌다 보니 바람을 피워 이혼까지 오게 된 것이다.

"낙담하긴 아직 일러."

"뭔 정보라도 들은 거야?"

지푸라기라도 잡는 심정으로 성 과장의 눈빛이 반짝였다.

"정보는 무슨, 자네나 나나 답답하긴 매한가지지."

"자네가 나보다 그쪽으론 더 깊이 관계돼 있어서 한 번 물어보는 거야."

휴, 하고 성 과장이 한숨을 내쉬었다. 그 한숨이 그의 가슴을 무겁게 짓눌렀다.

"문제는 이혼이야. 이혼만 막아준다면, 내가 무엇이든 극복할 것 같은데 말이야."

그의 처진 어깨가 왠지 서글프게 느껴졌다. 젊은 사원 시절 그는 누구보다 회사에 대한 열정과 자부심이 남달랐고 패기가 넘치는 당당한 엘리트 사원이었다.

그의 성과급 업무능력은 자타가 공인하는 뛰어난 인물이었다. 그럼에도 아직 부장 타이틀을 달지 못한 것은 융통성 없는 고지식함과 사교성이 부족해서라고 그는 생각하고 있었다. 원만한 대인관계만 유지했다면 그와 어깨를 나란히 마주했을 그가 늘 마음에 걸렸다.

"지금이라도 당장 영국의 피넬사와의 협상만 원만히 성사된다면 심각한 위기상황은 벗어날 수 있네. 또 부산쪽 계열사만 순조롭게 정리돼도 그런 대로 숨통이 트일 걸세. 어떻게든 곧 결말이 나겠지."

"그게 어디 쉬운 일인가?"

성 과장은 고개를 절레절레 흔들었다.

"어려운 만큼 성사 가능성도 높아."

"그렇긴 한데, 성과 없이 소문만 무성하게 번지고 시간만 질질 끄니 답답하구만."

"유리한 위치에 오를 주도권 선점을 잡기 위한 필연적인 절차 아니겠나. 그들 역시 확실한 교두보 역할을 해줄 이쪽이 무시할 수 없는 상대인 만큼 멋대로 협상을 결렬시키긴 못하네. 만약 우리가 대치할 만한 대상이 아니었다면 벌써 바이바이 손을 흔들었을 거야. 조만간 서로 타협하는 정도로 결말이 날 걸세."

타협 쪽에 무게를 실은 그와는 달리 성 과장이 고개를 갸웃했다.

"좀 더 확실한 교두보를 확보하기 위해 지연책을 쓰는 것이라면? 그들의 노림수에 춤추는 꼴이 되는 것인지도 모르지."

"맞아, 한 번쯤은 짚고 넘어가야 할 돌다리지. 하지만 그들 역시 선부른 행동을 취할 수 없다는 것이 내 생각이네. 이쪽이 다시는 일어나지 못할 위기에 빠진다는 보장도 없거니와 설사 그렇게 된다 해도 자기들 손에 공공이 넘겨지리란 확실한 보장이 없잖은가. 이쪽이 위기에 봉착하길 그들도 바라진 않을 걸세. 지금보다 적은 투자자금으로 알짜기업을 접수하려 손을 뻗어올 경쟁업체가 많을 것이란 말일세. 우리가 원하는 것은 단지

쪼들리는 자금을 확보하기 위한 것이지만 그들은 우리와 입장이 다르네. 자신들의 영역을 확장해 줄 확실한 교두보가 이쪽이란 사실을 잘 알고 있을 테니까. 그러니 필연적인 공생관계를 유지할 수밖에. 기업이 뭔가? 영리를 목적으로 사업을 경영하는 것 아닌가. 기업이 생존하기 위해 추구하는 이윤은 필수불가결의 정의 아닌가. 이윤을 위해서라면, 생존을 위해서라면 법에 저촉되는 일 이외에 취할 수 있는 모든 방법을 동원해 움직이는 것이 기업의 생리네. 지금은 서로가 유리한 위치에 오르려 신경전을 펼치지만, 조만간 공공이 낮은 저자세로 몸을 굽힐 테지. 치욕스럽지만 어쩌겠는가? 생존을 위해선 타협할 수밖에. 윗분들도 선택의 여지가 없을 걸세. 회사의 사활이 걸린 약점이 한층 부각돼 있는 상황이니 어느 정도의 출혈은 감수할 수밖에 달리 도리가 없을 테지. 시간이 지체되는 만큼 우리 쪽의 골이 깊어진다는 것을 누구보다 잘 알고 있는 그들이니까."

성 과장이 고개를 끄덕였다.

"하긴, 이대로 주저앉을 순 없지. 자네 말을 듣고 나니 한결 마음이 놓이는구만."

성 과장은 반쯤 남은 찻잔을 비웠다.

"내일 뭐할 건가?"

"내일?"

"이 사람아, 내일은 주말 아닌가. 특별한 계획이라도 있어?"

그제야 그는 쓴웃음을 지었다.

"특별할 게 뭐 있겠나. 모처럼 아내와 시간을 보낼까 싶네."

"싱겁기는, 그러지 말고 나하고 낚시나 다녀오세. 바닷바람이라도 실컷 마셔둬야 막힌 가슴이 탁 트일 거 아니겠나. 내가 다 알아서 준비할 테니, 자넨 몸만 오게."

"봐서, 연락하겠네."

말을 얼버무리며 그는 시계를 보았다.

"그만 일어날까?"

"그럼세."

그가 앞장서서 출입문을 열고 층계를 올랐다.

이번 휴일에는 아내와 아이들을 데리고 모처럼 공원이라도 다녀올 참이었다. 가족끼리 외식을 한 지도 언제였는가 싶고, 아내의 심란해진 마음도 다독거려 줄 겸 모처럼 그런 다짐을 하고 있었다.

"자네 폰인데."

뒤따라 지하계단을 올라온 성 과장이 전화기를 꺼내 들다 그를 보았다.

"멜로디가 똑같아 내게 온 전환 줄 알았어."

그가 급히 전화기를 꺼내 들었다.

"여보세요?"

긴 신호음 뒤로 상대가 더 기다리지 못하고 끊을지도 모른다는 생각에 말투가 성급하게 튀어나왔다.

"……."

대답이 없었다. 끊긴 것일까?

"여보세요?"

그는 재차 불러보았다.

"저……."

저편의 음성이 나지막한 숨소리처럼 짧게 들려왔다.

"안녕, 하세요."

사이를 두고 이어지는 여인의 목소리였다. 더듬듯 들려오는 낯선 음성이었다. 기억에 없었다.

"실례지만……."

그는 말끝을 흐렸다.

"저어."

그때 뇌리를 빠르게 스치고 지나가는 한 줄기 기억이 있었다. 어디선가 들어본 듯한 음성, 어설픈 예감이 '아, 그녀다'를 속으로 외치며 잊었던 조각난 기억의 파편조각을 바쁘게 꿰어 맞춰놓았다.

"아, 네."

결코 생소한 목소리는 아니었다.

"안녕하세요."

그는 성 과장에게 먼저 들어가라는 손짓을 해 보이고 전화기를 바로잡았다.

"저, 기억하시겠어요?"

저편의 목소리는 가냘프게 들려왔다.

"그럼요. 기억하고 말구요."

그의 목소리에 들뜬 반가움이 듬뿍 묻어 있었다.

"예원 씨죠?"

그는 예원이 만나자고 해서 카페에서 만났었다. 그러다 웬일인지 소식이 끊겼다. 그 후로 그는 예원에게 수십 번도 더 전화를 걸고 싶었다. 단지 무모하게 가까이 접근해 가는 그를 보고 상대가 지레 겁을 먹고 움츠리며 심하게 자기 방어적 자세를 취해 불필요한 오해를 받고 싶지 않았기에 전화를 걸지 못하고 기다렸던 것이다. 문득 그녀가 떠오를 때마다 혹시나 하는 어리석은 생각이 든 적이 없잖아 있었다.

그때마다 그는 마음속으로 고개를 가로저었다. 쫓기듯 바쁜 일상에 지쳐 버린 심신 탓만은 아니었다. 부질없는 짓임을 알기에 떨쳐내 잊기로 했다. 여인을 다시 만날 수 있으리란 보장도 없거니와 설혹 만난들 자신이 취할 수 있는 행동범위가 극히 제한되어 있다는 것을 잘 알고 있었다.

어쩌면 자신도 모르게 아내와는 또 다른 감정의 실타래를 품어 안은 실체를 확인한 순간 더럭 두려움이 엄습했는지도 몰랐다. 아내에 대한 죄스러움, 부부로서의 신의를 저버린 자책감이 한몫 거들고 나섰으리라. 그렇게 까맣게 잊었다고, 머릿속에서 깨끗하게 지워버렸다고 자신했던 환영이 며칠 전 아내의 달뜬 얼굴에서 용수철처럼 튀어 오르지 않았던가?

얼마나 놀라고 당황했던가. 그처럼 어쩔 줄 모르게 황당한 순간을 맞이한 뒤로 그가 느끼고 받았었던 육중한 죄책감, 부끄러움은 지금 이 순간 어디에도 존재하지 않았다. 여인이 전화를 걸어왔다는 놀라움보다 가슴 벅차도록 뭉클한 반가움이 그에게 앞서 감동을 심어주고 있었다.

"이름을 기억해 주시다니 고맙군요."

여인의 목소리는 차분히 가라앉아 있었다.

"그동안 잘 지내셨어요?"

"덕분에……, 편안하시죠?"

"네, 목소리를 들으니 반갑군요."

일상적인 평범한 말을 주고받은 뒤로 여인은 다시 침묵했다. 팽팽한 긴장감이 주입된 무게감은 없었다. 그녀 쪽으로 처지듯 내려앉은 불안정한 침묵이 그를 안타깝게 만들었다.

"여보세요?"

그가 먼저 침묵의 공간을 깨뜨리며 여인을 불렀다.

"네."

예원이 겨우 입을 열었다. 그녀는 뭔가 망설이며 말끝을 흐리고 있었다. 그의 직감이 그렇게 느껴졌다.

"저, 제게 하실 말씀이 있으시면 망설이지 마시고 하세요. 괜찮습니다."

"……."

그가 다독거리듯 문을 열어놓았지만, 여인은 여전히 침묵이었다.

"제게 전화를 하셨을 때는 그만한 이유가 있으셨을 겁니다. 그러니 부담 갖지 마시고 말씀하세요. 혹 제게 부탁하실 일이 있으시면, 제가 도움이 될 수 있는 일이라면 기꺼이 도움이 되겠습니다."

"그렇게 말씀을 해 주시니 고맙네요."

"……."

"죄송하지만 잠시, 제게 시간을 좀 내주시겠어요?"

시간? 어렵게 더듬더듬 건너온 여인의 말에 그의 심장이 주체 못할 충격으로 쿵쿵 가슴을 때렸다. 예기치 못한 반갑기 그지없는 여인의 말에 그는 폭발하는 흥분을 감추지 못하면서도 알 길 없는 여인의 숨은 저의에 고개가 갸우뚱 한쪽으로 기울어졌다. 대체 무슨 일일까? 예원이 나를 찾는 이유가.

"그야 어렵지 않습니다만……."

"곤란하시다면……."

그가 말끝을 흐리자 예원 역시 더듬더듬 말끝을 삼켰다.

"아닙니다, 그런 건 아닙니다."

그는 전화기를 쥔 손을 아래로 내려뜨리고 길게 심호흡을 하였다. 막힌 긴장감을 뚫어 내리듯 깊숙이 숨을 들이마시고 전화기를 들어 올렸다.

"갑작스러운 일인지라 당황했나 봅니다. 그렇잖아도 한 번쯤 전화를 주셨으면 했었습니다. 그때 지나치게 불손했던 제 행동에 심히 불쾌하셨을 텐데도 시간을 할애해 주신 고마움에 보답하고 싶었거든요."

"별 말씀을요. 오히려 제가 실수하는 게 아닌가 싶어 조심스럽더군요."

조금은 안정이 되었는지 여인의 음성도 차분하게 들려왔다.

"아닙니다, 실수라뇨. 당치도 않습니다. 언제쯤 시간이 되는지 말씀만 하세요. 한달음에 달려가겠습니다."

"그처럼 신경을 써주시니 감사합니다. 낮에는 직장관계로 시간 내시기가 어렵겠지요?"

"필요하시면 시간을 내겠습니다."

"아닙니다. 그렇게까지 폐를 끼치고 싶진 않아요."

"……."

"퇴근하신 이후가 낮보다는 시간적인 여유로움이 있으시겠네요. 괜찮으시겠어요?"

공이 그에게로 넘어왔다.

늦은 저녁시간이란 부담스러운 공을 재차 수월하게 넘기지 못하고 그는 우물거렸다. 그로서는 아무 시간이나 개의치 않지만, 여인인 그녀로서는 부담스러울 텐데 그의 편리를 배려한 여인의 마음 씀씀이가 따뜻하게 느껴졌다.

"저야 아무 때나 상관없습니다만, 괜찮으시겠어요? 제가 오후로 시간을 마련해 볼게요."

회사 분위기상 몸을 빼기는 뭣하지만 그러는 것이 여인에 대한 배려고 도리다 싶어 염려스러운 듯 그가 말을 건넸다.

"아니에요, 괜찮아요. 그러실 필요까진 없으세요. 소중한 시간을 빼앗고 싶진 않아요."

"정히 그러시다면 언제쯤……."

"내일 저녁 8시쯤 어떠세요?"

여인이 그의 의중을 물어왔다.

"네, 좋습니다."

"처음 만났던 그 레스토랑에서 기다릴게요."

"알겠습니다. 그럼, 그때 뵙죠."

그는 천천히 전화를 마쳤다.

다음날, 예원은 그와 약속한 장소에 도착했다. 붉은 카펫으로 장식된

층계를 올라서 출입문을 열고 안으로 들어섰다. 그리고 찬찬히 주위를 둘러보았다. 그의 모습은 아직 보이지 않았다. 예원은 조용한 창가의 빈 테이블로 가다가 어느 한 탁자에 눈길을 두었다. 난생 처음 낯선 타인과 찻잔을 마주했던 빈자리가 아직도 마음 속에 새겨져 있었다.

살벌한 추위에 얼어붙었던 예원의 몸과 마음이 따뜻한 온기에 살포시 녹아내리던 곳이었다. 그녀를 바라보던 낯선 사내의 편안한 시선이 아직도 아늑하게 머물러 있었다.

예원은 그 테이블로 다가가 의자에 앉았다. 종업원이 그녀 앞에 따뜻한 김이 피어오르는 투명한 유리잔과 메뉴판을 공손하게 내려놓았다. 예원은 물끄러미 웨이터가 내려놓은 뜨거운 물이 담긴 투명한 유리잔을 바라보다가 격자무늬 창으로 시선을 돌렸다.

짙은 어둠이 잠긴 밤거리에 형형색색인 화려한 네온 불빛이 아름답게 반짝이고 있었다. 제법 매서운 바람이 부는지 앙상한 가지만 남은 가로수가 심하게 흔들거렸다.

무성한 잎사귀, 가지 많은 나무에만 바람 잘날 없는 게 아닌가 보았다. 저 앙상한 나무조차 웡웡 소리를 내지르며 휘청거리는 걸 보면……. 창밖의 을씨년스런 모습이 꼭 자신과 닮았다고 예원은 생각했다.

그때 똑똑 테이블 두드리는 소리에 예원은 흠칫 시선을 돌렸다.

"일찍 오셨네요."

그가 와 있었다. 혈색은 여전히 창백해 보였다.

"네, 저두 방금 왔어요."

두 사람의 시선이 마주치자 그가 부드러운 웃음을 지어 보였다. 그는 맞은편 자리에 앉으며 손목시계를 내려다보았다. 시간은 10분 전 8시를 가리키고 있었다.

"이처럼 어려운 시간을 할애해 주셔서 뭐라고 감사를 드려야 좋을지 모르겠네요."

"무슨 말씀을요."

그가 도착하기 전부터 은근히 토닥거리던 맥박이 그를 대하는 순간 더 세차게 쉼 없이 들뛰고 있는 것을 예원은 느끼고 있었다. 부끄러운 민망함, 당돌하게도 여인네가 먼저 전화해 만나자고 했으니 나를 이상한 여자로 생각하고 있는 것은 아니겠지 하는 생각이 들었다. 이런저런 생각이 뒤엉켜 고개를 제대로 들 수가 없었다.

문뜩 낯선 사내의 모습이 떠올랐다. 왜 그 상황에서 그의 모습이 떠올랐는지 알 수 없었다. 처음 만났을 때 그가 건네준 명함을 받았었다. 명함은 남편이 다니고 있는 회사의 명함이었다.

명함을 꺼내 들고 예원은 한참을 더 그의 이름을 들여다보았다. 그리고 다시 망설이다 어렵게 전화기를 걸었다.

무선을 타고 들려오는 그의 목소리를 듣는 순간, 예원은 화들짝 놀라 전화기를 떨어뜨릴 뻔했다. 재차 들려오는 그의 목소리에 짓눌린 부끄러움 때문인지 입조차 열리지 않았다. 어렵사리 입을 열고 기어드는 목소리로 간신히 말을 이어 나갔지만 정신이 아득했었다.

거부감 없이 편안하게 들려오는 그의 목소리에 한껏 용기를 내 시간을 내달라고 말은 했지만 터질 듯 쾅쾅 울리는 심장소리에 더 놀라 숨이 턱 막혀 올랐었다. 그에게 약속시간을 받아내고 난 뒤로도 한동안 그녀는 정신이 아득하도록 얼굴이 확확 달아올랐다.

"솔직히 말해서 전화를 받는 순간 저도 얼마나 반가웠는지 모릅니다. 감사를 드릴 사람은 오히려 제 쪽입니다. 다시 만나뵐 수 있는 영광을 베풀어 주셨으니까요."

종업원이 다시 다가와 그 앞에 따뜻한 물이 담긴 투명한 유리잔을 내려놓고 물러갔다.

"얼마나 망설였는지 몰라요."

"제게 부담을 느끼셨군요."

"……."

"당연한 망설임이지요."

그가 말끝을 흐렸다.

"전혀 부담을 느끼지 않았다고 말하면 거짓말이 될 테죠. 행여 책망하실지도 모른다는 생각이 문득 들더군요. 어떻게 받아들이실는지 몰라 한동안 망설이다 전화를 드렸어요."

그녀는 부끄럽고 미안한 마음을 고백하고 싶었지만 더 이상 입이 열리지 않았다. 그의 얼굴을 정면으로 바라볼 자신이 없었다. 상대의 두 눈을 바라볼 용기는커녕 더럭 겁이 났다. 왜 전화를 했었는지 조금만 더 생각을 했더라면 이런 불상사는 발생하지 않았을 텐데, 아니 전화는 걸었더라도 약속만 하지 않았다면 하는 후회가 몰려왔다.

나오지 말 것을 괜히 나왔다 싶은 생각까지 겹쳐서 그녀를 괴롭혔다. 그러니 지금 이 상황에 걸려온 전화가 반갑기 그지없었다는 그의 말이 위안이 될 수 없었다. 예원은 마음 속으로 고개를 가로저었다.

분명 책망할 거야, 겉으로 말은 하지 않지만 속내가 훤히 들여다보이는 가벼운 여자라고. 이처럼 불편한 가시방석에 앉아서 뭘 어쩌겠다고 나왔을까? 예원은 그의 시선 아래로 눈길을 낮추고 가만히 숨죽여 고개를 떨어뜨렸다. 그는 투명한 유리잔을 들고 따뜻한 물을 한 모금 마셨다.

"이렇게 만나 뵈니 정말 반갑군요."

"……."

예원은 시선을 들어 겨우 테이블 앞 유리잔을 바라보았다. 살포시 미소를 지어보지만 그 역시 어색한 느낌이 들었다.

"보통 사나운 날씨가 아니던데, 나오시는데 춥진 않으셨어요?"

"네, 괜찮았어요."

그녀의 달라붙은 두 입술이 겨우 틈새를 벌리고 말문을 열었다.

"겨울날은 추워야 제격이라지만 갑자기 기온이 떨어지니 피부로 와 닿는 체감 온도는 더 낮은 거 같아요."

"네, 그러네요."

"아세요?"

"네?"

그가 불쑥 뜬금없이 물었다.

"실은 이곳에 들어와 그쪽을 발견하고 잠시 머뭇거렸어요."

"그러셨어요? 부담스러웠나 봐요."

"전혀, 그런 게 아니랍니다. 혹 사람을 잘못 본 게 아닌가 싶어, 재차 확인하느라 진땀을 흘렸습니다."

그의 얼굴에는 웃음이 가득했다.

"절 한눈에 알아보지 못하셨다니 조금은 섭섭한 생각이 드네요."

붉은색 바탕에 하얀 물방울이 조화롭게 새겨진 넥타이가 잘 어울리는 인상적인 모습이었다.

"오해를 하셨나 보군요. 그런 게 아니랍니다."

"……?"

"오히려 절 화들짝 놀라게 한 죄로 심장이 철렁 내려앉은 책임을 단단히 지셔야만 할 거 같네요."

어려운 말도 아닌 그의 말의 의미를 이해하지 못한 예원은 뒤늦게 낯이 붉어졌다.

"이처럼 아름답고 눈부시게 변신을 시도하셨으니 제가 얼른 알아보지 못하고 놀랄 수밖에요."

칭찬인지 비웃음인지 진의를 분별해 볼 정신이 없었다. 여태껏 가라앉는 기색 없이 쉼 없이 들뛰는 심장소리, 어색한 불편함이 그녀의 판단력을 흩트려 놓았다.

"처음 뵈었을 때의 느낌은 뭐랄까, 바라보는 상대로 하여금 무언가를 생각하게 하는 그런 차분한 분위기에 휩싸여 있었지요. 그런데 오늘은 화사한 귀부인, 눈부시도록 아름다우십니다."

예원은 왠지 귀가 간질거렸다.

"칭찬으로 알고 받아들일게요."

"입에 발린 말이라 듣기 거북하셨어도 어쩔 수 없답니다. 맘에 없는 소린 강요해도 못하는 성격입니다."

듣기 좋은 말을 했지만 그의 말을 믿고 싶었다.

딸의 눈에도 변화한 엄마의 모습이 달라 보였다고 했으니까. 외출 준비를 하고 있는데 딸이 다가와 말했다.

"와 오늘 엄마 예쁘다!"

"정말?"

"응, 정말 예뻐."

약속 장소에 나갈 준비를 하느라 옷을 갈아입고 화장대 앞에 앉아 마무리 화장을 손질하는 예원의 목을 끌어안으며 딸이 연신 예쁘단 소릴 했었다. 누구에게 잘 보일 일이 있다고 했다.

타인에게 구질구질한 모습으로 마주 대할 수는 없었다. 예원은 맥없이 떨어뜨렸던 손을 들어 올려 눈썹화장을 마무리했다.

"보세요."

무겁게 들려오는 그의 말에 예원은 숙였던 고개를 반쯤 들었다.

"무슨 생각을 그렇게 하세요?"

예원이 잠시 생각에 잠겨 있는 동안 그가 무슨 말인가 했었나 보다.

"죄송해요."

얼버무리듯 그녀는 말을 흐렸다.

"잠시 절 바라보지 않으시겠습니까?"

예원의 얼굴이 화끈 달아올랐다. 그녀가 어렵게 시선을 들어 그를 보았을 때 목소리만큼이나 부드러운 웃음이 만면에 가득했다.

"제게 뭔가 하실 말씀이 있으시면 하세요. 그처럼 수심에 잠겨 있는 모습이 안타까워 보여요. 어려워 마시고."

예원은 마음 한편으로 안도의 한숨을 내쉬었다. 예원이 뭔가 어렵게 부탁할 용건이 있다고 생각했나 보았다. 그런 게 아니라고, 답답한 마음에 낯선 상대와 대화를 나누고 싶었다고, 그렇게 해서라도 마음 속에 무겁게 쌓여있는 갈등을 해소하고 싶었다고 어찌 말할 수 있을까?

"엄마, 어디 가?"

외출을 위해 화장을 마무리 짓고 자리에서 일어나자 일곱 살 딸아이가 옷자락을 잡고 물었다. 동그란 두 눈으로 그녀를 바라보는 그 딸아이의 시선이 날카로운 가시처럼 예원의 가슴에 뜨끔하니 박혀 들었다.

"응, 엄마 친구들과 모임이 있어서……."

철부지 딸애에게 이처럼 황당한 거짓말을 둘러대면서까지 나가야만 하는 것일까 하는 망설임이 없지는 않았다.

"일찍 올 거야?"

딸아이의 물음에 그녀는 대뜸 입을 열지 못했다.

"아니, 어쩌면 조금 늦을지도 몰라."

휴대가방을 챙겨 들자, 남편이 욕실에서 안방으로 들어왔다.

"이 시간에 어딜 나가?"

눈에 잔뜩 힘이 들어가 있었다.

"어제 말했잖아요. 친구들과 모임이 있다구."

"여자들이 모임은 무슨 얼어 죽을 모임."

적이 못마땅한 말투였다. 예원은 울컥 치밀어 오르는 화가 턱밑까지 차올랐다. 그에 대한 참을 수 없는 분노, 망설여지던 그녀의 등을 매몰차게 떠밀어주는 빌미를 기다리기라도 한 것처럼 예원은 대답 없이 휑하니 찬바람이 일도록 남편에게서 몸을 돌려 방을 나왔다.

한시라도 빨리 이곳에서, 그에게서 훌쩍 벗어나고 싶었다.

진정 이런 게 부부 사이일까? 참을 수 없도록 치밀어 오르던 분노 속에서 앞서 툭 불거져 나온 서글픈 울렁임이 목을 콱 막았다.

"열쇠 가지고 나가, 곤한 잠 깨우지 말구."

등 뒤로 날카롭게 꽂혀 드는 남편의 일침이었다. 거짓을 둘러대고 낯선 남자를 만나러 나가는 그녀의 몸과 마음이 죄스러움에 화들짝 놀라 움츠러들기보다 오히려 경멸스럽게 튕겨 나가듯 당당해졌다.

"엄마, 일찍 와."

딸아이와 아들이 현관으로 쪼르르 따라나오며 말했다.

"그래, 일찍 올게. 동생 데리고 먼저 자."

"응."

예원은 아이들의 볼에 입술을 비벼 주고 현관문을 열었다. 어렵게 발걸음을 옮겨 현관문을 닫았다. 잠시 머뭇거리듯 망설이던 그녀는 아랫입술을 지그시 깨물고 엘리베이터 1층 단추를 눌렀다.

얼마 전에도 그랬었다. 술 취해 새벽에 들어온 남편의 요구를 거부한 대가로 그녀는 몹쓸 가해자로 일주일 내내 긴긴 밤들을 후회와 참회하는, 좌절과 분노로 이어지는 고통 속에서 지옥 같은 감옥생활을 감수해야만 했었다.

그렇게 일주일을 밖에서 떠돌다 집으로 돌아온 남편은 그녀에게 눈길 한 번 제대로 던져주지 않았다. 그녀 역시 불필요한 말은 하지 않았다. 그 이전부터 두 사람 사이에 가로막힌 두꺼운 벽, 치유되기 힘든 침묵의 골이 더 깊게 패였다.

벌써 회복 불능의 상태에 빠져 있음을 두 사람 모두 잘 알고 있는, 위험 수위를 훌쩍 벗어난 팽팽한 줄다리기를 하며 한 달이란 날짜가 흘렀다. 하지만 꼬인 매듭은 풀리지도 끊어지지도 않고 팽팽하게 당겨진 상태였다.

올라가던 엘리베이터가 멎고 문이 열리자 그녀는 안으로 들어갔다. 1 층 단추를 누르자 문이 닫히고 서서히 엘리베이터는 하강하기 시작했다. 남편은 집으로 돌아와 잠자리로 서재를 사용했지만 그녀 역시 개의치 않았다. 처음부터 그렇게 살아오지 않았던가? 살가운 정과는 거리가 멀게 살아온 부부, 오히려 남보다도 못한 어색한 관계였는지도 모를 일이었다. 상황이 조금 더 악화되었다고 달라질 건 아무것도 없었다.

단지 그때보다 조금 더 긴장된 시간 속에서 지내야만 한다는 현실이 부담스럽게 얹혀 있을 뿐이었다.

화해란 어느 한 쪽에서 손을 내밀면 그 손을 맞잡아줄 마음의 준비가 되어 있어야 가능했다. 그러나 두 사람 모두 먼저 손을 내밀거나 맞잡아줄 마음의 준비가 되어 있지 않았다. 한쪽에서 손을 뻗으면 못 이기는 척 잡아준다고 쉽게 풀릴 성질의 갈등이 아니라는 사실을 두 사람 모두 뻔히 알기에 서글픈 거리감이 너무 멀었다.

엘리베이터가 멈추고 문이 열리자 그녀는 밖으로 나왔다. 도로변을 서성이며 택시를 기다리는 자신이 왜 이렇게 초라하게 느껴지는지 알 수 없는 일이었다.

민지한테나 가볼까? 자신의 추한 모습, 서글픈 기분 속에서 문득 친구 민지가 떠올랐다. 예원은 이내 마음 속으로 도리질을 해댔다. 그녀 역시 최근 이혼을 할 위기에 코가 석 자나 빠져 있었다.

자신의 삶도 힘에 겨워 휘청거리는 그녀에게 무슨 넋두리를 늘어놓을 수 있을까? 그녀에게 자신의 처지를 거리낌 없이 속주머니 까발리듯 홀렁 뒤집어 털어놓을 수만 있어도 이처럼 서글픈 감정에 빠져 슬퍼하는 아픔 은 한결 가벼워질 텐데 말이다.

한참을 그렇게 서성이던 그녀는 택시에 올랐다. 민지는 전혀, 아무것도 모른다. 예원은 그녀에게조차 자신의 처지를 감춰왔었다. 그동안 예원이 꼭꼭 숨겨놓은 비밀, 딱한 처지를 알게 된다면? 여린 감성인 그녀의 얄팍 한 가슴이 울컥 치올라 커다란 두 눈에 주체 못할 눈물을 펑펑 쏟아낼 테 지. 민지에게 그 일이 있기 전이었다면 분명 그랬을 테지. 어쩌면 예원을 한없이 원망하고 못 믿을 사람이라고 경멸할지도 모른다.

어쩔 수 없는 예원 그녀만의 아픔이었다. 고향의 부모님에게조차 원망 섞인 말 한 마디 하지 못했던 그녀였다. 민지라고 예외일 수 있을까? 알량 한 자존심을 세우기 위해서 그럴만한 가치라도 존재한다면 얼마나 좋을 까? 그만큼 마음의 위안이 될 수 있을 테니까.

남편이 방황인지 앙갚음인지 불분명한 행동을 취하며 일주일을 밖에서 떠돌다 집으로 돌아왔다. 그는 흠뻑 술에 만취한 상태였다. 기우뚱 휘청 거리는 몸짓과는 달리 휑하니 찬바람이 불도록 곧장 서재로 향하는 그를 어떻게 해석해야 좋을지 알 수 없었다.

멀쩡한 맨 정신으로 들어올 낯이 없어서 술기운을 빌미로 집에 돌아온 심사는 아니었다. 울분을 삭이기 위해? 그렇다면 응당 취기라는 힘을 빌 려 술주정하듯 화를 내거나 아니면 타협을 하든지, 그것도 아니라면 용서 를 하던가, 서로가 용서하고 용서해 주는 그 어떤 선택을 했어야만 옳았 다. 그러나 취중에도 감정을 억누르고 속내를 보이지 않는 가슴 섬뜩한 그의 저의를 어떻게 이해하고 받아들여야 하는지, 아침을 차려도 수저를 뜨는 둥 마는 둥 식탁을 벗어나기 일쑤였다.

속풀이로 뜨거운 국물을 훌훌 마실 만도 하련만 냉담했다. 그녀 역시 속이 뒤틀렸지만 밥맛이 없어서, 속이 좋지 않아서 그렇거니 하는 이해 아닌 이해하는 심정으로 좋게, 좋게 덮어 두고 넘어갔지만 뚜렷한 맨 정신으로 퇴근한 저녁이나 다음날 아침에도 남편의 행동에는 변함이 없었다.

정신적인 고문이었다. 마치 피를 말려 죽일 심사라는 생각이 들었다. 결국 참지 못한 예원이 먼저 어떤 행동을 취하느냐에 따라 적절한 반발을 취하겠다는 그의 계산된 심사인지도 모를 일이었다. 어쩌면 남편은 이런 절호의 기회, 기회의 순간을 학수고대 기다렸는지도 몰랐다. 자신이 꼭꼭 숨겨놓은 비밀이 죄다 밝혀진다 해도 단 한 사람, 그녀에게만큼은 어떤 일이 있어도 숨기고 싶었던 비밀이었을 것이다.

그동안 숨죽이고 고개 숙인 남자로 지내온 그였다. 이참에 내 쪽에 벗어나지 못할 올가미를 씌우기 위해, 그동안 비굴하게 당해 왔던 지난날에 대한 보상, 대가를 어떤 식으로든 되받아 내리란 그 나름대로 치밀하게 계산된 움직임이었으리라. 그렇게 벼르던 절호의 기회를 잡았다고 생각했으리라. 나름대로 주도면밀하게 오기를 부렸건만 전혀 흔들림 없는 그녀의 차분한 태도에 자신의 계산이, 노림수의 결과가 예상과는 달리 훌쩍 빗나갔음을 의식했으리라. 그래서일까. 분한 마음, 울분을 삭이지 못해 더 의식적으로 오기를 부리는 것인지 알 수 없었다.

착각이었다. 그가 생각하는 테두리의 범위가 그쪽이라면 분명한 착각이었다. 우열을 가려내려 힘겨루기를 하고 있다고, 알량한 자존심을 내세워 콧대를 꺾이지 않으려고 몸부림치는 것이라 여겼다면, 그는 돌이킬 수 없는 실수를 범하고 있는 것이었다.

그가 한 남자로서가 아닌 집안의 가장으로서, 그동안 잃어버린 자신의 권위, 상실된 자존심 회복을 위해 행한 이유 있는 정당한 행위였다면, 그녀 역시 그 부분에 대해서 충분히 이해하고 인정할 수 있었다. 얼마든지 뒤로 한 걸음 물러나, 그가 요구하는 조건을 받아들일 용의가 있었고 그의 꺾인 자존심을 곧추세워 줄 자신감도 있었다.

그런데 전혀 예상할 수 없었던 그의 상식 이하의 행동, 서로 이해하고 타협하는 순리는 아닐지라도 주어진 기회에 걸맞게 떳떳하고 당당하게 자신이 취하고자 했던 권위, 자존심 회복을 요구했어야 옳았다. 치기 어린 졸렬한 행동으로 자신의 이기적인 이익을 위해 행한 그의 행위가 그녀를 걷잡을 수 없는 분노 속으로 몰아붙였다.

현명한 이성과 인격을 갖춘 남자, 남편이란 존재가 상식 이하의 행동으로 막다른 골목으로 내몰린 아내를 핍박하고 피폐한 궁지 끝으로 내몰아 세우다니, 참으로 이해할 수 없는 행동이었다. 더 이상 비참한 부부생활을 이어갈 필요가 있을까? 예원은 환멸을 느끼고 있었다. 남편의 치졸한 노림수가 그녀에게 이혼 결심을 부채질하고 있었다.

남편이 앞서 염두에 두었어야 할 지난날의 그녀와 지금의 그녀를 헤아렸어야 옳았다. 지난날에는 어쩔 수 없이 그녀 스스로 포기라는 체념 속에 자신을 빠뜨릴 수밖에 없는 처지였지만, 지금은 모든 것이 달라져 있었다. 현실에 눈을 뜨며 단련된 그녀의 변화한 생각의 깊이와 주어진 상황 그리고 처지가 판이해졌다는 사실을 남편은 전혀 직시하지 못하고 있었다. 그녀 역시 묶인 매듭을 뚝 끊듯 결론을 내린 결심은 아니지만 별거를 머릿속에 얹어두고 있었다.

때에 따라서 최악의 선택, 그녀에게 있어서 최선의 선택이 될 수도 있을 이혼마저 불사할 의지가 밑바탕에 진하게 깔렸었다. 과거와는 다른, 지금의 현실에 얽매인 자신과는 전혀 달라지고 싶었다.

그런데 지금 자신은 무엇을 하고 있는 것일까? 남편과의 냉전, 화해의 실마리가 보이지 않는 최악의 상황에서 낯선 남자를 만나 뭘 어쩌겠다는 것인지, 예원은 달리는 택시 시트에 등을 기대고 두 눈을 감았다. 풀어헤

칠 수 없을 것만 같았던 갈등의 늪 속을 철퍼덕거리며 헤매던 그녀는 포기하지 않고 방황의 끝자락을 끈질기게 물고 늘어졌다.

그녀가 목적지를 민지의 집이 아닌 약속장소인 레스토랑으로 정한 것은 그녀의 가슴에 하나의 점이 선명하게 찍히는 나름대로의 자신감이 생겼기 때문이었다. 낯선 상대에게 자신의 어수선한 생활이, 의지가 동요되거나 달라질 하등의 문제가 없으리란 자신감이었다.

잠시라도 타인의 공간을 엿볼 호기심이 작용해 낯선 타인에게 전화를 걸었던 것은 아니었다. 어떻게 해서든 마음의 안정을 되찾고 싶었다. 더는 혼자서 감당하지 못할 한계에 이른 남편과의 불협화음, 그동안 살아오면서 층층이 응축된 갈등이라고 해야 하겠지만, 남편과 화해할 실마리를 찾기 위해 치는 몸부림 역시 아니었다. 그녀 자신을 위해서라도 어떻게 해서든지 탈출로가 아닌 돌파구를 찾아야만 했다.

그 누구라도 있어 홀홀 털어내 까발려도 흠이 되지 않을 대화할 상대가 절실했지만 아무도 없었다. 민지가 고작이었다. 하지만 지금의 민지가 그녀의 어수선한 마음을 다독거려 줄 처지가 못 된다는 현실을 누구보다 잘 아는 그녀였다.

겨우 가라앉은 민지의 마음에 어떤 새로운 변화, 새로이 불씨를 지펴주는 계기가 될지도 모른다는 노파심이 예원을 멈칫거리게 했다.

민지의 슬픔이 가슴에 아려와 예원의 상처 위에 덧이겨져 눈물이 핑 돌았다. 손수건으로 눈물을 훔치는 그녀를 택시운전사가 룸미러로 힐끔거렸지만 창피하지 않았다. 그가 어찌 지금의 내 마음을 알 수 있을까?

갈 곳이 없었다. 그렇다고 지금 이대로 돌아서 집으로 돌아갈 수는 없었다. 자존심 따위와 상관없이, 꼭 집이 아니어도 어디로든 갈 데가 있다면 좋겠다고 생각했다. 만약 이대로 돌아서서 집으로 가게 된다면 자신이 무슨 짓을 저지를지도 모를 것 같았다. 갑자기 소름이 확 끼쳐 왔다.

그때 갑자기 뇌리 속에 떠오르는 얼굴이 있었다. 그 낯선 타인의 모습에서 잔잔하게 느껴지던 여유로움이 함께 떠올랐다. 남편에게서나 자신에게서 전혀 찾아볼 수 없는 평화로움, 그녀가 어렵게 갈등의 늪에서 헤쳐 나와 마침표를 찍을 수 있도록 동기를 부여해 준 것이 바로 낯선 타인의 낯설지 않은 편안함이었다.

낯선 타인의 타고난 따사로움일까, 사내의 시선이 머무는 곳마다 살가움이 피어올랐다. 천하지도 낯설지도 않았다. 인상 깊게 마음 한구석에 각인시켜 주었던, 얼어붙은 마음을 따뜻하게 녹여주며 편안히 안정을 심어주던 타인의 여유로움을 다시금 마주 대하고 싶었다. 그 순간만큼은 아무 조건 없이 또 이유 없이 그렇게 하고 싶었다.

"죄송해요."

예원은 힘없이 늘어뜨렸던 고개를 들어 그의 시선 아래 시선을 두고 얼굴을 붉혔다.

"네? 뭘 말입니까."

그는 이해할 수 없다는 듯 고개를 갸웃거렸다.

"요즘, 그렇잖아도 여러 가지로 신경 쓰실 일이 많으실 텐데, 제가 소중한 시간을 괜히 뺏은 건 아닌가 싶어서요."

"아, 네."

그는 그제야 여인이 던진 말의 의미를 이해했다.

"신문을 보셨군요."

"네, 신문에 난 기사를 얼핏 읽었어요."

예원은 얼마 전 신문을 뒤적이다가 한국경제가 처한 어려움이란 제목을 보았다. 기사 내용 중 상당한 어려움에 부닥친 몇몇 회사들이 거론돼 있었는데, 그 가운데 국내 30대 그룹에 속해 있는 굴지의 회사가 유독 그녀의 시선을 끌었다.

그 회사는 낯선 사내가 건네준 명함에서 본 회사였고 무엇보다 남편이 다니고 있는 회사이기 때문에 관심이 그쪽으로 쏠렸다. 기사는 지주회사인 공공에 대해 휘청거리는 공룡이란 표현으로 시작해 회사가 심각한 경영위기에 처해 있다고, 비교적 자세하게 내용을 전하고 있었다.

그녀는 무슨 말인가 해야만 한다고 생각했다. 마냥 고개를 숙이고 악문 입술로 침묵할 수는 없었다. 상대에게 괜한 부담감을 안겨주는, 사소한 오해일지라도 받고 싶지 않았다. 그때 떠오른 내용이 신문 기사였다. 그러나 말을 뱉어 놓고는 그녀 자신도 못마땅했다. 그렇잖아도 어색하도록 무거운 두 사람의 침묵 속에 커다란 바윗덩어리를 풍덩 던진 꼴이었다. 어떤 의미나 내용이 전혀 내포되어 있지 않은 우스갯소리였다면 오히려 좋았을 것을, 서로가 부담 없이 가볍게 주고받으며 웃을 수 있었다면 분위기가 한결 부드럽게 해소되었을 텐데 말이다.

"신문에 난 내용처럼 그렇게 심각한 위기상태는 아니랍니다."

그가 움츠렸던 상체를 천천히 펴며 예원을 향해 빙그레 웃어 보였다.

"그러시다니 다행이네요."

예원은 빙그레 웃는 사내의 얼굴을 대하자, 예전의 그 편안하게 와닿던 부드러움이 다시금 전신으로 파고드는 아득함으로 전해져 오는 것을 느꼈다.

"저로서는 모처럼 맞은 행운의 저녁인데, 저의 우중충한 개인적인 문제를 화젯거리로 삼아 소중한 시간을 희석하고 싶지는 않군요."

예원은 자신도 모르게 고개가 숙여졌다. 괜한 말을 꺼내 상대의 심기를 불편하게 했나 보다 싶었다. 어쩌면 상대는 자신의 문제를 화젯거리로 삼는 걸 별로 좋아하지 않는지도 몰랐다.

아니면 그의 말 그대로 우중충한 문제를 화젯거리로 삼고 싶지 않을 수도 있었다. 온종일 회사의 위태로운 분위기에 심한 스트레스를 받는 그로서는 당연히 피하고 싶은 대화일 것이다.

"아, 식사하셔야죠. 일찍 나오시느라 식사도 못 하셨을 텐데 죄송합니다. 그저 반가운 맘이 앞서 미처 생각을 못했습니다."

"저야 괜찮습니다만, 오히려 저 때문에 지금껏 식사도 못하셨군요. 여러모로 죄송스럽습니다."

"별 말씀을. 제게는 모처럼만의 소중한 시간이랍니다."

그는 메뉴판을 펼쳐 들었고 예원 역시 자신의 앞에 놓인 메뉴판을 넘겼다.

"인연이란 참 묘하다는 생각이 드는군요."

메뉴판을 살피다 건너오는 부드러운 그의 눈길. 예원은 그가 던져준 의미심장한 인연이란 글자를 가슴에 묻어 되새김질하듯 곱씹어 보았다. 그녀 역시도 당혹스럽게 접근해 왔던 그와 이처럼 다시 마주앉아 차를 마시고 식사까지 하게 될 줄은 생각지 못했었다. 묘하다는 그의 말이 이유모를 설렘으로 뭉클 가슴에 와닿기보다 쿡쿡 가슴을 찌르는 아픔으로 느껴졌다.

"우연이 겹치는 만남은 필연이고 운명이라던데……."

말끝을 흐리던 그가 아직도 뜨거운 김이 피어오르는 유리잔을 들고 물을 한 모금 마셨다.

"다분히 감상에 젖어서 인연이란 테두리에 가둬두지 않더라도 새로운 사람을 만나 서로 알고 지내는 것만으로도 유쾌한 일이지요."

예원은 상대가 가식으로 변화를 꾸며가고 있다고 생각하지 않았다. 처음부터 그랬었다. 예원이 당황하도록 낯설게 접근해 온 그였다. 품고 있던 자신의 가슴앓이, 의문 덩어리를 솔직하게 풀어 내렸던 사람이었다.

그의 진솔하고 자연스러운 행동, 일상적인 생활에서 자연스럽게 몸에 밴 풍부한 여유가 그녀는 한없이 부러웠다. 그는 남편이 지니지 못한, 그녀가 지금껏 느껴보지 못한 더없이 편안함을 지니고 있었다.

그의 손짓에 종업원이 다가왔다. 그는 정식을 주문했고, 그녀는 스테이크를 주문했다.

"화목한 가정을 이루셔서 행복하시겠어요."

종업원이 돌아가자 불쑥 그녀가 입을 열었다.

"제가 행복한지 불행한지 어떻게 아십니까?"

만면에 미소를 지으며 그가 그녀의 얼굴에 시선을 고정했다.

"아니면 불행하세요?"

"그런 건 아닙니다만. 그런대로 가치를 느끼고 살아갑니다."

그런대로, 말끝마다 여유와 편안함이 흘러넘쳤다. 예원이 지니지 못한 부러움에 그녀가 불쑥 던졌던 말이었다. 그런 타인 앞에서 그녀는 주눅이 든 어깨를 펴보지만 마음뿐이었다.

"선생님의 모습에서 자연스럽게 풍겨 나오는 편안한 여유로움 속에 가정의 평화, 행복을 엿볼 수 있을 거 같아요. 제 직감이기는 하지만……."

그녀는 말끝을 흐렸다. 지금의 못난 자신의 모습이 상대에게 허점으로 보일 수도 있지만 솔직해지고 싶었다. 방황하듯 갈등을 노출한 틈새로 상대가 헤집고 파고들 기회와 빌미를 심어주고 싶었다. 그러나 만약 섣부른 착각을 불러일으킬 오해의 소지가 될 수도 있으리라는 생각이 들었다.

첫눈에 그녀의 어두운 저편을 직시했던 사람이었다. 그리고 이처럼 믿음이 넘치고 편안한 여유로움을 지닌 지성인인데 설마 자신을 이상한 여자로 여기는 것은 아닐 것이라는 확신이 있었다.

순간 그녀의 뇌리 속에 퍼뜩 남편이 떠올랐다. 지금까지 살을 맞대고 살아온 남편의 본심조차 벗겨 내지 못한 내가, 살아오면서 부대끼며 접촉한 남자라야 아버지와 남동생들, 그리고 남편이 고작인 내가 남자를 알면 얼마나 안다고 낯선 타인을 믿고 신뢰할까? 얼토당토않은 착각은 오히려 내 쪽이 하고 있는 것이 아닐까 하는 생각이 들었다.

　그녀는 마음 속으로 고개를 흔들었다. 상대에게 허점을 보이지 않으려 발버둥치는 자신이 우습지 않은가? 그를 향해 전화기를 든 순간부터, 여기에 자신이 와있다는 자체부터가 허점으로 비쳤을진대, 더 이상 뭘 감추고 포장할 게 있을까.

　"그렇게 잘 봐주시니 행복하다고 아니 말할 수 없군요."

　그는 여인의 화사하고 아름다운 모습, 부끄러운 듯 상기된 채 고개를 숙이는 그녀에게서 예전에 바라보았던 내면의 애잔한 슬픔보다 더 짙은 칙칙한 어둠을 느낄 수 있었다. 그것은 그녀의 화사한 모습에 가려 불분명한 것이기는 하였지만, 무덤 같은 절망감이 분명하게 전달되었다. 그러나 미디엄 비프스테이크를 적당한 크기로 잘라내는 그녀의 손놀림은 차분하게 안정되어 있었다.

　"우연이나 인연, 만남이란 낱말들이 문득 캠퍼스 시절을 떠올리게 하네요."

　"저두 듣고 보니 그렇군요."

　그녀는 냅킨으로 살짝 입언저리를 훔쳤다.

　"어떤 모임의 열성적인 토론이 끝난 뒤에 술잔을 주고받던 뒤풀이가 생각납니다. 남자와 여자가 본질적인 감정, 본능을 배제한 이성을 초월해 진정 평등한 관계를 유지할 수 있을까로 시작된 시답잖은 대화가 모임의 열성적인 토론장보다 더 뜨겁게 달궈졌었지요."

　"요즘도 그쪽에선 심심찮게 술자리의 안줏감으로 삼는 대화죠. 세월이 흘러도 여전히 대화의 장에 등장하는 것을 보면 아직도 결론을 내리지 못한, 풀리지 않는 불완전한 숙제로 남아있기 때문인가 봅니다."

　그는 입안의 내용물을 삼키고 붉은빛 포도주를 한 모금 마셨다.

　"어느 쪽이었어요?"

예원은 넌지시 물었다.

"진보적이지 못한 탓이었는지 저는 보수적이고 객관적인 시선으로 볼 때 아직은 불가능하다는 쪽이었죠."

"그 생각에 아직도 변함이 없으신가요?"

"글쎄요. 그때보다 훌쩍 세월이 흘러 많은 변화가 있었다고는 하지만 아직은 그쪽 편에 서 있다고 해야 옳겠죠."

예원은 포크를 가지런히 내려놓았다.

"개중에는 남자와 여자가 동성의 친구보다 더 편안하게 친구 사이를 유지하고 지속해 가는 이들도 있잖아요?"

"극소수가 대중이 될 수는 없는 일이지요. 일말의 가능성쯤으로 봐야 하지 않을까요?"

그녀가 고개를 갸웃했다.

"불가능하다고 생각하는 이유가 단지 자신의 보수적인 관념 때문만은 아니라는 생각이 드는군요."

"그렇게 보였습니까?"

"격의 없고 개방적이실 거 같은데……."

"그렇지도 못합니다."

허허롭게 웃으며 그가 말을 이었다.

"남녀라는 구조적이고 생물학적인 차이나 사회의 통념이란 현실에 얽매인 틀을 과감하게 타파하지 못하는 편견 때문만은 아닐 겁니다."

"그럼 뭐가 문제일까요?"

"아마도 정신이 아닐까 생각합니다."

"정신?"

"개개인이 지닌 정신적 차원이 아직은 턱없이 진부한 상태이기에, 해탈한 수도승은 아닐지라도 본능적인 육욕을 잠재울 수 있는 고도의 정신능력을 지닌 사회가 형성된다면 아마도 대화의 주제가 될 수 없겠지요."

종업원이 다가와 탁자를 정리했다.

인간이란, 그 나름대로의 사고방식에 맞춰서 살아가는 존재였다. 예원이 자신의 가치관에 맞춰 살 듯 그 역시 나름대로의 가치관에 맞춰 살아가고 있었다. 자기 변론적 변명의 이론일 테지만 공감대가 형성되는 말이긴 했다.

"가능 쪽에 높은 점수를 주셨군요."

"꼭 그런 건 아니지만……."

그녀는 말끝을 흐렸다.

"믿음이 존재하는 관계라면 불가능할 것도 없겠지요. 말씀하셨듯이 무시할 수 없는 극소수의 관계가 존재하듯이……."

예원은 가슴이 철렁 내려앉았다. 낯선 상대를 대하며 믿음을 떠올렸을 때도 아무렇지 않았던 단어가 타인의 입에서 튀어나오자, 예리한 칼끝에 찔린 것처럼 심장이 아파왔다.

'남편과 나, 우리 두 사람 부부 사이에 믿음이 존재하기는 하는 것일까?'

그녀는 갑자기 서글퍼지는 우울한 감정을 감출 수가 없었다. 애정이 존재하지 않는 부부 사이에 믿음이 존재할 수 없다는 것을 누구보다 잘 알고 있는 그녀였다.

"웃으실지 모르겠습니다만, 전 남자와 여자라는 편견에서 벗어나 모두가 같은 인간이라는 차원에서 정신적인 교감을 충만하게 교류할 수 있다고 생각했었어요."

"가능하다고 믿는 극소수의 긍정적인 표현일 테죠."

"그럼 불가능 다수의 주장은 뭘까요?"

그녀가 반쯤 마신 맥주잔을 내려놓으며 물었다.

"글쎄요. 주장이라고까지 말하긴 뭣하지만, 여자보다 남자쪽에 문제가 있기 때문일 겁니다. 남자는 지극히 믿을 수 없는 늑대와 같은 존재라고들 말하잖습니까. 전 그 말에 전적으로 동의합니다."

직설적인 그의 표현에 그녀가 어색하게 웃었다.

"문제는 생물학적인 차이에 있다더군요. 여성은 섬세한 정서적인 내면을 갖추고 있기에 어떤 특별한 경우를 제외하곤 쉽게 성적인 감정을 느끼지 못하는데 남자들은 다르답니다. 여자보다 육체적 감각이나 정서적인 감각 감정이 지극히 불안정하다더군요. 감정이 폭발해 자신도 모를 정도로 이성을 잃고, 행패를 부리는 이를 남성에 비유하시면 편할 겁니다. 이성이 상실돼 감정이 폭발하고 자신이란 존재, 자아를 잃어버리게 만드는 흥분. 그처럼 남자들은 단순히 바라보는 것만으로도 순간적인 성적 환상에 쉽게 빠져들어 본능적인 감각, 감정에 따라 행동하게 된다는군요. 여성들이 지닌 섬세한 정서적인 내면을 갖추지 못했기 때문이랍니다. 논리대로 본다면 지극히 믿을 수 없는 존재가 남자이며 상태가 매우 불안정한 늑대가 분명한 셈입니다."

그녀는 그의 말을 들으며 고개를 끄덕였다.

"당사자도 늑대라는 그 표현 속에 포함이 되시겠죠?"

그의 얼굴에 웃음이 번졌다.

"아니라고 부인한다면 거짓이 될 테지요."

"선생님은 아닐 거 같아요."

"모두가 다 같은 부류죠."

"그럼 경계를 해야겠군요."

예원의 장난기 섞인 말투였다.

"당연히 하셔야 합니다, 저두 남자니까요. 적당하게 기분 좋게 마시고 취할 술이 앞에 있고 마음을 사로잡는 여인이 앞에 있는데도 충동적인 색욕을 느끼지 못한다면 인간이길 아예 포기한 사람일 테죠."

그가 소탈하게 웃었다. 그 웃음 속에 진솔한 인간적인 냄새가 진하게 휘감겨 왔다. 남편에게서 느낄 수 없는 또 다른 감정이었다.

"이해하기 어렵고 고리타분한 난제는 이쯤에서 덮어두는 게 좋을 거 같네요. 자연은 거듭 진화한다고 하잖습니까. 인간 역시도 세월의 흐름에 따라서 끊임없이 진화를 거듭하다 보면 모든 난제를 극복하게 될 거라고 믿습니다."

그가 맥주잔을 들었다.

"동떨어진 말이기는 합니다만, 사람과 사람이 가장 손쉽게 친밀해지는 방법 가운데 하나가 뭔 줄 아십니까?"

"글쎄요……."

예원은 입안에서 공처럼 성급히 튀어나오려는 말문을 닫았다.

"지극히 동물적인 접촉방법이라고 합니다."

그는 들고 있던 맥주를 단숨에 들이켰다.

"살과 살이 부대끼는 순간이 길면 길수록 허물없이 친밀해질 가능성이 높다는군요. 물론 최악의 경우가 될 수도 있지만, 어떤 일에서든 예외의 경우가 있으니까요. 그러나 확률은 전자가 훨씬 높답니다."

"일리가 있는 말이네요. 아이들은 코피가 터지도록 뒹굴어 싸우고 화해하는 과정에서 서로 더 가까운 사이가 되곤 하잖아요."

"맞습니다. 그러나 남녀 간의 접촉은 어렵죠. 동성 간의 친구처럼 가까워질 수 없는 이유 가운데 하나가 그 때문 아닐까요? 난 남자니까, 여자라서, 라는 식의 뻣뻣하게 경직된 군은 의식이 뿌리를 박고 있기 때문일 겁니다."

예원은 반쯤 남은 맥주잔을 단숨에 비워 버렸다. 그리고 또 비웠다. 신체적 접촉, 예외의 경우, 예원의 머릿속에서 윙윙거리며 상대의 말이 반복되어 울렸다. 참담한 기분이 들었다.

그의 말에 빗대어 굳이 선을 긋는다면 남편과 자신의 관계는 후자에 속했다. 패배자로서의 무기력감, 그녀는 잔에 맥주를 따랐다. 빠른 속도로 따르자 맥주잔 위로 거품이 흘러넘쳤다.

"이제 됐습니다."

예원이 따라놓은 맥주잔을 그가 자기 쪽으로 옮겨놓았다.

"주량이 저를 훨씬 능가한다 할지라도 여기서 적당히 멈추시는 게 좋을 듯싶습니다."

"……."

그녀는 상대의 친절을 거부하고 싶었다. 텅 빈 가슴에 술잔에 괴어오른 거품이라도 부풀려 채워놓고 싶었다.

"괜찮아요. 더 마실 수 있어요. 아니 마시고 싶어요."

남편이 떠올랐다. 남편이 다른 여자와 바람이 났지만 그래서 이혼하자고 제의했지만 아이들을 위해서 솔직히 이혼만은 막고 싶은 심정이었다.

"그럼 한 잔 더."

그가 이번에는 생맥주를 두 조끼 주문했다.

"마시죠."

예원이 그에게 마실 것을 제의하자 두 사람은 잔을 들어 부딪치고 맥주를 마셨다. 시원한 맥주가 목을 타고 흘러 들어왔다. 예원은 한꺼번에 반이나 마신 다음 맥주잔을 탁자 위에 내려놓았다. 몸속으로 들어온 맥주가 온몸으로 퍼져 나가고 있었다.

"저요. 사실은 남편에게 이혼하자고 했어요. 아니 저, 이혼할 거예요."

취기가 있어서인지 약간 혀가 꼬인 듯 그녀는 그에게 말을 내뱉었다. 그 말을 들은 그는 난감한 표정으로 어떻게 답해야 할지 모르고 있었다.

"그래도, 이혼은 좀……."

"그런데요, 오늘 선생님을 만나 좋은 말을 듣고 생각해 보기로 했어요.

그래서 말인데요……."

"네, 말해 보세요."

"부탁할 것이 있어요. 꼭 들어 주셔야 합니다."

그녀는 말끝을 흐렸다.

"부탁하실 것이 있으시면 개의치 마시고 하세요. 들어 드리겠습니다."

"오늘 밤, 절 좀 안아주세요. 안 그러면 전 죽을지도 몰라요."

그는 놀란 듯 두 눈이 동전처럼 동그래졌다.

"농담이시겠죠."

"농담? 남편에게 잘못이나 죄를 지어야만 집에 들어갈 것 같아요. 그렇지 않으면 잠수 탈 거예요. 어쩌면 자살할지도 몰라요."

"협박이군요."

"싫으시면, 그만두세요."

그렇게 말하고는 곧 예원은 머리를 탁자 위에 박고 쓰러졌다. 당황한 그는 예원을 흔들어 보았지만 예원은 정신을 차리지 못했다. 술이 몹시 약한 모양이었다. 이렇게 약할 줄 알았으면 진작 말릴 걸 그랬다는 생각이 들었다. 그는 예원의 전화기를 꺼내 들었다.

아무래도 가족들이나 그녀의 지인들에게 알려서 그녀를 데리고 가게끔 해야 했다. 스마트폰 화면의 다이얼패드 1번을 눌렀다. 1번은 분명 남편일 테고 오해의 소지도 있었지만 다른 대안이 없었다. 한 남자가 전화를 받았다. 그런데 왠지 목소리가 낯익었다.

"저어, 예원 씨가 취기로 쓰러져 있어서, 좀 오셔서 모셔가야 할 것 같습니다."

"예원이가 쓰러져요? 당신은 누구요? 그리고 거기는 어디요?"

"자세한 건 오셔서 설명 들으시지요."

그는 문자로 레스토랑의 위치를 자세하게 알려 주었다. 약 30분이 지나자, 그의 전화를 받았던 남자가 허겁지겁 들이닥쳤다.

그런데 레스토랑으로 들어온 남자는 다름 아닌 성 과장이었다. 그리고 성 과장 옆에는 위아래로 하얀 옷을 걸쳐 입은 여인이 함께 있었는데 그 여인은 아내의 친구인 유나 씨였다.

"아니 성 과장, 그리고 유나 씨?"

"어머, 재훈 씨가 여길 어떻게?"

"예원 씨와 같이 마셨습니다. 술이 이렇게 약한지 몰랐습니다. 유나 씨 성 과장과는 어떻게 아는 사이십니까?"

그는 정신이 없었다.

"이 사람이 예원이가 내 마누라야. 같이 마셨나?"

"예원 씨가 성 과장 아내라고?"

그는 성 과장이 예원의 남편인 줄 전혀 모르고 있었다.

"그런데 어떻게 유나 씨와 같이 온 거야?"

전후사정 이야기를 들어보니 성 과장과 함께 있던 유나 씨가 그의 전화를 받고 달려온 것이었다.

"자세한 이야기는 나중에 하기로 하고, 도대체 무슨 일로 술을 마신 거야?"

"전화를 받았어. 남편이 바람을 피워 많이 속상하다고. 그리고 보니 성 과장, 유나 씨와……."

두 사람은 고개를 떨어뜨렸다.

"어쩌다 보니 그렇게 됐어. 유나는 남편이 먼저 바람을 피웠지만 결국 나 때문에 이혼당한 상태고. 아내는 내가 유나와 만나고 있는 걸 알고 이혼하자고 하는 상태야."

"뭐가 그렇게 복잡해. 아무튼 어서 모시고 가게나."

성 과장은 자신의 아내인 예원을 데리고 서둘러 집으로 돌아갔다. 레스토랑에는 이제 그와 유나 씨가 남아 있었다. 두 사람은 서로 서먹서먹했다. 그런 서먹함을 없애기 위해 그는 생맥주를 두 조끼 더 시켰다. 종업원이 맥주를 들고 오자 유나가 맥주를 반 정도 마시고 잔을 내려놓으며 말했다.

"남의 가정을 파괴하는 나, 나 나쁜 여자죠?"

"아, 뭐라고 말씀을 드려야 할지 모르겠습니다……."

"불쾌하셨다면 용서하세요."

유나는 낯이 화끈거렸다. 취기 때문만은 아니었다. 추한 모습을 보이지 않으리란 자만심을 조롱하듯 상대의 여유로움이 힘들면 기대고 의지하라고, 상처받은 마음을 위로받으라고 너울거리며 그녀의 가슴을 충동질했다.

"누구에게나 혼자서 감당하기 어려운 시련이 한두 번쯤 찾아오는 법이죠. 제가 힘이 되어줄 수 있다면 좋겠군요."

"벌써 힘이 돼 주셨는걸요. 이렇게 부담 없이 대해 주시는 것으로도 제 맘이 한결 가벼워졌어요."

"그러시다니 다행입니다."

그는 유나가 말 못할 아픈 사연을 가슴에 품고 있음을 짐작으로 이미 알고는 있었지만, 이 정도 위험수위를 벗어나 넘치고 있는 줄은 미처 생각지 못했었다. 두 사람은 한동안 말없이 맥주를 마셨다. 유나 씨가 먼저 일어나 코트를 입었다.

밖으로 나오자 매서운 겨울 밤바람이 코끝에 정전기를 일으키듯 짜릿했다. 유나는 코트 깃을 세우고 한 걸음 앞서 걷는 그를 보면서 몸을 움츠렸다.

"희정이는 잘 있죠?"

"네."

"그 사람한테 말은 유나 씨 근황은 들었습니다."

"이혼을 말씀하시는 건가요?"

"아, 불쾌하셨다면 죄송합니다."

"아니에요."

"추우시죠?"

그가 걸음을 멈추고 유나를 돌아보았다. 두 사람은 동시에 서로 마주 보며 피식 웃었다.

"제가 댁까지 안전하게 모셔다드려야 하겠습니다만, 술기운에 운전대를 잡을 수 없는지라. 아, 잠깐만요."

그는 거리의 군밤 장사에게로 빠르게 다가갔다.

"양 코트 주머니에 넣으세요. 댁에 도착할 때까지 손이 따뜻할 겁니다."

유나는 그가 건네주는 작은 군밤 봉지를 시키는 대로 양쪽 코트 주머니에 넣었다. 따뜻한 열기가 느껴졌다.

"따뜻하네요."

도로변으로 강한 바람이 몰아쳐 왔다.

"제 옆으로 가까이 다가오세요. 그래도 조금은 바람막이가 되어 줄 겁니다."

그의 말에 유나는 허물어지듯 몸을 의지하고 싶었지만 움직일 수가 없었다. 그가 등 뒤로 가까이 다가서는 인기척에도 손가락 하나 까딱하지 못할 정도로 그녀의 몸이 굳어 버렸다.

그런데 갑자기 휘몰아치던 바람이 거짓말처럼 사라졌다는 생각이 들었다. 다만 느낌이 그랬을 뿐 바람은 여전히 윙윙 소리를 내며 거칠게 불어오고 있었다.

그는 가슴 저미는 뭉클한 감정으로 저 가엾은 여인을 품 안에 꼭 안고 싶다는 욕망이 불같이 일어남을 느꼈다. 혼탁해진 감정 때문일까?

오늘은 이상한 날이었다. 그때 절제할 수 없이 치미는 욕망을 떨쳐내리듯 유나가 도로변으로 한 걸음 내려서서 다가오는 택시를 향해 손을 들어보였다. 택시는 그들 옆으로 다가와 정지했다.

"걱정하지 마세요."

"무슨 뜻이신지?"

"오늘 재훈 씨를 보니, 성 과장의 가정을 지켜주어야 할 것 같아서요."

"아. 그렇게 해 주신다면……."

"대신 선생님께 전화해도 나무라지 않으실 거지요?"

여인의 눈길이 젖어 있었다. 그는 어떤 대답을 해 줘야 할지 잠시 망설이고 있었다.

"그럼요, 괜찮고말고요. 언제든지 술친구는 해 드리겠습니다."

그 말을 들은 여인은 잠시 무언가를 생각하다가 다시 한 마디를 남겼다.

"아니요, 전화 안 할 거예요. 저는 그냥 희정이 친구로 남을 거예요. 희정이까지 잃고 싶지는 않아요."

그가 택시 문을 열어주었다.

"그럼 조심해서 들어가세요."

그는 가볍게 묵례하듯 고개를 숙여 인사했다. 그리고 유나가 차에 오르자 그는 차 문을 닫아주었다. 택시 안에 앉은 여인은 마치 유리병 속에 갇힌 하얀 새같이 보였다.

택시는 서서히 미끄러져 출발했다. 그는 떠나는 택시를 한참 더 바라보았고 택시 안에 앉은 유나는 뒤를 돌아 그를 바라보았다.

하얀 옷을 입은 여인의 눈이 이채롭게 빛나 보였다.

세계와의 불화, 또는 그 치유의 잠재력

― 전정희 창작집 《묵호댁》의 소설들

김 종 회

(문학평론가)

1. 불안정한 삶의 자리를 바라보는 눈

새롭게 상재되는 전정희의 첫 창작집 《묵호댁》은 자아와 세계의 불화, 부유浮遊하는 삶의 형식에 관한 질문, 그리고 그에 대한 해답을 찾아가는 과정들로 구성되어 있다. 소설은 작가 자신의 삶과 그 삶의 경험이 말하는 사회사적 척도를 발화하는 것이며, 어렵고 힘든 자리를 바탕으로 한 경우일수록 궁극적으로는 향일성向日性의 의지를 발현하기 마련이다. 소설에 있어서 '악'의 묘사는 그 극복을 위해 있다는 레토릭, 리얼리즘을 예술의 건전한 경향이라고 하는 미학이론, 한 시대의 희망을 그리는 참여문학의 존재양식 등이 모두 이 논리의 기반 위에 있다. 한 개인의 내면풍경을 드러내는 사소설私小說 또한 마찬가지다. 판도라의 상자 맨 밑바닥에 남은 희망 찾기는 전정희 소설에서도 그대로 적용된다.

단편 〈두 얼굴의 여인〉은 경쾌하고 속도감 있게 읽히는 작품이다. 화자인 '나'는 8년 전 연인이었던 '은수'의 기억을 찾아 춘천행 전철을 탄다.

그 중도에 있는 '폐강촌역' 을 찾아가는 길은, 군대와 학교를 마치고 중소기업 대리가 될 때까지 옛 여자를 잊지 못했다는 사실을 증거한다. 그 길에서 화자는 '호호라면' 가게의 남자를 만나고, '강변찻집' 의 여자도 만난다. 그런데 찻집 여자가 은수였던 것이다. 8년 전 아무 통보 없이 사라져서 배신감을 남겨준 그때처럼, 이번 만남에서도 화자에게 남는 것은 꼭 같은 배신감이다. 라면집 남자가 은수의 남편이다. 화자는 왜 은수가 '지킬 박사와 하이드' 처럼 양면의 얼굴로 사는지 이해할 수 없다. 바로 그 지점에 이 작가가 만나는 불안정한 세상, 어긋난 삶의 형용이 있다.

이와 유사하게 가볍게 읽히면서 동일한 어법으로 세상과의 만남을 말하는 작품이 〈그 애〉이다. 이번 작품의 화자는 여자이고 '강철심장 같은' 차석준이란 남자와 헤어지는 일을 도모한다. 그와 같은 상황에 있는 여자 앞에 옛 학원 제자 강지호가 '선글라스를 낀 꽃미남' 으로 나타난다. 이들은 무슨 심각한 관계를 형성하는 바도 없고 감정적 충돌을 불러오지도 않는다. 하지만 심정적 거리를 좁히지 못하는 남녀와 그 사이에 장난스럽게 틈입闖入한 연하의 제자는 주목에 값할 만하다. 무엇보다도 거기에는 인간관계의 숨은 면모를 세미하게 포착하는 작가의 눈이 있다. 강지호는 그러한 측면에서 매우 효율적인 일탈의 인간상으로 작용하고 화자는 다시 세계와의 근원적인 불화를 감각한다.

2. 불확정성의 시대와 소시민 의식

'불확정성의 원리' 는 독일의 물리학자 베르너 하이젠베르크가 1927년에 발견한, 현대 물리학의 기초이론인 양자역학의 핵심적인 원리 가운데 하나다. 이른바 "전자와 같은 입자의 위치 및 속도는 어떠한 방법으로도 동시에 측정할 수 없으며, 하나를 측정하는 순간 다른 하나가 변화하기 때문에 입자의 위치 및 속도를 단지 확률적으로만 알 수 있을 뿐" 이라는 것이다. 당대 최고의 물리학자 앨버트 아인슈타인은 처음에 "신은 주사위 놀음을 하지 않는다"며 반박했으나, 나중에는 이를 수긍하는 데 이른다. 이 원리는 고도의 물리학적 이론을 전개하는 바탕이 되는 것이지만 현대의 사회현상을 그 불확정성에 견주어 동일한 어법으로 지칭하기도 한다. 그때까지 통용되던 뉴턴의 역학이 원자 수준에는 적용될 수 없다는 점에서 현대의 비정론성 및 탈일상성에 대한 하나의 상징이 된다.

전정희의 단편 〈의심〉은 5년간 억울한 감옥살이를 하고 출소한 함정수라는 인물이 자신을 버린 아내를 찾아 나서는 이야기로 시작된다. 그의 감옥행에는 여러 가지 변수가 개재해 있고 무고한 그를 모함한 음모가 숨어 있다. 이 복잡다단하고 진실의 추정이 어려운 현실이 곧 현대사회의 불확정성을 담보한다. 함정수를 영어圄圄의 길로 내몬 자는 실제로 살인을 저지른 현직 검사였고, 그의 장인은 현직 국회의원인 권력자였다. 비록 출소를 했다고 하나 5년 전의 진실을 밝힐 능력이 그에게 있을 리 없다. 그에게 남겨진 과제는 아내에 대한 믿음을 저버려서는 안 된다는 개인적인 일에 국한된다. 여기에 차마 외면할 수 없는 소시민으로서의 아픔과 슬픔이 잇대어져 있다.

또 다른 단편 〈그 사람〉도 그와 같이 심약하고 강단이 없는 소시민의 초상을 그려 보인다. 이 소설의 중심인물은 어느 방송국의 경영국 2년차 차제윤이란 여자다. 늦은 밤 귀갓길에 상처를 입고 골목에 쭈그려 앉아 있는 한 남자를 보게 되는데, 알고 보니 그 남자는 '간부 중에서도 가장 까다롭기로 유명한' 직장 상사 유차장이다. 차제윤은 결국 그를 집으로 데려가 치료해 주고 보낸다. 그런데 이 유차장이 방송국 회장의 아들이라는 것이다. 유차장은 까뮈의 《이방인》을 매개로 차제윤에게 관심을 보이지만, 이 소설의 주인공은 그에게 곁을 주지 않는다. 무슨 확고한 신념이나 당찬 결의가 있는 정황이 아니다. 스스로의 분수를 너무 잘 알아서 미리 물러서는, 우리 시대 소시민의 가슴 아픈 비애가 거기에 있다.

3. 기구하고 운명적인 생애사의 범례

한국의 이병주라는 작가가 일러 '운명'이라는 단어가 등장하면 모든 토론은 종결이라고 언표言表한 바 있지만, 이는 그만큼 자기 인생을 자의대로 할 수 없다는 의미를 내포한 말이기도 하다. 그러기에 로마의 스토아학파 철학자 세네카는 "운명은 순응하는 자는 태우고 가고 거부하는 자는 끌고 간다"는 명언을 남겼다. 전정희의 단편 〈연초 중독〉은 흡연의 중독으로부터 벗어나지 못해 마침내 친자 영아살인에 이르는, 한 소아과 여자 의사의 운명적인 삶을 보여준다. 우리가 주변에서 여름날의 맥고모자처럼 흔하게 목도하는 흡연이 이처럼 엄혹한 결말에 도달하게 된다면, 거기 운명이라는 언사가 동원되지 않을 수 없는 형국이다. 이 소아과 의사의 이름은 채금연. 여기서 언급한 사건 외에도 그 인생에 있어 말할 수 없는 질곡의 길을 걸었다. 그는 자신이 범인으로 지목될 것을 알고 있고 감옥에 갈 각오도 한다. 다만 그렇게 하면 '타의'에 의해서라도 연초를 끊을 수 있을 것이라는, 처절한 위안을 찾아낼 뿐이다.

다른 단편 〈설화〉는 온갖 불행의 조건을 끌어안은 채 성장한 한 남자의 이야기다. 그가 그 조건들을 회피할 방도가 없었고, 겨우 제 발로 설 수 있을 상황이 되었지만 여전히 과거의 굴레로부터 벗어날 수 없는 지경이라면, 이를 두고 운명이라는 언어 외에 달리 더 찾을 표현법이 없다. '영준'이라는 이름의 이 소설 주인공은 탄광촌 광부였던 아버지를 잃었고, 어머니는 어린 그를 두고 떠나버렸다. 우여곡절 끝에 수산업 공장에 들어가 산업체 야간고등학교를 다닌 그는 전문대 물리치료학과를 나와 한 정형외과의 물리치료사로 일하고 있다. 참으로 기구한 그의 삶 가운데 물리치료를 받으러 온 여고생 K가 주인공의 동복이부同腹異父 동생이라는 것이다. K가 오빠라는 호칭으로 불렀을 때 주인공은 그 운명의 소리를 뒤로 하고 직장을 떠날 결심을 한다. 이 소설의 다음 이야기가 어떻게 될지 알 수 없으나 그로서는 감당할 수 없는 운명적 지점이기에 그렇다.

4. 아직 남은 판도라 상자의 비의秘義

서구 문명의 두 갈래는 그리스 신화에서 발원하는 헬레니즘과 성서에서 발원하는 헤브라이즘이다. 이 가운데 그리스 신화에 나오는 '판도라의 상자'는 인간에게 온갖 나쁜 요소들을 터뜨렸지만 그 맨 밑바닥에 '희망'을 남겨두었다. 동시대 삶의 한복판에서 온갖 힘겨운 담론들을 이끌어낸 전정희의 소설이 그 마지막 희망을 여분으로 남겨두지 않았다면, 적어도 우리는 이 작가를 주시하는 시각에 인간적 신뢰를 담기가 쉽지 않을 터이다. 작가는 이와 같은 논리에 〈묵호댁〉이라는 단편으로 대답했다. 묵호댁은 묵호에서 태어나 바닷가에서 살다가 산골짜기 평창으로 이사와 그곳에 정을 붙이고 사는 한 여자의 이야기다. 그 묵호댁이 동네 사람의 금붙이를 훔쳤다는 누명을 쓰게 되는데, 정작 범인은 새로운 삶을 살겠다고 도시에서 귀농歸農한 젊은 경미네다. 묵호댁은 묵묵히 그 누명을 감당한다. 다른 사람의 사정과 슬픔, 제2의 고향인 평창 금당마을 귀농자를 지키려는 묵호댁의 넓은 아량이 그 속에 있다. 결국 누명이 벗겨지고 마을은 잔치마당이 되지만 묵호댁의 심사와 행위가 어느 부면에서는 요령부득인 채로 인간에 대한 미더움을 일깨우는 소설에 해당한다.

〈평정 찾기〉라는 단편은 결혼 8년차 어느 여자의 일상생활을 소재로 한다. '그녀'는 남편과의 불화를 극복할 의욕도 이유도 없다. 결혼 전의 정보와는 전혀 다른 남편, 사랑의 감정도 없이 환경에 밀려 결혼한 이후 아이가 생기고 타성적으로 살아온 삶이 일정한 한계에 당착했으며, 이제 남편은 연이은 외박으로 맞서는 불우한 가정의 모습을 연출하고 있다. '그녀'에게는 어디에도 탈출구가 없다. 운명의 덫에 걸린 다른 작품들의 등장인물이라면 극단적인 행동도 마다하지 않을 형편에 이른 셈이다. 그러한 그녀에게 소설의 말미는 난데없는 용기와 희망을 몰아다 준다. '이제라도 이 생활을 청산해야 한다고 생각'하자 새 힘을 얻고 평정을 되찾으며 눈을 감고 깊은 잠에 빠져든다. 왜, 어떻게 그것이 가능한가를 물어야 하는 것이 독자들의 첫 번째 반응일 수밖에 없다 그런데 그 용기와 희망이, 부연하여 말하면 인생에 대한 의무가 아니겠느냐는 물음이 독자들의 두 번째 반응이어야 할 것 같다.

5. 지금 우리에게 소중한 '희망'의 탐색

이 창작집에 수록된 유일한 중편 〈유리병 하얀 새〉는 이혼문제와 부부관계와 가정의 존립 등 우리 시대 삶의 여러 풍속도를 다각적으로 보여주고 있는 작품이다. 소설의 중심에 서 있는 '그'는 회사가 어려워져서 마음고생을 하고 있는 직장인이다. 그의 아내는 그러한 그를 이해하고 응원하는 심성을 지녔다. 어디 '부도 위기에 내몰릴지 모르는 불안한 회사'를 다니는 것이 동시대에 한두 사람이던가. 아내는 불현듯 그에게 여행을 제의하기도 하고, 연이어 겨울 바다를 묘사하기도 한다. 그러한 시기의 그에게 한 여자에게서 전화가 걸려오고 그 여자를 만나면서 직장 동료, 아내의 친구 등 여러 인간사의 매듭들이 함께 엉키기도 하고 풀리기도 한다. 거기에 더 있다. '전란'이란 가슴의 한을 품고 살았던 어머니의 기억까지.

부부가 평생 함께 사는 일이 과연 '사랑' 때문인지 아니면 삶의 관성 때문인지 되묻는 신중한 질문이 이 소설의 갈피마다에 잠복해 있는 셈이니, 소설을 읽는 일이 작가와 같이 떠나는 인생 여행이라 해도 크게 틀린 말이 아니다. '신경성 위궤양'이 일반화 된 동시대 세태에, 누구나 감내

해야 하는 저마다의 짐이 있다는 사실을 이 소설은 다층적인 삽화들을 통해 증명한다. 그러나 이 소설의 등장인물들은, 그것이 종내 작가의 세계관을 반영하는 일이 되겠지만, "남자와 여자라는 편견에서 벗어나 모두가 같은 인간이라는 차원에서 정신적인 교감을 충만하게 교류할 수 있다"는 결론을 향해 달려간다. 그러할 때의 소설은 빛이 난다. 그러할 때의 소설은 인생사를 잘 담아내는 그릇과도 같다. 다음은 이 작품의 마지막 대목이다.

그는 가볍게 묵례하듯 고개를 숙여 인사했다. 그리고 여인이 차에 오르자 그는 차문을 닫아주었다. 택시 안에 앉은 여인은 마치 유리병 속에 갇힌 하얀 새같이 보였다. 택시는 서서히 미끄러져 출발했다. 그는 떠나는 택시를 한참 더 바라보았고 택시 안에 앉은 유나는 뒤를 돌아 그를 바라보았다. 하얀 옷을 입은 여인의 눈이 이채롭게 빛나 보였다.

소설을 두고 인간사의 뒷그림이라고 생각하며, 그것이 우리 생애의 전면에 나선 어떤 변설보다 더 효율적인 감응력을 불러올 수 있다고 믿는 것이 인문주의자요 문학 예찬론자의 방식이다. 여기서 우리가 함께 읽는 전정희의 첫 창작집에는 세계와의 불화를 직접적으로 목격하면서도 그 높은 파고波高에 휩쓸리지 않고, 인간에 대한 신의를 되찾으려는 소설적 시도를 발견할 수 있다. 이는 앞으로도 이 작가가 우리로 하여금 더 진전된 작품을 읽게 해주리라는 기대를 촉발하게 한다. 문제는 삶의 실제적 상황이요, 그것을 누구나 공명할 수 있는 소설 문법으로 되살려 내는 작가의 손길이다. 누군가가 '인생은 짧고 예술은 길다'고 했지만, 인생이 짧은데 항차 예술이 길 턱이 있겠는가. 삶의 희망을 탐색하는 전정희 소설의 순방향과 역방향이 모두 소중해 보이는 이유다.

묵호댁

·

지은이 / 전정희
발행인 / 김영란
발행처 / **한누리미디어**
디자인 / 지선숙

08303, 서울시 구로구 구로중앙로18길 40, 2층(구로동)
전화 / (02)379-4514, 379-4519
Fax / (02)379-4516
E-mail/hannury2003@hanmail.net

신고번호 / 제 25100-2016-000025호
신고연월일 / 2016. 4. 11
등록일 / 1993. 11. 4

·

초판발행일 / 2019년 1월 25일

·

ⓒ 2019 전정희 Printed in KOREA

·

값 15,000원

·

※잘못된 책은 바꿔드립니다.
※저자와의 협약으로 인지는 생략합니다.

·

ISBN 978-89-7969-792-6 03810